CW00850568

»Ich bin Single. Ich gucke zuviel fern und treibe zuwenig Sport. Außerdem starre ich stundenlang auf mein Telefon und wünsche mir, dass irgendjemand anruft und mich fragt, ob ich ihn heiraten möchte. Und nicht nur das. Ich bin 34 Jahre alt, erfolgreich, und ich kann mich nicht einmal über zu wenig Sex beklagen.«

Gregor Hamdorf will sein Leben ändern. Denn ständig wechselnde Bettgenossinnen hinterlassen selbst bei einem Mann Gefühle von existenzieller Leere.

»Knapp, knackig und herzzerreißend.« Petra

Daniel Bielenstein, 35, lebt als Journalist in Hamburg. Für seine Kurzgeschichten ist er vielfach ausgezeichnet worden. ›Die Frau fürs Leben‹ ist sein erstes Buch. Im Argon Verlag ist sein neuer Roman ›Max und Isabelle‹ erschienen.

Unsere Adresse im Internet: www.fischerverlage.de

Daniel Bielenstein

Die Frau fürs Leben

Roman

5.6.05

Happy Birthday !!

Wünschen Dir

Katja & Cindy e Paula

Fischer Taschenbuch Verlag

Veröffentlicht im Fischer Taschenbuch Verlag,
einem Unternehmen der S. Fischer Verlag GmbH,
Frankfurt am Main, Juni 2004

Lizenzausgabe mit Genehmigung des Argon Verlags
© 2003 Argon Verlag GmbH, Berlin
Druck und Bindung: Clausen & Bosse, Leck
Printed in Germany
ISBN 3-596-15929-6

Die Frau fürs Leben

Dies ist ein Roman, ein Werk reiner Fiktion.
Handlung und Dialoge sind frei erfunden, was insbesondere auch
für die Romanfiguren gilt, denen der Autor die Namen von Personen
des öffentlichen Lebens gegeben hat.

Bananen-Split

SINGLE (engl.: »einzeln«): 1) w., Bez. f. →
Schallplatte m. 17 cm Durchmesser; wird im Unterschied z. → LP m. 45 U/min abgespielt u. enthält
meist nur einen Musiktitel pro Seite; bei mehre-
ren Titeln pro Seite u. einer Abspielgeschwindig-
keit von 33 1/3 U/min: EP (= Extended Play); 2) m.,
am. Bez. f. eine allein lebende Person.

Ich habe überhaupt nichts dagegen, samstags nachts im
Bett zu liegen. Das kann viel angenehmer sein, als in ir-
gendeiner angesagten Bar zu stehen und smarte Gespräche
über neue Autos, neue Zeitschriften und neue Frauen zu
führen. Ich habe allerdings sehr viel dagegen, samstags
nachts ALLEIN im Bett zu liegen. Und das ist leider gerade
der Fall.

Ich muss mir also etwas einfallen lassen. Um mich ab-
zulenken. Und da kenne ich keine Skrupel.

Ich stelle den Fernseher an und sehe mir auf DSF eine Weile die Lumberjack World Championship in Ottawa an. Ro-
bust gebaute Kerle in hochgekrempelten Karohemden ba-
lancieren über mächtige Baumstämme, um diese dann in
Rekordzeit mit ihren Motorsägen in feine Scheiben zu zerlegen. Auf einer Zuschauertribüne, die in etwa so groß ist
wie ein Schlauchboot, sitzen prallbusige Schönheiten in Bi-

kinis und kreischen, sobald Jack Martin, der Vorjahressieger, seine Motorsäge aufheulen lässt.

Ich habe bisher noch nicht herausgefunden, ob es Wettkämpfe dieser Art wirklich gibt oder ob sie von einem Computerprogramm künstlich animiert werden. Um einsamen Männern wie mir über die Samstagnacht hinwegzuhelfen. Von dem Moderator ist in dieser Frage wohl keine Hilfe zu erwarten. Er erklärt gerade begeistert, dass Jack-die-Motorsäge-Martin neuerdings auch beim Strongest-Truckdriver-of-the-World-Contest einen vorderen Platz belegt hat. Dafür hat er einen dreihundert Kilo schweren Traktormotor an einem Lederriemen zwanzig Meter über einen Parkplatz irgendwo im Mittleren Westen gezogen – eine Leistung, auf die Jack wirklich stolz sein kann.

Ich trotte zum Kühlschrank, hole mir ein Bier und nehme einen tiefen Schluck – das ist fast so gut wie eine erotische Massage oder ein langes und intensives Gespräch mit einem Freund.

Natürlich halte ich Kerle wie Jack Martin für minderbemittelte Schwachmaten, auch wenn sie zwanzig verschiedene Motorsägen allein an ihrem Geräusch erkennen können. Wahrscheinlich ist Jack schon von der Grundschule geflogen, weil er sein Pult mit einer Laubsäge in kleine Teile zerlegt hat und dann bei einer Mitschülerin weitermachen wollte. Vielleicht haben Kerle wie er noch eine Chance, wenn sie Football spielen können oder genug artistische Begabung besitzen, um eine Karriere als Wrestler zu starten. Aber vermutlich sind bei beiden Sportarten die Regeln für Jack zu kompliziert.

Trotzdem bleibt die Tatsache mit den kreischenden Bikini-Mädchen. Und der durchtrainierte Körper. Jack sieht so selbstbewusst in die Kamera, weil er sich dessen vollkommen bewusst ist. Es würde mich nicht wundern, wenn er gleich in die Kamera grinsen und sagen würde: »Klar, Gregor, du lachst über mich. Aber diese Mädchen da, die tun alles für mich, wenn ich nur mit dem Finger schnippe. Und weißt du auch, warum? Weil ich ein wirklich cooler Typ bin, der zwar nichts im Kopf hat, aber zu hundert Prozent aus Muskeln besteht.«

Ganz tief in mir wird mein schlechtes Gewissen gekitzelt. Und das nur, weil ich diesem Primaten beim Hantieren mit einer Motorsäge zusehe. Mein letztes Workout liegt schon länger als eine Woche zurück. Wenn das so weitergeht, kein Zweifel, werde ich die restlichen Samstagnächte meines Lebens alleine im Bett liegen. Und immer fetter werden.

Das beste Mittel gegen meine Sekundendepression ist ein tiefer Schluck aus der Flasche. Das klappt immer. Außerdem sind Jack und seine Säge jetzt vom Bildschirm verschwunden. Dafür werden wir Zuschauer darüber aufgeklärt, dass die Sendung einen Sponsorpartner hat. Um genau zu sein, verdanken wir das sportliche Highlight einer Telefonnummer, die nun von einer Dolly-Buster-artigen Stimme melodisch vorgetragen wird: »Nullhundertneunzig und sechsmal die Sechs – die heiße Nummer mit den scharfen Girls. Komm, ruf an!«

Ich blicke hinüber zum Telefon.

Moment! Keine Missverständnisse! Ich denke keine Sekunde daran, die scharfen Girls anzurufen. Auch nicht die geilen Hausfrauen, die jetzt auf dem Bildschirm erscheinen. Und erst recht nicht die reifen Frauen über fünfzig, die mir zeigen wollen, was sie alles können.

Nein, ich schaue aus einem anderen Grund zum Telefon hinüber. Ich stelle mir gerade vor, dass es irgendwo da draußen eine Frau geben könnte, die jetzt vielleicht genau wie ich wach im Bett liegt. Die an mich denkt. Die ihr Telefon anstarrt und überlegt, ob sie mich nicht doch anrufen soll. Vielleicht tut sie es wirklich, und ich werde abheben. Und sie wird sagen: »Gregor. Willst du mich nicht fragen, ob ich deine Frau werden will? Ich würde auch bestimmt ja sagen.« Und ich werde fragen. Und ich werde mich über ihr Ja freuen. Ich werde sie lieben und ehren und Kinder mit ihr haben und mich darauf freuen, mit ihr alt und runzelig und inkontinent zu werden.

Natürlich klingelt das Telefon nicht. Aber immerhin reicht der Gedanke an eine echte, lebendige Frau aus, damit ich aufspringe und den Fernseher ausmache. Ich trinke noch einen Schluck Bier und krame dann das Buch hervor, das ich gerade lese und bei dem ich die meiste Zeit damit verbringe, mich zu erinnern, auf welcher Seite ich gerade bin. Aber an Lesen ist gar nicht zu denken. Schließlich bin ich jetzt: traurig!

O ja, das gibt es. Selbst diese stacheligen, aggressiven, immer nur an Fußball, Autos und große Brüste denkenden Wesen – kurz: Männer – haben Gefühle. Diese Fehlgriffe der Evolution, diese genitalgesteuerten Urzeitwesen haben gelegentlich Sehnsucht nach Sicherheit und Geborgenheit und nach einem festen Platz im Leben.

Jetzt ist es raus. Ich bin einer von diesen Männern, die es satt haben, Nacht für Nacht auf die Jagd zu gehen. Ich bin einer von den Typen, die sich genug ausgetobt haben und jetzt endlich die eine große Liebe wollen. Ich bin der Prototyp des Mannes, der noch vor jeder zu engen Beziehung davongerannt ist und der tief in seinem Herzen doch an die Märchenprinzessin glaubt, an die eine Frau, bei der alles stimmt. Die genau weiß, wann ich mal wieder einen Abend mit meinen Freunden brauche. Eine, die weiß, wann die »Sportschau« läuft und welche Knöpfe im Auto sie anfassen darf und welche nicht.

Ich bin aber auch einer von denen, dessen Freunde sagen, dass er vollkommen beziehungsunfähig ist. Den sie um seine ständigen Affären beneiden. Den sie für die Sorte Mann halten, dem es schon zu viel Nähe ist, wenn eine Frau am nächsten Morgen noch in der Wohnung ist. Einer von denen, die nie heiraten werden, weil Ehe nun mal bedeutet, monogam zu bleiben. Zumindest in den ersten Jahren.

Alles Quatsch. Die Wahrheit ist: Ich bin vierunddreißig Jahre alt. Und ich bin lange genug auf der rauen See des Single-Daseins gewesen, um jetzt für den sicheren Hafen der Ehe bereit zu sein.

Das Problem dabei: Es will mir einfach keiner glauben. Ich selbst ja auch nicht. Zumindest immer dann nicht, wenn es drauf ankommt.

Aber um eines direkt klarzustellen: Es geht nicht um Sex. Ich bin keiner dieser Singles, für die jede erreichbare Frau so etwas ist wie die letzte Tankstelle vor der Autobahn. Oder die sich jetzt schon eine schlüssige Geschichte überlegen, warum ihre neue thailändische Freundin nicht aus dem Katalog ist (»Wir haben uns in Bangkok auf einem Kongress kennen gelernt. Dann hatte sie dienstlich in Deutschland zu tun, und dabei sind wir uns näher gekommen«). Oder die die Telefonnummer ihrer ersten Freundin aus Schulzeiten raussuchen, sich mit ihr treffen und es mit den guten alten Zeiten versuchen (»Irgendwie muss ich noch ganz schön oft an dich denken«).

Ich bin ganz anders. Was man schon allein daran sieht, dass ich begonnen habe, freiwillig auf Sex zu verzichten. Und zwar bereits seit über vier Stunden. Warum? Zum Beispiel, um diesen schalen Geschmack im Mund am nächsten Morgen zu vermeiden. Ich habe dafür sogar in Kauf genommen, eine Samstagnacht alleine im Bett vor dem Fernseher zu verbringen. Ich bereue es nicht einmal. Na ja, wenigstens nicht allzu sehr.

Es war folgendermaßen: Ich hatte mir von Lucy, unserer Praktikantin, das Versprechen abluchsen lassen, mit ihr essen zu gehen. Gut, allzu viel Mühe musste sie nicht darauf verwenden, mich rumzukriegen. Sie ist ein hübsches, gut gebautes Mädchen, und, was noch wichtiger ist, sie hat einiges auf dem Kasten. Sie kann brillant erzählen und versteht trotz ihrer vierundzwanzig Jahre den beißenden Zynismus von uns Redakteuren. Das ganze Ressort mochte sie, und wir bedauerten es, dass ihre sechs Wochen rum waren. Freitagnachmittag ist sie zu meinem Schreibtisch gekommen.

»Ich möchte mich für das Praktikum bedanken. Und ich habe noch so viele Fragen, die ich bei der Hektik hier einfach nicht loswerde. Vielleicht können wir uns einmal … außerhalb treffen? Vielleicht morgen Abend?«

»Zu mir oder zu Ihnen?«

Wie gesagt, ich machte es ihr nicht besonders schwer. Wir einigten uns auf meinen Stamm-Italiener, der nur fünf Minuten von meiner Wohnung entfernt liegt. Was Lucy natürlich nicht wusste.

Samstagabend, kurz vor acht. Ich wollte gerade zu Nino hineingehen, als ich sie sah. Lucy sah umwerfend aus. Sie trug ein türkisfarbenes Sommerkleid, hochhackige Schuhe und eine Frisur, an der sie vermutlich seit dem Nachmittag gearbeitet hatte. Kurzum: Sie war eine perfekte Mischung aus feiner Dame und scharfer Maus. An der Art, wie sie auf mich zukam und mir zuwinkte, konnte ich erkennen, dass sie sich über ihre Wirkung vollkommen im Klaren war. Oder, um es anders auszudrücken: Wir wussten beide, woran wir waren, und die einzige Frage war, wie wir möglichst schnell mit dem Essen fertig werden konnten, um zum Hauptteil des Abends überzugehen.

»Sie sehen atemberaubend aus«, sagte ich.

Schade. Sie wurde rot. Es enttäuschte mich, weil es sie so jung wirken ließ, wie sie war. Aber was soll's, ich war vorgewarnt.

»Sie übrigens auch«, sagte sie dann.

Das versöhnte mich wieder mit ihr und dem Abend. Sie war selbstbewusst, und das gefiel mir. Ich gehöre zu den Typen, die gerne Komplimente machen. Man darf dabei nur nie übertreiben. Aber ein ehrliches und treffendes Kompliment ist wie ein Passepartout – selbst die kälteste und verschlossenste Frau öffnet ein wenig die Tür, wenn die richtigen Worte fallen. Noch besser ist es natürlich, wenn Frauen ihrerseits Komplimente machen. Allerdings nicht auf diese übertrieben emanzipierte Art, die nur als Tarnung für grauenhafte Komplexe dient (»Hat Ihnen schon mal jemand gesagt, dass Sie einen Super-Knackarsch haben?!«). Auch nicht auf die Art, die man erst versteht, wenn man zehn Jahre später seinem Therapeuten davon erzählt (»Weißt du, als wir neulich spazieren waren, habe ich erst später gemerkt, dass du der einzige Mann bist, der mir wirklich zuhört, weil ich zuerst dachte, dass du mir die ganze Zeit in den Ausschnitt glotzt«). Es gibt Frauen, die einfach im richtigen Augenblick den richtigen Satz sagen, nett gemeint und ohne große Hintergedanken. Klar, dass das selten vorkommt: Frauen, die mit Männern reden, sagen eigentlich nie irgendetwas ohne Hintergedanken.

Vielleicht hatte Lucy es auch nur gesagt, weil ich extrem underdressed war – im Vergleich zu ihr. Ich trug Jeans, Segelschuhe, ein T-Shirt und ein leichtes Leinensakko. Mein übliches Outfit für einen Samstagabend im Sommer. Und genau das Richtige, um bei Nino auf der Terrasse zu sitzen, kalten Weißwein zu trinken und mir vorzustellen, was Lucy unter ihrem türkisfarbenen Kleid trug.

»Kommen Sie, gehen wir rein. Ich habe einen Tisch auf der Terrasse reserviert«, sagte ich und hielt ihr die Tür auf.

Was folgte, war die übliche Italiener-Szene. Nino stürmte auf uns zu, blieb abrupt stehen, starrte uns an und küsste dann vor Verzückung seine eigenen Finger.

»Bellissima, bellissima«, schnurrte er und verdrehte vor Lucy die Augen.

»Dottore kommt immer mit die schönste Frauen«, sagte er. »Kommen Sie. Isch abe wunderschöne Tisch für die wunderschöne Paar.«

Nun, die italienische Auffassung von Komplimenten ist offenbar eine andere als meine. Zumal Nino einen Arm um Lucys Hüfte legte und sie nicht zum Tisch führte, sondern förmlich schob – und dabei mindestens seinen halben Appetit auf junge Frauen für diesen Abend stillte.

Als wir uns gesetzt hatten, sagte Lucy:

»Ich wusste gar nicht, dass Sie promoviert haben. Steht auch nicht auf Ihrer Karte.«

Es dauerte einige Sekunden, bis ich verstand.

»Ach, Sie meinen wegen des ›Dottore‹? Schön wär's, aber ich muss Sie enttäuschen. Nino nennt jeden so, den er schon einmal mit einem Buch oder einer Zeitung gesehen hat.«

Ich erklärte ihr, dass ich gelegentlich meine Samstagnachmittage Cappuccino trinkend und Zeitung lesend auf Ninos Terrasse verbringe – es ist also nicht nur mein Stammrestaurant, sondern gleichzeitig auch mein Stammcafé.

»Schade«, sagte Lucy, »Dr. Hamdorf – klingt gar nicht schlecht.«

Ich winkte ab. Schließlich wusste ich genau, was sie eigentlich dachte: Frau Dr. Hamdorf – klingt gar nicht schlecht.

»Ich schlage vor, wir lassen ab sofort nicht nur den Doktor weg, sondern auch dieses entsetzliche Sie. Immerhin ist dein Praktikum abgeschlossen – du bist sozusagen keine Schutzbefohlene mehr.«

Ich war mir nicht ganz sicher, ob ich zu weit gegangen war. Im Klartext hätte ich auch sagen können, dass wir meiner Ansicht nach ab sofort ungezügelt miteinander rumvögeln konnten.

»Sehr gerne«, zwitscherte sie. »Ich heiße Lucy.«

»Gregor«, sagte ich.

»Ich weiß. Gregor Hamdorf. Ich habe deine Artikel schon gelesen, als ich noch auf der Schule war«, sagte sie.

Ich hob abwehrend die Hände. Diese Schublade in der Komplimente-Kommode sollte für meinen Geschmack besser geschlossen bleiben. Und das sagte ich ihr auch:

»Na hör mal. Das klingt ja, als sei ich zwanzig Jahre älter als du.«

Sie wurde wieder rot.

»Das wollte ich gar nicht sagen. Ich meinte nur …«

Sie wurde von Nino erlöst, der zum Tisch getrippelt kam wie eine Ballerina – er ist zu einer bewundernswerten Grazie fähig, bedenkt man, dass der Mann über zwei Zentner auf die Waage bringt und dass außerdem ein nicht gerade dekoratives Küchenhandtuch aus seinem Hosenbund quoll.

»Dottore, was kann isch für Sie bringe und für entzückende Fräulein? Gemischte Vorspeisen wie immer? Dann frische Pasta, natürlich hausgemachte. Und isch kanne empfehle frische Seezunge auf Broccoli und Charlotte.«

Nino ist der Poet unter Hamburgs Italienern – er hat mir einmal erzählt, dass er eigentlich Opernsänger werden wollte. Es kommt nicht selten vor, dass man ihn aus der Küche eine Arie von Puccini schmettern hört. Oder dass er die Zutaten seiner Gerichte singend vorträgt – immerhin weiß man so genau, was man auf dem Teller hat.

»Und? Was meinst du?«, fragte ich sie.

Lucy war begeistert. Besonders von der Tatsache, dass man bei Nino die Pasta tatsächlich noch vor dem eigentlichen Essen verspeist – eine Sitte, die es aus irgendeinem Grund niemals über die Alpen geschafft hat.

»Klingt wunderbar. Ich nehme alles«, sagte Lucy und seufzte aus tiefstem Herzen.

Ich nickte Nino zu. »Aperitif wie immer, Nino«, fügte ich noch hinzu.

»Ach, Dottore«, sagte Nino und seufzte nun seinerseits – er klang wie ein Walross, das nach einem Drei-Minuten-Tauchgang Luft holt. »Jedes Mal, das Fräulein mit Ihne ist noch schöner als Mal davor.«

Er schwebte davon in die Küche und ließ mich mit Lucy und seiner höchst zweifelhaften Aussage allein. Lucy lächelte spitzbübisch.

»Gregor, ich kann mir nicht helfen, aber ich habe den Eindruck, dass wir nicht in deinem Stammlokal sind, sondern in deiner Abschleppwerkstatt. Vielleicht sollte ich mit Nino mal ein offenes Wort reden – schließlich weiß ich ja nicht, was du noch alles mit mir vorhast.«

Es ist an der Zeit, dass ich ein offenes Wort zum Thema Abschleppen verliere. Der einzige Mann, den ich kenne, der jemals eine Frau abgeschleppt hat, ist mein Freund Wolfgang. Er hat seine frühere Freundin Claudia auf einer Skater-Night kennen gelernt – das heißt, er stand am Rand der Bahn, und sie fuhr ihn über den Haufen. Später behauptete sie, dass sie im Skater-Kurs noch nicht beim Thema Bremsen angekommen wäre. Nachdem die beiden ihre Knochen wieder auseinander sortiert hatten, zog Wolfgang sie auf die Füße und dann auf ihren Rollerblades nicht nur nach Hause, sondern direkt in sein Schlafzimmer, wo sie den Unfall noch mal in verschiedensten Stellungen nachspielten. Grundsätzlich aber ist Abschleppen ein diskriminierender Ausdruck, weil er unterstellt, dass Männer Frauen nicht von Autos unterscheiden können. Was natürlich Quatsch ist, schließlich ist allein der Aufwand für die Pflege höchst verschieden.

Besonders aber möchte ich die Frage aufwerfen, wer der Abschleppdienst ist und wer der falsch geparkte Wagen.

Nehmen wir zum Beispiel Lucy: Es war offensichtlich, dass auf ihrer Liste mit erlegten Männern noch ein leitender Redakteur bei einem bekannten Wochenmagazin fehlte – aus ihrer Sicht war ich also zum Abschuss freigegeben. Abschleppen wäre da ein viel zu harmloser Ausdruck.

»Von dem offenen Wort mit Nino rate ich dir ab, sonst bleibt für mich nämlich nichts mehr übrig. Er ist kein Kostverächter«, sagte ich.

»Das sieht man«, sagte sie.

»Aber meistens muss sich der Gute mit schmachtenden Blicken begnügen. Seine Frau hat den sechsten Sinn. Spätestens, wenn er sich zu Gästen an den Tisch setzt, kommt sie oben aus der Wohnung und übernimmt das Kommando. Nino muss also in der Regel ein Requiem auf die unerfüllte Liebe singen.«

»Aber das mit vollkommener Grandezza«, sagte Lucy.

Ninos Sohn – er hat insgesamt acht Kinder, die abwechselnd im Lokal aushelfen – brachte uns den Prosecco.

»Auf diesen Abend«, sagte ich.

Lucy stellte ihre Augen auf Dämmerlicht.

»Auf diesen Abend.«

Wir stießen an und begannen eine ausführliche Konversation über das Leben als Reporter und Reporterin. Ich beichtete ihr, dass ich keineswegs freiwillig im Ressort für Klatsch und Tratsch gelandet bin. Ganz im Gegenteil, das Thema gehört zu den wenigen wirklich großen Tragödien in meinem Berufsleben.

»Wieso?«, fragte sie erstaunt und mit einem leichten Schluckauf in der Stimme. »Ich dachte, du gehörst zu den wahrhaft Berufenen in der Branche. Zumindest erzählt mir das jeder, mit dem ich über dich geredet habe.«

»Falscher Ansatz, Lucy. Wer glaubt, Bettgeschichten über Prominente könnte man aus Berufung schreiben, der schafft es kein Jahr in unserem Metier. Ich hasse diese Geschichten, und das ist der einzige Grund, warum ich so gut bin.«

Was soll's, ich hatte gerade meine redseligen fünf Minuten. Also erzählte ich es ihr. Wie alles gekommen ist. Dass ich ursprünglich in der Politik-Redaktion angefangen habe. Bis zu dem Tag vor nunmehr zwei Jahren, als ich einen dubiosen Anruf erhielt und mir jemand erzählte, dass Willy Brandt von seiner zweiten Frau Brigitte ermordet worden wäre. Es klang vollkommen glaubhaft. Mein großer Fehler war, dass ich die ganze Episode auf der nächsten Redaktionskonferenz erzählte – natürlich als Pausenwitz, während sich einige von uns einen Kaffee holten. Fünkchen, unser Chefredakteur, hörte ungebetenerweise zu – und war vollkommen begeistert. Wir brachten die Geschichte als so genannten Versuchsballon – vorsichtig geschrieben, aber ohne wirkliche Beweise.

Der Rest ist schnell erzählt. Das Magazin bekam ungefähr fünftausend begeisterte Briefe von frustrierten SPD-Nostalgikern und ein Schreiben von Matthias Prinz, dem einzigen Presseanwalt, vor dem sie alle den Schwanz einziehen. Und das reichte, um meinen Kopf rollen zu lassen.

»Aber dann war das Ganze ja gar nicht deine Idee«, sagte Lucy. »Wieso musstest du es dann ausbaden?«

Ich zuckte mit den Schultern. Durfte ich die Illusionen einer jungen, intelligenten Nachwuchsjournalistin zerstören? Obwohl: Die Erfahrung lehrt, dass das gar nicht möglich ist. Diese Mädchen beginnen wie Sabine Christiansen zu reden, nur weil sie bei einem Wochenblatt für die Kirchentermine zuständig sind. Und wenn sie zum ersten Mal auf Seite eins der lokalen Tageszeitung einen Fünfzeiler platzieren, glauben sie, mit dem nächsten Egon-Erwin-Kisch-Preis ausgezeichnet zu werden. Und eigentlich wollen sie ja doch alle zum Fernsehen. Ich winkte also ab.

»Ich hatte Glück im Unglück. Wir planten damals gerade, diese neue Leute-von-heute-Seite aufzubauen. Und so kam es, dass aus dem zweiten Bob Woodward des Polit-Journalismus der Klatschreporter Gregor Hamdorf wurde – berühmt, bewundert und vollkommen desillusioniert.«

Lucy sah mich an wie eine Krankenschwester einen Krebspatienten im Endstadium. Sie war kurz davor, mir die Hand auf die Stirn zu legen und mir gut zuzureden.

»Aber wie kannst du so etwas sagen? Du hast diese wunderbare Geschichte über den entführten Hund von Queen Elizabeth geschrieben. Oder die Reportage über den Automechaniker von Prinzessin Caroline – ich habe einen ganzen Abend lang geheult. Oder die Enthüllungsgeschichte über die Schweizer Botschaftergattin – dass sie gar nicht aus Texas kommt, sondern aus einer Kleinstadt im Spessart. Einfach toll. Ich bin ein großer Bewunderer von dir. Und ich bin so froh, dass ich in den vergangenen Wochen so viel von dir lernen konnte. Das werde ich mein ganzes Leben lang nicht vergessen.«

Eine Feministin würde das, was mit mir geschah, vermutlich als seelische Erektion bezeichnen. Die Worte des Mädchens legten sich wie Balsam auf meine verwundete Seele. Zugegeben: So verwundet ist sie gar nicht. Ich habe einfach herausgefunden, dass ein wenig professionelles Understatement Frauen aus der Reserve lockt. Auf primitive Aufschneider stehen sie nicht im Geringsten – und ich im Übrigen auch nicht.

»Gut, so ganz schlecht erledige ich meinen Job wohl nicht«, sagte ich.

»Ich finde es so toll, dass du bescheiden bist«, sagte Lucy.

Ich lächelte milde und nahm ihre Hand, die wie zufällig fast auf meinem Teller lag. Dann sagte ich:

»Du wirst es auch schaffen. Da bin ich mir ganz sicher. Wir hatten noch nie eine so talentierte Praktikantin wie dich. Ich weiß, dass du es ganz weit bringen wirst. Und wenn es irgendwie in meiner Macht steht, dir dabei zu helfen, dann kannst du jederzeit auf mich zählen.«

»Kennst du denn auch Leute beim Fernsehen? Ich glaube, dass ich als Moderatorin viele unentdeckte Talente habe.«

»Natürlich kenne ich Kollegen beim Sender. Jede Menge sogar. Richtig gute Freunde von mir sind das. Warte es nur ab. Ich bringe dich ganz groß raus«, sagte ich.

Das war keine Lüge. Das war einfach Teil des Vorspiels. Ob es stimmte oder nicht, wen interessierte das schon? Und es verfehlte nicht seine Wirkung. Lucy begann so stark zu glühen, dass ich bei Nino eine Flasche San Pellegrino zum Löschen bestellte.

Inzwischen trennte uns nur noch eine Platte mit gegrillter Seezunge von der Erfüllung des Abends. Und die schlangen wir in einer Geschwindigkeit in uns hinein, dass es angemessener gewesen wäre, wenn wir zwei Fisch-Macs vor uns gehabt hätten.

Ich winkte dann noch einmal nach dem Maestro.

»Nino. Wenn du bitte abräumen könntest. Und zwei Cappuccino. Und die Rechnung.«

»Subito, Signore«, sagte Nino. Er lächelte, weil er wusste, dass er bald erlöst sein würde – er konnte seinen Neid und seine ausgeprägte Phantasie kaum noch zügeln. Statt Arien hörten wir inzwischen aus der Küche italienische Gassenhauer, bei denen ich froh war, dass ich den Text nicht verstand.

Es war alles perfekt. Lucy hatte sich als charmante und geistvolle Plauderin erwiesen, die mit ihren Reizen und dem Ausblick in ihren Ausschnitt nicht geizte. Das Essen war wieder einmal hervorragend gewesen, der Kaffee ein perfekter Abschluss. Es war ein warmer Sommerabend, das Gesäusel der anderen Gäste versetzte mich in eine leichte, beschwingte Stimmung. Und vor mir saß ein Mädchen, dessen Brüste ungefähr so groß waren wie ihre Ambitionen im Journalismus – sie wollte nach ganz oben. Ich malte mir bereits aus, dass ich irgendwann nach Mitternacht auf den Balkon treten würde, um eine letzte Zigarette vor dem Einschlafen zu rauchen. Über mir würden ein freundlicher Mond und ein paar silberne Sterne leuchten. Und Lucy würde kichernd aus dem Schlafzimmer zu mir sagen: »Komm, lass uns das noch mal machen.«

Aber so war es nicht. Denn Lucy, die sagte etwas ganz anderes. Die sagte:
»Weißt du eigentlich, wer mein ganz großes Vorbild ist?«
Ich ahnte es. Aber gut erzogen, wie ich bin, schüttelte ich den Kopf.
»Sabine Christiansen. Ich finde diese Frau einfach super. Wie die mit den Menschen redet. Und wie kompetent die ist. Einfach toll. Gaaaanz, gaaaanz toll. Ich hab sogar – du darfst jetzt nicht lachen –, ich hab sogar ein Bild von ihr

über meinen Schreibtisch gehängt. Und da habe ich dick druntergeschrieben: Das kann ich auch. Ist mein großes Ziel – wenn ich dreißig bin, will ich auch eine eigene Sendung haben. Meinst du, dass ich das schaffe?«

Das sagte Lucy. Sie sah mich erwartungsvoll an wie ein Hund, wenn Herrchen die Frolicdose in der einen und den Dosenöffner in der anderen Hand hat. Ich brachte es nicht übers Herz, sie zu enttäuschen.

»Natürlich schaffst du das. Ich bin mir ganz sicher«, sagte ich. Aber meine gute Laune war fortgeschwemmt wie eine Sandburg nach einer großen Welle. Ich saß an Ninos Tisch, schlürfte meinen Cappuccino und fühlte mich auf einmal uralt, verbraucht und ausgebrannt. Von einer Sekunde zur anderen hatte sich meine Beschwingtheit in Luft aufgelöst. Ich kam mir vor wie ein Sechzigjähriger, der heimlich den »Playboy« liest. Geradezu widerlich. Was nur machte ich hier, an diesem Sommerabend, mit einem Mädchen, das zehn Jahre jünger war als ich und von dem ich nie mehr gewollt hatte als ein wenig Spaß in einer einzigen Nacht? Mit einem Mädchen, das mir den ganzen Abend über Geschichten erzählt hatte, die mich eigentlich gar nicht interessierten. Mit einem Mädchen, das, wenn ich genau hinsah, genauso gut eine kostümierte Sechzehnjährige sein konnte. Wieso hatte ich mich darauf eingelassen? Ich wusste es nicht.

Natürlich könnte man jetzt einwenden, dass ich übertrieben reagiert habe. Wenn man junge Journalistinnen von seiner Datingliste ausschließt, nur weil sie wie Sabine Christiansen sein wollen und sich genauso anziehen und frisieren, dann bleibt nicht mehr viel übrig. Natürlich, es gibt noch die Tita-von-Hardenberg-Anhängerinnen. Aber die versuchen, mit jedem Satz so geistreich zu sein, dass der Absturz vorprogrammiert ist. Über die Frauke-Ludowig-Fans rede ich gar nicht. Die sind ohnehin schlecht im Bett.

Vielleicht hätte ich Lucy aufklären können. Darüber, dass Sabine Christiansen ebenfalls zu Ninos Stammgästen gehört. Und dass ich sie an einem legendären Abend näher kennen gelernt habe, als sie mit Hannelore Hoger am Nebentisch saß und die beiden Frauen über jüngere Männer redeten. Das war kurz nachdem Sabine ihren Mann beim Monopolyspielen an Ulla Kock am Brink verloren hatte. Sabine und Hannelore hatten schon vier Flaschen Frascati intus und verboten Nino, die leeren Karaffen abzuräumen. Hannelore Hoger gehört zu den wenigen Frauen, vor denen Nino allein schon körperlich Respekt hat. Außerdem hatten die Frauen jedes Gefühl für die Lautstärke ihrer Unterhaltung verloren.

»Älter als fünfunddreißig kommt mir nicht mehr ins Bett. Den jungen Kerlen kann ich wenigstens noch sagen, was sie tun sollen. Ohne Angst zu haben, dass die mit einem Herzkasper über mir zusammenbrechen«, gab die Hoger lautstark zum Besten.

»Aber der Charakter. Ich habe Theo doch auch als Mensch geliebt«, wandte Sabine Christiansen ein.

»Charakter! Charakter!«, Hannelore machte ein Gesicht, als hätte sie lebende Maden verschluckt. »Was nützt mir Charakter, wenn sie sich einfach keine Mühe mehr geben, die alten Säcke. Und außerdem – was heißt schon Charakter, wenn das Schwein dich bei der ersten Gelegenheit mit deiner besten Freundin betrügt! Nein, nein, Sabine. Was du jetzt brauchst, ist junges Fleisch. Das treibt dir deinen Männerfrust schon aus. Und zwar jede Nacht. Und wenn du willst, am nächsten Morgen noch einmal. Du kannst doch nicht bis ans Ende deiner Tage mit diesem schwulen Bürgermeister rumturteln.«

Dann sah sie sich mit unstetem Blick im Raum um – ihr Blick fiel auf mich und Wolfgang. Wir saßen gerade bei einem guten Rotwein – auch nicht der erste – und sprachen über neue Projekte und Frauen.

»Der da zum Beispiel«, und sie zeigte dabei auf mich. »Der wäre doch was für dich.«

»Hannelore, nicht so laut«, lallte Sabine, keinen Deut leiser als ihre Freundin.

Die war nicht mehr zu bremsen.

»Ich zeig dir, wie man es macht.« Sprach's, stand vom Tisch auf, wobei ihr Stuhl polternd zu Boden fiel, kam zu uns gewankt wie eine Segelfregatte auf Angriffskurs und ließ sich plumpsend auf Wolfgangs Schoß fallen.

»So, Bürschchen. Jetzt zeigen wir meiner Freundin mal, dass ihr jungen Kerle was vom Küssen versteht.«

Es waren keine hohlen Worte. Die Hoger packte Wolfgang am Kinn und schob ihre Zunge in seinen Mund wie ein Pelikanweibchen, das seine Brut füttert. Wolfgang japste nach Luft.

»Frau Hoger. Ich freue mich ja, Sie kennen zu lernen. Aber muss es gleich so stürmisch sein?«, fragte er trotz der heiklen Situation in perfekter Galanterie.

»Klappe«, sagte die Hoger nur. Und dann zu Sabine Christiansen: »Na los, Sabine. Wenn du nicht bald anfängst, wird der auch noch alt und grau.«

Sabine Christiansen stand auf und schwebte auf mich zu. Genau wie die Hoger ließ sie sich auf meinem Schoß nieder – doch statt mich zu küssen, begann sie wie wild in ihren Taschen herumzuwühlen. Sie suchte die Karteikarten mit den vornotierten Fragen. Die Hoger brach in schallendes Gelächter aus.

»Sabine, du bist nicht auf Sendung. Das hier ist das richtige Leben.«

Sabine Christiansen wurde leichenblass. Schließlich bekommt man so etwas nicht alle Tage gesagt. Dann nickte sie entschlossen und wagte einen Blick in meine Augen.

»Ich hoffe, Sie haben nichts dagegen«, sagte sie. Ich schüttelte den Kopf, und wir begannen wild herumzuknutschen. Ich kann an dieser Stelle verraten, dass Sabine Christiansen eine wirklich gute Küsserin ist. Es ist nämlich keineswegs so, dass sich nur Frauen Gedanken über die Küssqualitäten des anderen Geschlechts machen. Umgekehrt ist es genauso.

Nun, es ging eine ganze Weile so. Erst als die Hoger Wolfgang auf den Tisch zog und begann, ihn auszuziehen, kam Nino angetänzelt und raufte sich die Haare.

»Meine Damen, Signoras. Isch biete sie. Biete, die andere Gäste denke, dass ist keine gute Lokale. Und isch selber müsse nur zugucke, das gehte doch nischt.«

Aber da war er bei Hannelore Hoger an der falschen Adresse.

»Nino. Tu mir einen Gefallen. Geh hoch und schlaf mal wieder mit deiner Frau. Und stör uns nicht.«

»Aber, Signora. Das gehte doch nischt. Nach dreißig Jahre Ehe und acht Bambini kann isch unmöglich mit eigene Frau schlafe. Was solle meine Freunde von mir denke? Aber wenn Sie hätte einmal Zeit für miche?«

Vielleicht war es gar nicht schlecht, dass Nino das sagte. Wir vier – die Hoger, die Christiansen, Wolfgang und ich – sahen uns in die Augen und brachen in schallendes Gelächter aus. Anschließend tranken wir gemeinsam eine weitere Flasche Frascati und gingen nach Hause – jeder in seine eigene Wohnung. Und die Hoger bezahlte auch noch die komplette Rechnung.

Lucy habe ich in diesem Augenblick nichts davon erzählt. Weil ich wusste, dass es mit meiner schlechten Laune nichts zu tun hatte. Ich fand es einfach nur unerträglich, dass sie die Frau bewunderte, mit der ich küssend auf einem Restauranttisch gelegen hatte. Mir wurde schlagartig klar, dass Lucy und mich Welten trennten. Ja, mehr als das. Ich erkannte plötzlich, dass wir wie zwei Schildkröten waren, die eine Strömung auf zwei unterschiedliche Inseln desselben Archipels geschwemmt hatte. Wir konnten uns sehen, und doch waren wir unendlich weit voneinander entfernt. Da war die junge, bombig aussehende Frau, die noch alles vor sich hatte, die Männer sammelte wie andere Briefmarken und die dabei auch nichts dagegen hatte, wenn das ihre Karriere förderte. Und da war der ebenso gut aussehende, schon leidlich erfolgreiche, vierunddreißigjährige Reporter, der schlagartig erkannte, dass die Zeit der wilden Abenteuer endgültig vorbei war. Ich trat in diesem Moment in eine neue Epoche meines Lebens ein – und bekam das auch noch bei vollem Bewusstsein, live und in Farbe mit.

Es war mir auch klar, wohin die Reise ging: fort von den heißen, süßen und doch unendlich nichts sagenden Nächten mit Frauen, deren Namen ich schon nicht mehr wusste, wenn ich ein paar Tage später ihren BH unter meinem Bett fand. Vor mir lag Neuland, absolute Terra incognita, weiße Flecken auf der Landkarte meines Lebens. Ich war bereit, nunmehr in den soliden Teil meiner Existenz aufzubrechen und eine Frau vielleicht auch dann noch zu mögen, wenn ich jeden Leberfleck auf ihrem Körper kannte und miterlebt hatte, dass sie Blähungen hatte. Ja, genau in dem Augenblick, als die süße Lucy mir am Tisch gegenübersaß und mich noch immer erwartungsvoll anblickte, wusste ich, dass es Zeit war zu heiraten. Mehr noch: Ich sah in meinem Kopf einen Satz, groß und in Leuchtbuchstaben wie auf einer Reklametafel. DIE NÄCHSTE FRAU, MIT DER DU INS BETT GEHST, WIRST DU HEIRATEN. Tja, und so Leid mir das tat: Es war definitiv nicht Lucy.

Ahnte sie es? Keine Ahnung. Auf jeden Fall sah mich Lucy an, als wären mir gerade Tentakel aus dem Mund gewachsen oder alle Haare ausgefallen.

»Ist dir nicht gut?«, fragte sie. Ihr Gesichtsausdruck ließ ahnen, dass sie überlegte, ob ich nicht in Wirklichkeit ein verhaltensgestörtes Monstrum war, das sie gleich verschleppen, in einen Keller sperren und nach und nach in feine Scheiben zerteilen würde.

»Doch, doch. Alles in Ordnung. Es ist nur … ich habe gerade gemerkt, dass ich mein Leben renovieren muss. Und zwar von Grund auf.«

»Klingt nach Midlife-Crisis«, sagte sie.

Aha, dachte ich. Ich kenne das. Wenn Frauen Zurückweisung ahnen, werden sie erst einmal aggressiv.

»Vielleicht hast du Recht. Oder eine Stufe davor. Eine Art verspäteter Abschied von der Pubertät. Wird auch langsam Zeit, findest du nicht?«

Sie lächelte wieder.

»Och, ich finde, damit kannst du dir noch bis morgen früh Zeit lassen. Immerhin sind wir jung, unabhängig, scharf aufeinander, und es ist eine warme Sommernacht.«

O Mann. Wahrscheinlich war ich wirklich krank. Ich

sah sie an, ihre grazilen Schultern, ihre umwerfende Brust, ihre Wangenknochen – ich kam mir vor wie ein Alkoholiker, der gerade beschlossen hatte, eine volle Flasche Wodka in den Ausguss zu kippen. Eine echte Sünde. Und doch – mein Entschluss stand fest und war unwiderruflich.

Nino brachte mit zerknirschtem Gesichtsausdruck die Rechnung, und als wir gingen, blickte er uns neidvoll nach. »So schöne Mädchen, Dottore. Wünsche noch eine angenehme Notte.«

»Tschüs, Nino. Essen war super«, sagte ich. Kurz und knapp. Ab und zu geht der Gute mir wirklich auf die Nerven.

»Tschüs, Nino«, sagte auch Lucy. »Sie sind ein wunderbarer Mensch.«

Klar. Sie witterte die Chance, in den Club der angesagten Gäste aufgenommen zu werden. Ein Italiener, der einen mit Handschlag und Küsschen begrüßt – welche aufstrebende Jung-Reporterin träumt nicht davon?

Schließlich standen wir auf der Straße. Obwohl es nach Mitternacht war, war es angenehm warm. Händchen haltende Paare spazierten an uns vorbei oder fragten sich fassungslos, ob ihr Cabrio in einer solch schönen Nacht wirklich abgeschleppt worden war. Lucy und ich sahen uns tief in die Augen.

»Also«, sagte sie, wieder mit ihrem spitzbübischen, unendlich süßen Lächeln, »um auf deine Frage von gestern zurückzukommen – zu dir oder zu mir?«

»Zu dir«, sagte ich, und sie strahlte – leider zu früh. »Ich bringe dich genau bis zu deiner Haustür, damit dich unterwegs nicht ein Rudel Wölfe anfällt. Und dann werde ich den müh- und einsamen Weg zu meiner Wohnung antreten.«

Tja. Da war es raus. Ich konnte selber kaum glauben, dass solche Worte über meine Lippen gekommen waren. Aber ich wusste auch, dass ich konsequent sein musste. Um meine übliche Sonntagsdepression kam ich ohnehin nicht herum – und doch war mir klar, dass sie im postkoitalen Zustand noch sehr viel schlimmer ausfallen würde. Nein, es gab keinen Weg zurück mehr – mein neues Leben hatte vor fünf Minuten begonnen, und ich hatte nicht vor, es nach weiteren fünf Minuten schon wieder zu beenden.

Lucy, das muss ich ihr lassen, wusste, wann sie verloren hatte. Sie nahm meine Hand und lächelte mich tapfer an.

»Du denkst bestimmt, dass ich mich an dir hochschlafen wollte. Schließlich bin ich ja nur die kleine Praktikantin, und du bist der große Gregor Hamdorf. Aber ich kann dir versprechen, dass es nicht so ist. Oder, sagen wir, nicht nur. Ich hatte auch einfach so Lust auf dich.«

»Das weiß ich, Lucy. Außerdem wär's mir egal gewesen. Da bin ich nicht so kleinlich.«

»Ich glaube aber, doch«, sagte sie mit gespielter Schmollstimme.

Ich war ihr eindeutig eine Erklärung schuldig. Aber wie erklärt man so etwas einer Frau, für die die größte anzunehmende Krise darin besteht, dass ihre Frisur nicht richtig sitzt oder sie im Fitnessstudio neben einer steht, die drei Kilo weniger wiegt? Es gibt nichts Widerlicheres als alternde Männer, die Frauen gefühlvolle Einblicke in ihre Zukunftsängste geben. Das wäre ungefähr so, als würde ich über Prostatakrebs oder Bluthochdruck sprechen. Auf der anderen Seite: Ich bin gerade vierunddreißig. Sind solche Überlegungen nicht ein wenig übertrieben?

»Ich habe heute einen Entschluss gefasst, Lucy«, erklärte ich ihr feierlich. »Ich habe beschlossen, dass die nächste

Frau in meinem Leben länger als für eine Nacht bei mir bleiben soll. Sehr viel länger. Um nicht zu sagen, für immer. Heiraten und so, du weißt schon …«

Lucy blitzte mich kess an.

»Ist das eine Herausforderung? Woher willst du wissen, dass nicht ich es bin – diese eine, große, tolle Frau? Du hast die einmalige Chance zu einem kostenlosen Test. Ist das nichts?«

»Das ist mehr, als sich mancher Mann wünschen würde. Aber waren wir uns bisher nicht einig, dass wir an diesem Abend maximal über Sex und nicht über Liebe gesprochen haben?«

»Och, weißt du – da bin ich nicht so kleinlich«, sagte sie. Und drückte mir einen Kuss auf die Wange.

Ich habe es selten erlebt, dass eine Frau derart würdevoll eine Niederlage einsteckt. Ich war beeindruckt, denn das hatte ich Lucy mit ihren vierundzwanzig Jahren nicht zugetraut. Und es kam noch besser.

»Akzeptiert«, sagte sie. »Auch wenn es schade ist. Dann mache ich dir ein Friedensangebot. Wir gehen jetzt noch irgendwo ein schönes großes Eis essen – zur Abkühlung, sozusagen.«

»Einverstanden – und ich lade ein.«

»Toller Mann«, sagte sie lächelnd.

So kam es, dass ich den ersten Abend meines neuen Lebens mit einem Bananen-Split und einem langen, feuchten Kuss vor Lucys Haustür beendete. Nichts als eine unverfängliche Knutscherei, darüber waren wir uns einig.

Anschließend trottete ich mehr oder weniger gut gelaunt nach Hause. Dort machte ich zunächst Dinge, die ich sonst nie mache: aufräumen, Altpapier bündeln, Spülmaschine ausräumen, einen Blick auf meine Kontoauszüge werfen. Alles diente nur einem Zweck – nicht nachzudenken. Trotzdem dauerte es keine halbe Stunde, und ich kam zu dem eindeutigen Ergebnis, dass ich ein kompletter Volltrottel war. Genau wie der Alkoholiker, der in seiner Küche steht und auf die nunmehr leere Wodkaflasche blickt – er weiß genau, dass es überhaupt keinen Unterschied gemacht hätte, diese auch noch auszutrinken und erst danach trocken zu werden. Aber was soll's, es war nicht mehr zu ändern. Und Lucy jetzt noch einmal anzurufen kam nicht in Frage. Selbst wenn sie mich erhört hätte, woran ich nicht wirklich zweifelte. Ich hätte mich ziemlich sicher als noch viel größerer Volltrottel gefühlt. Nun, die Folgen sind bekannt. Ich legte mich nackt aufs Bett und sah mit ungewöhnlicher Aufmerksamkeit die Lumberjack World Championship auf DSF.

Mittlerweile starre ich einfach nur noch auf den Vorhang, der sanft im Nachtwind schaukelt. Was ich jetzt gleich machen werde, geht niemanden etwas an. Vielleicht nur so viel: Nur Männer, die zu leidenschaftlicher Selbstbefriedigung in der Lage sind, sind auch gute Liebhaber. Und ich bin ein guter Liebhaber.

Der Jasager

»Das verstehe ich nicht«, sagt Herbert am anderen Ende der Leitung. Er ruft mich jeden Sonntagmorgen um elf Uhr an – also auch heute. Ich liege im Bett, habe Kopfschmerzen und sehe die Sendung mit der Maus – ein schwacher Trost, schließlich musste ich letzte Nacht darauf verzichten.

»Was gibt's daran nicht zu verstehen?«, frage ich nicht gerade freundlich zurück. Herbert ist einer meiner besten Freunde, und ich habe ihn gerade in meine Pläne für mein neues Leben eingeweiht. Auf allzu detailversessene Fragen habe ich trotzdem keine Lust.

»Na ja, Gregor. Heiratest du jetzt die erste Frau, mit der du ins Bett gehst – oder gehst du so lange mit keiner ins Bett, bis du die richtige zum Heiraten gefunden hast?«

Kann ich mit so viel Dummheit wirklich befreundet sein?

»Das ist doch wohl klar, oder?«, sage ich.

»Dann mach dich auf eine lange Zeit ohne Sex gefasst. Denn bis DU die Richtige fürs Jawort findest, kannst du dir schon mal überlegen, ob deine Rente für euch beide reicht.«

Wir gehen nie besonders zimperlich miteinander um. Trotzdem trifft mich seine letzte Bemerkung. Hat er am Ende vielleicht Recht?

»Bin ich denn wirklich so unerträglich, dass es einfach

nicht die Richtige für mich gibt?« Zugegeben, für meine Verhältnisse ist das eine ungewöhnlich selbstkritische Frage.

»Na ja, Gregor. Die Richtige ist immer die, die man dazu macht. Und bisher hast du dich mit Händen und Füßen dagegen gewehrt. Ich hatte den Eindruck, dass du lieber Mönch wirst, als dich ernsthaft zu binden – du warst sozusagen der Prototyp des ewigen Junggesellen. Aber weißt du, an dem Punkt sind wir wirklich Brüder im Geiste.«

»Was soll das denn heißen?«

»Wir beide, du und ich. Wir sind einfach zum Single-Dasein geboren. Ehe und so etwas, das ist nichts für uns. Dafür sind wir nicht gemacht, da haben wir keine Luft zum Atmen, da fehlt uns der Kitzel der Gefahr und des Abenteuers – und den brauchen wir so nötig wie andere ein trautes Heim und eine Familie. Aber wir, wir brauchen Freiheit und die erotische Wildbahn, sonst hat unsere ganze Existenz keinen Sinn.«

»Herbert! Bis später.«

Ich sage es und lege einfach auf. Es ist zu viel für mich. Vor allem am Sonntagmorgen. Nicht weil Herbert das mit dem Single-Dasein gesagt hat. Da kann ich ihm nicht widersprechen. Jedenfalls, wenn es um mich geht. Nur bei ihm selber, da ist die Aussage der beste Beweis dafür, dass es keinen zweiten Menschen auf diesem Planeten gibt, der sich solche Illusionen über sein eigenes Leben macht wie Herbert.

Herbert behauptet stock und steif, er sei Single. Dabei lebt er seit über zehn Jahren mit seiner Freundin Angelika zusammen. Unsere Gespräche darüber verlaufen stets nach dem gleichen Strickmuster:

»Herbert, sieh es einfach ein. Du bist kein Single.«

»Natürlich bin ich das. Genau wie du.«

»Und was ist mit Angelika?«

»Was soll mit ihr sein?«

»Ihr wohnt seit zehn Jahren in einer Wohnung.«

»Na und? Wir haben eine WG. Um genau zu sein, eine Zweier-WG.«

»Natürlich. Und die Tatsache, dass ihr miteinander schlaft, hat wohl auch nichts zu sagen?!«

»Genau. Wir haben Sex miteinander. Deswegen ist man doch in keiner Beziehung. Das müsstest du doch am besten wissen.«

»Ich habe aber nicht seit zehn Jahren Sex mit derselben Frau.«

»Zufall. Es ergibt sich halt so, wenn man zusammen wohnt.«

Meistens enden unsere Gespräche mit Bemerkungen von Herbert wie: »Manchmal glaube ich, dass wir die einzigen Single-Männer sind, die es in dieser Stadt überhaupt noch gibt, Gregor. Und ich bin wirklich froh darüber.«

Angelika, eine reizende Frau mit einer unendlichen Geduld, lässt ihren Herbert übrigens erzählen, was immer er will. »Das ist wie beim Angeln. 'nem dicken Fisch muss man viel Leine geben«, erklärt sie regelmäßig. Nun, das mit dem Fisch bezweifele ich. Aber dick ist Herbert zweifellos. Nicht gerade so wie Nino. Aber auch nicht ganz weit davon entfernt. Und dass Herbert auf dumme Gedanken käme, darüber muss sie sich wahrlich keine Gedanken machen. Er ist der treueste »Single«, den ich je erlebt habe.

Jedenfalls bin ich damit beim Thema dieses Morgens angelangt. Ich stelle den Fernseher aus und beginne, an meinem nackten Körper hinabzusehen. Um genau zu sein, ich nehme meinen Bauch unter die Lupe. Wenn ich auf dem Rücken liege, ist von den berühmten Speckröllchen nichts zu sehen – ein Trost. Vor dem Spiegel stehend, sieht die Sache schon anders aus: Vom Sixpack bin ich so weit entfernt wie Arnold Schwarzenegger vom Bestehen eines IQ-Tests. Man kann halt nicht alles im Leben haben. Und ich muss auf das berühmte Waschbrett unterm T-Shirt verzichten. Aber bei meinem Hohlkreuz wäre das wohl auch zu viel verlangt.

Dick oder auch nur korpulent bin ich damit noch lange nicht. Insgesamt, finde ich, kann ich mich durchaus noch sehen lassen. Ich habe überhaupt kein Problem damit, einer Top-Frau in Badehose gegenüberzutreten. Oder auch ohne Badehose.

Trotzdem gefällt mir der Trend nicht – in den letzten Monaten habe ich ganz eindeutig zugelegt. Eine schmerzliche Entdeckung an diesem ohnehin nicht gerade glorreichen Sonntagmorgen.

Wundern darf es mich nicht. Jahrelang hat mein Körper geduldig alles mitgemacht, was ich ihm zumutete: Überstunden, Alkohol, Tiefkühlpizza, Weizenbier, kein Schlaf, Kaffee, Zigaretten, keine Zigaretten, noch mehr Kaffee, Jetlag, verdreckte Küche, ein Monster von Chefredakteur, Küssen mit Sabine Christiansen (zugegeben, nur einmal) und ständiger Zeitdruck in der Redaktion. Aber dass sich mein Körper auf die denkbar schlimmste Art an mir rächen würde, die es für einen kultivierten Mann überhaupt gibt, das schockiert mich in diesem Augenblick doch: Ich habe tatsächlich, lange Zeit von mir unbemerkt, einen Bauchansatz entwickelt. Ich stehe vor dem Spiegel und bin ernsthaft schockiert. Mein Lebenswandel macht sich bemerkbar. Was ich da sehe, ist nicht mehr der Körper eines Fünfundzwanzigjährigen.

Aber was bedeutet das für mein neues Lebenskonzept? Habe ich als Mann mit Bauch überhaupt noch eine Chance auf dem Markt der Heiratswilligen? Oder habe ich mich tatsächlich so lange für keinen Bahnhof entscheiden können, dass der Zug inzwischen in die Montagehalle eingefahren ist, ich also zu den Männern gehöre, die sich so langsam auf ein Leben als vereinsamter Rentner einrichten sollten? Oder, noch schlimmere Vorstellung, muss ich die Ansprüche an mein Gegenüber herunterschrauben und mich damit abfinden, dass meine Zukünftige dick sein und der Ring, den ich ihr auf dem Standesamt an den Finger stecken muss, eher einer Spange für Abwasserrohre gleichen wird?

Halt! Ich ermahne mich zur Ruhe. Natürlich ist das Wort Bauch für das, was ich da im Spiegel sehe, nicht falsch. Aber im Vergleich zu Herbert, oder gar zu Nino, sehe ich immer noch aus wie ein Hungeropfer. Bauch heißt zunächst nichts anderes, als dass ich meinen Gürtel vielleicht ein Loch weiter schnallen muss – und dafür kann ich, angesichts der Umstände, nun wirklich nichts.

Es ist ja so, dass das männliche Single-Dasein zu den ungesündesten Existenzformen überhaupt gehört, bengalische Teppichkinder und magersüchtige Top-Models vielleicht einmal ausgenommen. Kein Wunder also, dass unverheiratete Männer ein doppelt so hohes Krebsrisiko haben wie ihre verheirateten Artgenossen, dreimal so häufig einem Herzinfarkt erliegen und viermal so häufig an ernsten Geschlechtskrankheiten leiden.

Nehmen Sie einfach mich als Beispiel: Ich arbeite sechzig bis siebzig Stunden in der Woche, ich komme abends in eine einsame, unaufgeräumte Wohnung, meine Küche ist ein Freilandversuch mit Mikroorganismen (meine Putzfrau ist meistens krank, und wenn sie nicht krank ist, ist eines ihrer sechs Kinder krank, und wenn keines ihrer sechs Kinder krank ist, dann sitzt sie in meinem Wohnzimmer und telefoniert auf meine Kosten mit ihren Eltern in Peru), wenn ich etwas Warmes essen möchte, muss ich entweder nährstoffarme Mikrowellengerichte zu mir nehmen oder fettreiche Restaurantkost.

Aber das ist alles kein Problem. Ich lebe gerne so.

Auch emotional ist alles im Lot. Ich habe sensible Freunde, mit denen ich über alles reden kann. Zum Beispiel in der Werbepause von der »Sportschau« am Samstagabend, wenn wir zusammen vor dem Fernseher sitzen. Da kann ich ihnen meine intimsten Sorgen anvertrauen. Wenn sie gerade aus der Küche Bier holen und auf dem Weg noch mal schnell aufs Klo gehen. Spätestens, wenn sie wieder da sind, fragen sie:

»Was hast du gerade gesagt?«

»Nichts. Nur, dass ich in letzter Zeit ernsthafte Depressionen habe und gestern mit Absprungabsichten auf dem Balkongeländer stand.«

Vor dem Ende der Sendung ist mit einer Antwort nicht zu rechnen. Das ist gut so. Ich habe Zeit, um selber noch einmal über meine Probleme nachzudenken. Dennoch ist auf die Hilfe meiner Freunde Verlass:

»Du würdest auf der Markise vom Griechen unten landen. Das überlebst du bestimmt. Könnte nur teuer werden«, antworten sie.

Das ist Hilfe, auf die man wirklich bauen kann.

Es sind nicht die Einsamkeit, die schlechte Ernährung, die häufig wechselnden Geschlechtspartner oder das fehlende Kindergeschrei, was das männliche Single-Leben so ungesund macht. Nein, das schwere Los des Single-Mannes ist die schreiende Ungerechtigkeit, die ihm widerfährt.

Beispiel Arbeit. Letzte Woche musste mein Kollege Gernot Pfeiffer, er ist ein paar Jahre älter als ich, eine Homestory über den Maler Michael Kowitzke fertig stellen – das ist der, der das neue Schröder-Porträt für das Kanzleramtsfoyer in Berlin gemalt hat.

Etwa um 21.30 Uhr – der Abgabetermin war seit sechs Stunden verstrichen – fing Gernot an, auffällig um meinen Schreibtisch herumzuschleichen. Natürlich tat ich so, als würde ich ihn nicht bemerken. Ich senkte den Blick auf meine Unterlagen und konzentrierte mich auf meinen Beitrag über Brustvergrößerungen bei Schulmädchen und die schrecklichen Folgen (neidische Mütter und Lehrerinnen, neue Abteilungen in Kinderkliniken, Leistungsabfall bei männlichen Mitschülern, Lehrer, die freiwillig die Pausenaufsicht übernehmen). Irgendwann aber wurde Gernot brutal – er zwang mir ein Gespräch auf.

»Du hast keine Kinder, oder?«

Ich schüttelte den Kopf.

»Nein, aber ich habe andere Probleme.«

»Du kannst dir nicht vorstellen, wie es bei uns zugeht im Moment. Mumps, Scharlach, Piercing-Entzündungen, Masern. Haben wir schon alles hinter uns«, sagte er mit einer Miene, die Mutter Teresa alle Ehre gemacht hätte.

»Du vergisst den Alkoholentzug.«

»Stimmt, bei unserem Ältesten.« Gernots Sohn Teddy ist, soweit ich mich erinnere, vierzehn.

Ich unterbrach ihn: »Gernot, wenn du einmal genau hinsiehst, dann wirst du bemerken, dass ich arbeite. Ich stehe mit meiner Tittengeschichte ungefähr genauso unter Druck wie du mit deinem Kowitzke.«

Er sah mich konsterniert an – vielleicht wegen des Unwortes Titten, das ich benutzt hatte und bei dem ein vierfacher Familienvater daran erinnert wird, dass die weibliche Brust mehr ist als eine vergrößerte Milchdrüse.

»Danke, dass du mich aufs Thema bringst. Genau darüber wollte ich nämlich mit dir sprechen«, sagte Gernot trocken.

»Über Titten?«

»Quatsch. Über den Druck. Die Deadline.«

»Schieß los«, forderte ich ihn auf.

»Lisa, unsere Nachzüglerin, hat Durchfall. Seit Tagen schon. Fast nur noch Wasser in den Windeln. Und ab und zu so grünlicher, schleimiger Brei. Wir sind ganz verzweifelt. Soll heißen: Ich muss nach Hause, Gregor. Unbedingt. Ich sitze richtig in der Scheiße.«

»Wegen Lisa oder wegen des Kowitzke-Artikels?«, fragte ich und versuchte, jeden Anflug von Freundlichkeit restlos aus meiner Stimme zu eliminieren. Ich erinnerte mich gerade daran, dass Gernots Recherchetermin bei dem Maler schon letzte Woche gewesen war – und es keinerlei Entschuldigung dafür gab, dass er immer noch keine Zeile zu Papier gebracht hatte.

Ich setzte also erneut an: »Gernot. Ich habe das Gefühl, du willst mir etwas sagen?«

»Genau. Unser Chefredakteur reißt mir den Kopf ab, wenn ich nicht um Mitternacht fertig bin und die Drucker wieder warten müssen. Du kennst Fünkchens Leier von wegen Millionenkosten. Aber wenn ich das jetzt durchziehe, dann sehe ich meine Tochter vielleicht nie wieder. Durchfall ist die Todesursache Nummer eins, global gesehen.«

»Südlich der Sahara, ich weiß. Und da liegt bekanntlich

ja auch Hamburg. Aber komm endlich auf den Punkt – ich soll deinen Artikel fertig schreiben? Das kannst du nicht ernst meinen!«

Gernot sah mich an wie ein thailändischer Bettelmönch, dem man ein Kilo Reis schenkt.

»Ich wusste, dass ich mich auf dich verlassen kann, Gregor. Ich schwöre es dir: Ohne Typen wie dich wäre es in diesem Laden nicht auszuhalten. Weiß gar nicht, wie ich mich bei dir bedanken soll. Du hast etwas gut bei mir.«

Gernot stand drei Sekunden später in Jacke und mit Tasche unterm Arm vor mir und hielt mir seine schüttelbereite Hand hin: »Wenn ich keine Familie hätte, ich würde dasselbe für dich tun. Ich schwör's. Du kannst dir nicht vorstellen, was Kinder für einen Stress machen. Sei froh, dass du keine hast. Es muss das Paradies sein.«

Bevor ich überhaupt noch etwas sagen konnte, verschwand Gernot schon im Aufzug.

Ich hatte gerade noch die Chance, hinter ihm herzurufen:

»Was ist mit Sylvia? Kann die sich nicht um die Kleine kümmern?«

Immerhin ist Gernot verheiratet. Und zwar glücklich. Warum sollte ich also den Durchfall seiner Tochter ausbügeln? Wozu hatte er denn eine Frau? Die Antwort ließ nicht auf sich warten:

»Die ist heute Abend beim Seidenmalen. Das ist unglaublich wichtig.«

Der Locher landete an der sich schließenden Aufzugtür – eigentlich war er dazu bestimmt gewesen, Gernot ein sauberes Loch in seinen spärlich behaarten Kopf zu reißen. Väter! Solange sie noch Frauen hatten, die sich um Haus und Familie kümmerten, war nichts gegen sie einzuwenden. Aber in Zeiten der Doppelverdiener sind sie eine wahre Pest.

Die Folge meiner Großzügigkeit machte sich ungefähr eine halbe Stunde später bemerkbar – und zwar gleich mehrfach.

Erstens fand ich mich in der wunderbaren Lage wieder, einen einfühlsamen Artikel über das Privatleben eines Malers schreiben zu müssen, den ich noch nie gesehen hatte, den ich nicht mochte und der mich nicht im Ansatz interessierte – wobei meine einzige Informationsquelle aus Gernots unleserlichen Notizen bestand.

Zweitens hatte ich gegen 22.30 Uhr eine so lautstarke Auseinandersetzung mit Chefredakteur Fünkchen, dass sie vermutlich noch in Japan von irgendwelchen Seismologen aufgezeichnet wurde und eine mittlere Katastrophenwarnung auslöste.

Und drittens musste ich eine Verabredung mit meiner Alle-halbe-Jahre-wieder-landen-wir-zusammen-im-Bett-Freundin Svenja absagen – sie ließ mich gar nicht erst ausreden, sondern knallte den Hörer auf, nicht ohne mir vorher zu sagen, dass sie ohnehin kein Interesse an Männern hätte, die nur für ihren Beruf lebten.

Immerhin konnte ich die vierte Katastrophe in dieser Nacht glücklich abwenden. Als Fünkchen um Mitternacht wieder vor meinem Schreibtisch stand, dampfend wie ein Kampfstier mit mindestens fünfzig Banderillas im Rücken, fragte ich ihn nach dem Stand seiner dritten Scheidung. Ein kluges Vorgehen, denn das von mir erhoffte Wunder geschah. Fünkchen sackte auf einem Stuhl zusammen, weinte ein wenig und erzählte mir dann von seinem ganzen Unglück (sie bekam das Haus, den SLK und beide Pferde – und das nur, weil er ein paar Mal mit ihrer besten Freundin im Bett war). Ich zeigte vollstes Verständnis. Anschließend sprachen wir über das schwere Los des Single-Daseins und die Hinterhältigkeit glücklich verheirateter Männer. Fünkchen verschwand in seinem Zimmer, kam mit einer Flasche Cognac wieder, und die Nacht endete damit, dass wir gemeinsam ein unerhört einfühlsames Maler-Porträt verfassten, bei dem der Leser fest überzeugt sein würde, dass wir Kowitzke monatelang begleitet und tagelang interviewt hatten.

Im Morgengrauen verabschiedeten wir uns. Fünkchen klopfte mir auf die Schulter und sagte: »Sie sind ein guter Mann, Hamdorf. Aber nehmen Sie einen Rat von einem alten Hasen wie mir an: Heiraten Sie! Sonst kommen Sie nie pünktlich aus dem Büro.«

Schade, dass mein Locher bereits in Einzelteile zerlegt war.

Es ist inzwischen früher Nachmittag geworden. Ich liege immer noch im Bett und bemühe mich, nicht zu bemerken, dass draußen ein wunderschöner Sommertag ist. Nichts einfacher als das: Ich verdrücke mehrere Scheiben Toastbrot mit Scheibletten, lese die Sonntagszeitung (die mir mein Nachbar, ein frühpensionierter Lehrer, freundlicherweise immer vor die Wohnungstür legt) und sehe mir auf verschiedenen Programmen abwechselnd einen Schwarzweiß-Piratenfilm, ein Radrennen in Portugal und die neueste Folge von »MacGyver« an (wobei ich lerne, wie man aus einem Fahrradreifen, einem Tannenzapfen und einer Vierteldollarmünze ein funktionsfähiges Kurzwellenradio baut). Das alles dient dazu, mich dem Lieblingsgemütszustand eines Mannes, egal welchen Alters, anzunähern: sich so zu fühlen wie ein Sechzehnjähriger in den Sommerferien. Ich muss zugeben, dass es mir heute ganz gut gelingt.

Wir Männer können uns, vor allem vor dem Fernseher und beim Sport, für ganze Stunden geistig verjüngen. Was den wunderbaren Effekt einer psychischen und körperlichen Tiefenentspannung mit sich bringt. Das Ganze wird höchstens dann problematisch, wenn es zum Dauerzustand wird und wir im Geisteszustand eines spätpubertären Jugendlichen verharren. Zugegeben, die Zahl meiner Geschlechtsgenossen, bei denen das der Fall ist, ist nicht ganz klein, siehe Dieter Bohlen, Tommy Lee (wobei es in seinem Fall nicht ganz abwegig ist) oder George W. Bush.

Ich hoffe, dass sich durch dieses Geständnis nicht gerade die Frauen bestätigt fühlen, die ohnehin glauben, dass Männer mental nie über das Stadium eines Zehntklässlers hinauskommen – angeblich daran ablesbar, dass sie ihre Lebensgefährtinnen regelmäßig mit ihrer Mutter (wahlweise auch Köchin oder Putzfrau), einer aufblasbaren Gummipuppe oder einem sprechenden Papagei (»Kann die nicht mal die Klappe halten?«) verwechseln.

Schließlich gehen solche Extremfälle nicht selten auf das Konto gerade derjenigen Frauen, die sich darüber beklagen. Und zwar weil sie sich einfach nicht entscheiden können. Wollen sie jetzt den reifen, souveränen MANN mit der Schulter zum Anlehnen (sprich: Vater, Psychotherapeut oder auch beste Freundin mit tiefer Stimme und Schwanz) oder den JUNGEN, der wild und abenteuerlustig ist und der mit ihnen Pferde stiehlt (sprich: Brad Pitt)?

Natürlich, am liebsten wäre solchen Frauen eine Mischung aus beidem, eine Art an- und ausstellbarer Universal-Lebensgefährte,

a) der beruflich unheimlich erfolgreich ist,
b) der immer Zeit hat, über ihre Probleme zu reden, und unheimlich gut zuhören kann,
c) der trotzdem kein softes Weichei ist und im Bett die perfekte Mischung aus Folterknecht und Knuddel-Teddy abgibt und
d) dem die Pferde, die man stehlen könnte, sowieso schon gehören, weil er ganz zufällig stinkreich ist und einem namhaften europäischen Königshaus angehört.

Klar, es gibt solche Männer. Sie lebten vorwiegend zwischen 1940 und 1950 in der Phantasie von Hollywood-Regisseuren und wurden von Cary Grant oder Rock Hudson dargestellt. Und/oder sie sind schwul.

Ich starre an die Zimmerdecke und versuche Antworten auf meine Fragen zu finden – leider vergeblich. Die Grübelei bewirkt, dass ich mich allmählich wieder so alt fühle, wie ich tatsächlich bin – und zu allem Überfluss läuft im Fernsehen jetzt auch noch ein Werbespot für einen Heimtrainer, der mich an mein eigentliches Problem erinnert. Ich werde dem Schicksal des einsamen, verfressenen, alternden Mannes nicht entgehen, wenn ich nicht augenblicklich etwas unternehme! Warum auch nicht! Schließlich habe ich beschlossen, ein neues Leben zu beginnen. Und dazu gehört, neben Heiraten und Familie, auch das Thema Gesundheit. Oder, um es einfacher auszudrücken: Nach einem halben Tag im Bett ist es Zeit, mich zu bewegen. Zumal ich dazu in der letzten Nacht nicht gekommen bin. Ich sollte mal wieder Sport treiben.

Eine Viertelstunde später bewege ich mich locker trabend in Richtung Alster – genau wie viele tausend andere Läufer und Läuferinnen in Hamburg. Von den unendlich vielen Spaziergängern und ihren dauerscheißenden Hunden einmal ganz abgesehen. Aber so sind Hamburger an einem sonnigen Sonntagnachmittag: Wenn sie sich nicht davon überzeugen können, dass die halbe Stadtbevölkerung dasselbe Bedürfnis hat wie sie, bekommen sie eine Lebenskrise, vereinsamen und werden depressiv. Es gibt nur eine einzige Möglichkeit für einen Hamburger, diesem Fluch zu entgehen: Er ist gerade auf Sylt.

Ich fühle mich großartig. Ich lege einen lockeren Zehnerschritt vor und komme mir vor wie ein Känguru, so locker stoße ich mich vom Boden ab, so butterweich lande ich bei jedem Schritt wieder auf dem Boden. Was habe ich nur in all den vergangenen Monaten versäumt, in denen ich die Joggingschuhe nicht aus dem Schrank geholt habe! Ich bin derart in meinem Element, dass ich meine Umgebung vollkommen vergesse. Ich genieße jeden Schritt und jeden Sprung, und selbst wenn ich vor roten Ampeln auf der Stelle trabe, fühle ich mich wie Dieter Baumann nach dem Zähneputzen. Auf einmal ist auch die Vorstellung, eine Zeit lang im Zölibat zu leben, nicht mehr erschreckend – was ist denn schon Sex im Vergleich zu einem Dauerlauf an der frischen Luft?

Es ist noch gar nicht so lange her, seit ich jeden Sonntag meine Kilometer abriss. Und zwar nicht alleine, sondern in trauter Gemeinschaft. Zu meiner Läufergruppe gehörten: ich selbst, Herbert, Sven und Wolfgang. Jede Woche trabten wir nebeneinander über die verstopften Gehwege an Hamburgs Lustgewässer Nummer eins, der Alster, und teilten großzügig die spazieren gehenden Frauen unter uns auf – dass sie uns gehörten, hätten wir uns auch nur ein bisschen um sie bemüht, stand außer Frage. Bei diesem Gedanken befällt mich eine kurze Melancholie – denn diese Zeiten sind endgültig aus und vorbei.

Unserer Laufgemeinschaft ist vor nicht allzu langer Zeit ein jähes Ende beschert worden. Für Herbert habe ich ja Verständnis – er hat sich endgültig fürs Übergewicht entschieden. Ein Entschluss, den man als echter Freund respektieren muss. Wer als Mann seine Pfunde auf die Waage bringen will, der kann natürlich nebenbei nicht Sport treiben. Das ist in Ordnung.

Schlimmer dagegen hat es mich bei Sven und Wolfgang getroffen: Beide haben sich in den letzten zwei Jahren in etwas verwandelt, das garantiert jede Freundschaft mit einem Single endgültig vernichtet. Sie sind zu JUNGEN VÄTERN geworden. Wolfgang auch noch mit Zwillingen. Ich will mich gar nicht über endlose Gespräche über volle Windeln, Keuchhusten, Schnullergrößen und die Tatsache, dass sie ihren Frauen nicht mehr auf die Muschi schauen können, seit ihre Söhne ihren Kopf da rausgesteckt haben, beschweren. All das habe ich monatelang geduldig ertragen. Selbst Sprüche, wie »Gregor, dieses Gefühl, wenn er dich zum ersten Mal mit seinen großen blauen Augen anlächelt, das musst du einfach auch erleben. Du weißt nicht, was du verpasst«, habe ich mir angehört. Doch was zu viel ist, ist zu viel.

Ich erinnere mich genau an den Morgen vor etwa sechs Monaten. Ich kam wie üblich zu unserem Sonntagstreffpunkt an der Alsterwiese – und traute meinen Augen nicht. Die beiden standen da in voller Joggingmontur, mit Handtuch um den Nacken und Baseballcap auf dem Kopf – und vor ihnen standen zwei riesige, schwarze, gefederte Kinderkarren, Modell »Sports Dad«. Für einen Augenblick hatte ich noch die Hoffnung, dass sie auf diese Weise zwei Kästen Bier transportierten, weil es irgendetwas zu feiern gäbe. Svens Sohn Lucas belehrte mich mit seinem Gebrüll eines Besseren.

»Von mir aus kann es losgehen«, sagte Wolfgang.

»Ich bin gleich so weit«, sagte Sven. Er beugte sich über Lucas und erklärte ihm geduldig, dass Papa jetzt Sport machte und dass aus ihm, Lucas, bestimmt auch einmal ein großer Sportler würde – der war zu diesem Zeitpunkt sechs Monate alt.

Wolfgang, stolzer Zwillingspapa, richtete sein Modell »Sports Dad Double Lucky« auf dem Joggingpfad aus.

»Das ist nicht euer Ernst«, sagte ich.

Aber sie hörten mir gar nicht zu, sondern trabten einfach los und schoben dabei ihre Sprösslinge vor sich her wie zwei durchgedrehte Bauarbeiter ihre Schubkarren.

Sven meinte: »In der Bedienungsanleitung steht, dass der ›Sports Dad‹ die Kalorienverbrennung um bis zu zehn Prozent erhöht. Also, Gregor, wenn du auch mal schieben willst, sag Bescheid.«

»Ich habe letzte Nacht schon was geschoben – falls du noch weißt, wovon ich rede. Und ich hoffe, dass dabei nie so ein kleines Scheißerchen rauskommt wie bei euch«, sagte ich giftig – das war zwar gelogen, aber ich wusste, wie empfindlich die beiden beim Thema sexuelle Unabhängigkeit waren.

Statt sich über mich aufzuregen, lächelten sich Sven und Wolfgang an wie zwei Erleuchtete.

»Siehst du, ich hab's dir gesagt«, sagte Sven.

»Ich wollte es nicht glauben, aber du hast Recht«, antwortete Wolfgang.

»Charlotte hat ein unheimliches Gespür für so etwas. Und schließlich kennt sie ihn ja auch schon eine Weile«, erklärte Sven. Na wunderbar! Jetzt wurde seine Gattin Charlotte schon zur Autorität, die man zitieren durfte.

»In dem Alter bleibt das nicht aus.«

Ich trabte so lange neben den beiden her, bis mir endgültig der Geduldsfaden riss.

»Könnt ihr mich vielleicht einmal aufklären, worüber ihr beiden ›Sports Dads‹ gerade redet?«

Sven und Wolfgang sahen mich an wie zwei Therapeuten, die wussten, dass hinter der nächsten Tür ein Trupp Kampf-Pfleger wartete, die sie zur Not aus allem raushauen würden.

»Du bist neidisch, Gregor. Darüber reden wir.«

»Wir verstehen das vollkommen. Ging uns doch bis zur Geburt unserer Kinder genauso. Aber versuche doch bitte trotzdem, dich halbwegs zivilisiert zu benehmen.«

»Charlotte sagt, dass das schon in der griechischen Tragödie ein Motiv war: der Väterneid. Das geht von Kindesraub bis zum Mord am Sohn des besten Freundes. Und immer waren unverheiratete Männer die Täter. Beziehungsweise solche, die sich selber nie getraut hatten, Kinder zu bekommen.«

»Aber glaub jetzt nicht, dass wir dir so etwas zutrauen«, flötete Wolfgang.

Was meinte er jetzt – den Kindermord oder das Kinderkriegen? Es war mir in dem Augenblick vollkommen egal. Ich bedauerte nur zutiefst, dass wir zusammen joggten und keine Kampfsportart trainierten – es wäre höchste Zeit für einen gezielten Regelverstoß gewesen.

Mein fieberhaftes Nachdenken über eine passende Antwort stellte sich als überflüssig heraus. Denn ganz offensichtlich ließ die Federung des »Sports Dad« noch zu wünschen übrig. Philipp, Wolfgangs älterer Zwillingssohn, begann plötzlich wie am Spieß zu brüllen und kotzte dann ohne weitere Vorwarnung seinem zwei Minuten jüngeren Bruder Vincent in den Kragen. Der begann nun seinerseits ein ohrenbetäubendes Geschrei, das nur noch von Lucas' Holzrassel übertönt wurde. Im gleichen Augenblick stürzte sich ein Berner Sennenhund von der Größe eines ausgewachsenen Ochsen auf Vincent, um ihm das Erbrochene aus dem Nacken zu lecken. Wolfgang, der seine Brut in Gefahr wähnte, wollte sich auf den Sennenhund stürzen, wurde aber im gleichen Augenblick erst von einem Pudel und dann von dessen fünfundsiebzigjähriger Besitzerin angefallen. Und zu allem Überfluss standen eine Minute später auch noch drei Super-Frauen vor uns, ebenfalls Läuferinnen, gekleidet in Mini-Stretchhosen und Bikinioberteile, die ihre Ladung kaum bewältigen konnten, grinsten uns an und sagten:

»Hey, Jungs, vielleicht solltet ihr erst mal in die Elternschule gehen, bevor ihr euch mit eurem Nachwuchs auf die Straße traut.«

Sprachen's und trabten weiter und ließen uns mit dem Anblick ihrer rhythmisch hüpfenden Hinterteile alleine.

Ich konnte mir meinen kleinen Kommentar nicht verkneifen:

»Soso, ich bin also neidisch und plane, eure Kinder umzubringen oder wahlweise zu entführen? Meine Lieben, ich glaube, ich trage lieber zum Aussterben der Deutschen bei und bleibe kinderlos, als mich als ›Sports Dad‹ zum Gespött von halb Hamburg zu machen.«

Es war das letzte Mal, dass wir gemeinsam gejoggt sind. Kinder machen humorlos. Das habe ich an diesem Tag gelernt. Und ich muss zugeben, dass ich danach auch alleine nicht mehr allzu oft die Laufschuhe aus dem Schrank geholt habe.

An diesem schönen Sonntagnachmittag jedoch bin ich nicht bereit, mir meine gute Laune verderben zu lassen. Ich federe zwischen den Spaziergängern am Alsterufer hindurch, genieße den Blick über das Wasser und den lauen Sommerwind. Es ist ein perfekter Tag, um mit meinem neuen Leben anzufangen. Gesagt, getan: Statt wie üblich die spazierenden und vor mir laufenden Mädchen auf ihre Qualitäten für einen gemeinsamen Abend oder eine gemeinsame Nacht zu überprüfen, mache ich mir über die eine oder andere von ihnen ernsthafte Gedanken. Soll heißen: Ich frage mich zum Beispiel bei der Schwarzhaarigen mit der süßen Stupsnase und dem Golden Retriever, ob ich mit ihr wohl den Rest meines Lebens verbringen könnte. Oder wie ich mich fühlen würde, wenn die Rothaarige mit dem grünen Blazer die nächsten dreißig Jahre lang der erste Mensch wäre, den ich morgens nach dem Aufstehen sehen müsste. Oder ob die Blonde, die Arm in Arm mit ihrer Freundin geht, wohl bereit wäre, mich zu waschen und zu rasieren, wenn ich mit zweiundsiebzig das Augenlicht verlieren und kurz darauf impotent würde.

Alles Fragen, die ich mir noch nie gestellt habe – und erst recht keiner Frau. Eine nicht ganz schmerzfreie Erkenntnis durchzuckt mich: Meine Freunde haben mir jahrelang vorgeworfen, dass ich meine Beziehungen immer dann beende, wenn sie das Stadium ernsthafter menschlicher Nähe erreichen. Für meinen Geschmack also in der Regel am nächsten Morgen. Ich habe das bisher natürlich immer empört von mir gewiesen. Und mit innerer Überzeugung behauptet, dass ich einfach noch nicht die Richtige gefunden hätte. Jetzt fällt mir auf, dass ich nicht einmal den Hauch einer Idee habe, wie man eigentlich feststellt, ob eine Frau die Richtige ist oder nicht. Und das ist, ich mache mir keine Illusionen, für einen Vierunddreißigjährigen keine besonders beeindruckende Leistung. Es ist also höchste Zeit, etwas daran zu ändern.

Der Entschluss ist schnell gefasst. Ich werde, statt den Dauerlauf vor meiner Haustür enden zu lassen, vorher einen Abstecher ins »Cliff« machen – jenes In-Café an der Alster, das im Sommer eine höhere Single-Dichte aufweist als eine Studiosus-Bildungsreise nach Indien. Und ich nehme mir fest vor, dass ich das erste weibliche Wesen, mit dem ich ins Gespräch komme – und sei es die Kellnerin – ernsthaft auf seine Tauglichkeit als Rest-meines-Lebens-Abschnitts-Gefährtin überprüfen werde.

Es gibt nur ein klitzekleines Problem dabei. Das »Cliff« liegt noch rund drei Kilometer entfernt – und mein Trainingsmangel macht sich seit einigen Minuten ziemlich schmerzhaft bemerkbar. Ich trabe gerade weder vorwärts noch auf der Stelle. Ich stehe vielmehr regungslos da, habe die Hände in die Seiten gepresst und den Kopf mehr oder weniger zwischen die Knie gehängt und träume von einem Sauerstoffzelt. Kritisch beobachte ich dabei die Schweißpfütze, die sich unter mir ausbreitet, und frage mich, ob es medizinische Erkenntnisse über das Verhältnis von Schweißvolumen und Infarktraten bei unter Vierzigjährigen gibt.

Soll heißen: Ich bin vollkommen fix und fertig und der festen Überzeugung, dass ich heute überhaupt keinen Schritt mehr vor den anderen setzen werde. Ich beginne sogar abzuwägen, ob meine Erschöpfung groß genug ist, um die Peinlichkeit zu ertragen, mit meinem Handy ein Taxi zur Alster zu ordern und mich nach Hause fahren zu lassen oder auch, nach entsprechender Erholung, ins »Cliff«. Wobei ich dann nur hoffen kann, dass die Frau meiner Wahl ganz zufällig Krankenschwester ist.

»Gregor?«

Eine Stimme, die meinen Namen sagt, reißt mich aus meinem grüblerischen Erschöpfungszustand – eine Stimme, die ich zweifellos kenne.

»Gregor – bist du das? Ist alles in Ordnung?«

Da mein Kopf immer noch zwischen meinen Knien baumelt, sehe ich in erster Linie ein paar Beine, die sich mir nähern. Es sind weibliche Beine, und auch die kommen mir bekannt vor. Sicher hat das Gesicht, das rund einen Meter über diesen Beinen sein muss, gerade einen wunderbaren Ausblick auf meinen nass geschwitzten Hintern – ist das eine gute Einstiegsvorstellung für eine potenzielle Heiratskandidatin?

Ich richte mich auf – und bin erleichtert.

»Konstanze. Du bist es nur!«

»Charmante Begrüßung«, sagt sie leicht angesäuert.

»Nein, nein. Ich freue mich ja, dich zu sehen. Ich dachte nur, dass ich vielleicht gerade nicht die vorteilhafteste Figur gemacht habe.«

»Du meinst, weil du mir gerade deinen Hintern entgegengestreckt hast – mach dir keine Sorgen, der kann sich durchaus sehen lassen.«

Konstanze! Sie ist die einzige Frau und eigentlich sogar der einzige Mensch, der so etwas sagen darf. Sie ist nicht nur meine Lieblingskollegin und die unangefochtene Meisterin der zynischen Sprüche, sondern auch eine wirklich schöne Frau: schlank, groß, brünett und funkelnde grüne Augen. Ihr Aussehen hat mich aber eigentlich nie interessiert – weil so ziemlich jeder weiß, dass Konstanze seit Jahren glücklich mit einem amerikanischen Dirigenten liiert ist – und selbst ich muss zugeben, dass sie mit John (regelmäßige Auftritte in der MET) einen Glücksgriff getan hat. Er sieht nicht nur ebenfalls gut aus und ist charmant bis zum Anschlag, er ist auch ein wirklich netter Kerl.

Vielleicht ist das die Voraussetzung dafür, dass Konstanze und ich nicht nur ein brillantes, eingespieltes Arbeitsteam bilden (gemeinsam haben wir unter anderem Geschichten über die Lieblingscafés von Camilla Parker-Bowles, Krokodile in mitteleuropäischen Gewässern und die Porno-Darsteller-Vergangenheit von Friedrich Merz gemacht), sondern darüber hinaus auch zu engen Freunden geworden sind – einmal vorausgesetzt, dass so etwas zwischen Männern und Frauen überhaupt möglich ist (ich komme vermutlich darauf, weil wir einmal eine Homestory über Billy Crystal gemacht haben. Ein wirklich lustiger Typ. Aber treu, man will es gar nicht glauben).

Konstanze mustert mich demonstrativ von oben bis unten und hält mir dann ein imaginäres Mikrofon an den Mund.
»Und, Herr Hamdorf ... Was sagen Sie als erfolgreicher Journalist denn zum Thema körperliche Fitness. Können Sie sich noch selbst an diesen Zustand erinnern, oder verlassen Sie sich da ganz auf Ihre Informanten?«

»Soll ich Ihnen vielleicht das Mikrofon abnehmen, Kollegin Bülow? Nicht, dass es Ihnen am Ende noch zu schwer wird …«

Schlag und Gegenschlag – das ist das Prinzip unserer Freundschaft. Und es gibt keinen Grund, jetzt davon abzuweichen.

»Ich stelle hier die Fragen«, entgegnet sie. »Was also machen Sie alleine und schweißnass an einem Sonntagnachmittag im Alsterpark? Dazu noch beim kläglichen Versuch, Sport zu treiben?«

»Ich bin gerade dabei, ein neues Leben anzufangen. Kein Jux. Aber bevor ich damit Ernst mache, muss ich erst mal Luft holen.«

Ich lasse mich der Länge nach auf die Wiese fallen – nicht ohne mich zuvor davon zu überzeugen, dass die entsprechenden zwei Quadratmeter weitgehend hundekotfrei sind. Anschließend seufze ich aus tiefstem Herzen und blicke hoch zu Konstanze und dem blauen Sommerhimmel. Ich könnte mir in diesem Augenblick nichts Schöneres vorstellen.

»Setz dich doch zu mir – ich guck dir sonst nämlich unter den Rock«, sage ich zu ihr.

»Untersteh dich, du Flegel. Ich habe nämlich kein Höschen an.«

Das lasse ich mir nicht zweimal sagen – und robbe den entscheidenden halben Meter an sie heran.

»Stimmt doch gar nicht«, sage ich dann mit übertriebener Enttäuschung in der Stimme.

»Ungehobelter Kerl! Sei froh, dass John nicht da ist. Er würde dich augenblicklich zum Duell fordern und mit seinem Taktstock erdolchen.«

»Eine harmonische Art zu sterben.«

»Aber schmerzhaft«, fügt sie hinzu.

»Dafür ist dieser Tag viel zu schön.«

»Ich gebe dir zu hundert Prozent Recht, Herr Kollege. Und darum sehe ich auch großzügig davon ab, deine Hinrichtung anzuordnen. Stattdessen lade ich dich, sagen wir, zu einem Speiseeis deiner Wahl ein – vorausgesetzt, du schaffst es noch bis ins ›Cliff‹.«

»Für dich und deine charmante Begleitung schaffe ich es überallhin«, säusele ich und springe auf die Beine. »Übrigens: Schön, dich zu sehen.«

»Du nimmst mir die Worte aus dem Mund«, sagt sie lächelnd.

»Nun, wenn ich dann bitten darf«, sage ich und halte ihr meinen Arm hin, in den sie sich bereitwillig einhakt. Gemeinsam schlendern wir im Strom der Spaziergänger dahin – und mich überfällt der Gedanke, dass es so ungefähr sein könnte, dieses Gefühl, eine Frau an seiner Seite zu haben, mit der man verheiratet ist und bei der man sich dennoch jedes Mal freut, wenn man sie sieht, ob morgens oder auch direkt nach dem Joggen. Schade, dass es nur Konstanze ist.

»Du wirst staunen, wenn du von meinen Plänen hörst. Und du bist, abgesehen von Herbert, die Erste, der ich überhaupt davon erzähle«, sage ich.

»Ich brenne vor Neugier«, verkündet sie mit feierlicher Stimme.

»Du wirst schon sehen, dass ich nicht übertreibe.«

Kurz darauf erreichen wir das »Cliff«, in dem sich wie üblich die halbe Hamburger Bevölkerung zwischen fünfundzwanzig und fünfunddreißig aufhält. Und ein Wunder geschieht, das eine Schlagzeile in der »Morgenpost« verdient hätte – wir finden auf Anhieb einen freien Tisch, setzen uns hin, und (das ist jetzt erst das Wunder) innerhalb der Lebensspanne eines Durchschnittsmenschen wird eine Kellnerin auf uns aufmerksam! Konstanze und ich sind beide der Meinung, dass dies ein besonderer Tag sein muss. Wir bestellen zwei große Eisbecher und zwei Latte Macchiato, für sie mit drei Packungen Zucker, ihre Lieblingssünde, wie sie regelmäßig erklärt.

»War's das?«, fragt die Kellnerin schließlich.

»Können wir vielleicht jetzt schon den zweiten Kaffee bestellen, den wir dann erst in ungefähr einer Stunde haben möchten? Nur auf die Gefahr hin, dass Sie zwischendurch keine Zeit mehr für uns haben«, fragt Konstanze mit vollendeter Liebenswürdigkeit in der Stimme.

Die Kellnerin sieht uns mit einem Gesichtsausdruck an, als wäre sie eine Freundin von Dieter Bohlen: »Also vier Latte Macchiato? Aber Sie sind doch nur zu zweit.«

»Vergessen Sie es einfach«, sagt Konstanze frustriert.

»Was jetzt – das Eis oder den Kaffee?«

Ich greife ein, nehme der Kellnerin Block und Kugelschreiber aus der Hand und notiere unsere Bestellung in großen Druckbuchstaben.

»Geben Sie diesen Zettel einfach dem freundlichen Onkel hinter der Theke – und merken Sie sich den Weg, wenn er Sie mit den Sachen zu uns zurückschickt«, sage ich.

Sie nickt erst und schüttelt dann den Kopf, schließlich stapft sie davon und murmelt: »So könnte man das doch immer machen.«

»Was heißt hier Servicewüste Deutschland – auf die Eigeninitiative kommt es an«, stellt Konstanze zufrieden fest. Und ich kann ihr nur aus tiefstem Herzen Recht geben.

Nachdem wir mit Getränken und Eis versorgt sind, sieht Konstanze mich neugierig an.

»Du erwähntest etwas von einem neuen Leben. Ich vermute, dieser Beinahe-Kreislaufkollaps, bei dem ich dich vorhin überrascht habe, war bereits ein Teil davon?«

»Stimmt genau. Aber das ist noch nicht alles. Ich werde heiraten.«

»Nein!« Sie schlägt die Hände vors Gesicht, als hätte ich ihr gerade unterbreitet, dass ich unheilbaren Krebs und noch drei Wochen zu leben habe. »Gregor ... ich habe dich bestimmt gerade falsch verstanden. Das ist ja furchtbar.«

»Bis vorgestern hätte ich dir zugestimmt. Aber seit gestern Nacht weiß ich, dass es die einzige Chance ist, in diesem Leben glücklich zu werden. Ich bin also finster entschlossen.«

»Finster ist das richtige Wort«, sagt Konstanze. »Was mich allerdings noch viel mehr interessiert – wen willst du heiraten? Wer ist die Glückliche?«

Ich hebe die Hände in einer weit ausholenden Geste zum Himmel.

»Das ist allerdings ein kleines Problem. Ich habe nicht den blassesten Schimmer. Aber vielleicht kannst du mich ja beraten.«

Sie löffelt eine Weile an ihrem Eis und sagt dann mit einem Liza-Minnelli-haften Augenklimpern: »Wie wäre es mit Lucy – vielleicht verdanken wir ja ihr und ihren Reizen diesen unerwarteten Sinneswandel des Gregor Hamdorf?«

Ich bin baff. »Wie kommst du denn jetzt ausgerechnet auf dieses unschuldige Wesen?«

Aber ich ahne schon, dass ich Konstanze nichts vormachen kann.

»Mein lieber Gregor, keine Frau, die mit dir einen

Abend verbracht hat, ist noch unschuldig. Das ist so sicher wie das Amen in der Kirche. Und ihr habt doch den Abend miteinander verbracht?«

Lucy – dieses Biest. Ich hätte es wissen müssen. Natürlich beherrscht sie das kleine Einmaleins der Medien-Praktikantinnen. Und deshalb hat sie jedem, vom Pförtner bis zum Chefredakteur, von unserer Verabredung erzählt. Es würde mich nicht einmal wundern, wenn ich nächste Woche einen Artikel über unseren gemeinsamen Abend in der Mitarbeiterzeitschrift fände, womöglich mit Foto. Ich kann es ihr nicht einmal verdenken: Wer als Praktikantin mit einem leitenden Redakteur zu Abend isst, der ist so gut wie eingestellt. Und wenn das vorher nicht stimmte, dann erhöht man durch gezieltes Gerüchtestreuen die Wahrscheinlichkeit, dass es hinterher stimmt. Lucy hat also nichts anderes getan, als ihr jeder in dieser Situation geraten hätte: Sie hat an ihrer Karriere gearbeitet. Ich dagegen bin plötzlich mit Vorwürfen konfrontiert, die nicht das Geringste mit meinem Lebenswandel zu tun haben – zumindest seit letzter Nacht.

Ich hebe also abwehrend die Hände und beteuere mit Unschuldsmiene:

»Das Intimste, was gestern Abend zwischen Lucy und mir vorgefallen ist, ist die Tatsache, dass wir uns einen gemischten Vorspeisenteller bei Nino geteilt haben. Ich schwör's.«

»Es ist wohl besser, wenn ich nicht nach dem Hauptgang frage, oder? Ich vermute, dass es den nicht mehr bei Nino, sondern in deiner Wohnung gegeben hat.«

Ich setze eine demonstrative Schmollmiene auf.

»Konstanze, das war gestern.«

»Ich weiß«, sagt sie spitz.

Ich schüttele vehement den Kopf. »Nein, ich meine natürlich nicht gestern – also nicht letzte Nacht. Ich will sagen, dass solche Dinge in meinem früheren Leben vorgekommen wären. Aber doch jetzt nicht mehr.«

Sie schiebt sich einen großen Löffel Schokoladeneis in den Mund und lutscht daran mit geschlossenen Augen. Ich muss zugeben, dass John um diese Frau wirklich zu beneiden ist: Allein, wie sie jetzt mit einer grazilen Handbewegung ihren Eislöffel aus dem Mund zieht und auf den Tisch legt, würde einen Dichter vom Format Peter Handkes zu einem Achthundert-Seiten-Roman inspirieren (»Versuch über den Eislöffel«). Wie gut, dass Konstanze mich sexuell überhaupt nicht reizt – ich glaube, ich könnte mit ihr in einem Schlafsack schlafen, ohne dass mein Körper auch nur im Geringsten auf sie reagieren würde. Sie ist meine Kollegin, meine Beichtschwester und natürlich auch ein dufter Kumpel. Wir kennen uns so gut, dass wir uns oft nur durch einen Blick oder eine kleine Geste verständigen können und sofort wissen, was der andere denkt.

Konstanze öffnet die Augen und blitzt mich angriffslustig an.

»Du willst mir also erzählen, dass du fest entschlossen bist zu heiraten, aber noch keinen blassen Schimmer davon hast, wer die Glückliche an deiner Seite sein könnte?«

»So ungefähr, ja.«

»Aber dafür weißt du bestimmt schon, wann die Hochzeitsglocken für dich läuten sollen! Nächste Woche vielleicht?«

Ich schüttele den Kopf. Darüber habe ich mir natürlich noch keine Gedanken gemacht. Wie auch, schließlich gibt es noch keine Braut. Außerdem habe ich zugegebenermaßen keine Ahnung davon, was für eine Hochzeit alles nötig ist. (Braucht man einen gültigen Aids-Test? Wie sieht es mit einem polizeilichen Führungszeugnis aus? Muss man ein Treffen mit den Schwiegereltern und gegebenenfalls ein Friedensabkommen vorweisen können? Und gilt das vielleicht auch für die beste Freundin der Braut?) In diesem Augenblick habe ich dennoch das Gefühl, dass es eine Niederlage wäre, dies alles vor Konstanze zuzugeben. Ich weiß genau, dass sie mir kein Wort glaubt. Und das gilt es zu ändern.

»Noch in diesem Jahr«, sage ich daher im Brustton der Überzeugung. »Ich möchte noch in diesem Jahr auf dem Standesamt stehen und das berühmte Wort sagen und anschließend in eine Jungvermähltenwohnung ziehen mit muschelförmigem Ehebett, getrennten Nachttischlampen und Eichenwand im Wohnzimmer.«

»Kein Traualtar? Keine Kirche?«

»Nur wenn sie katholisch ist.«

»Und jungfräulich, natürlich«, lächelt Konstanze keck.

»Das muss nicht sein. Eine gute Ausbildung kann nie von Nachteil sein – auch nicht bei den … persönlichen Angelegenheiten.«

Konstanze sieht mich grübelnd an. Allmählich verschwindet das schelmische Lächeln aus ihrem Gesicht, das ihr nicht wenige Menschen als Arroganz auslegen. Was natürlich Unsinn ist. Konstanze hat es sich einfach zur Angewohnheit gemacht, die Dinge nicht mit allzu viel Ernst zu betrachten. Vielleicht ist das eine Art Berufskrankheit, zumindest von Journalisten im Ressort Society. Wie soll man auch reagieren, wenn man einen Anruf von, sagen wir, der Agentin von Cyndi Lauper bekommt, die zum Richtfest der neuen Villa für Cyndis Yorkshire-Terrier einlädt – Kostenpunkt: fünf Millionen Dollar. Cyndi selbst würde nicht kommen, da sie wieder an unglaublichen Depressionen leide und Nassau auf den Bahamas der einzige Platz auf dem Planeten sei, an dem sie weitgehend beschwerdefrei leben und einkaufen könne. Wie also reagiert man darauf? Man legt sich ein kampferprobtes Lächeln der Marke Take-it-easy zu und glaubt weiterhin, dass es kein Problem auf dieser Welt gibt, das ein Prominenter im Laufe seines Lebens einmal nicht haben würde – abgesehen von Armut, schiefen Zähnen und Blitzlichtallergie.

Dennoch scheint es sogar bei Konstanze Momente zu geben, in denen sich ihre Mundwinkel in die Waagerechte begeben. Sie sieht mich ernst und mit einer tiefen Falte auf ihrer Stirn an, trinkt schlürfend von ihrem Latte Macchiato und fragt mich:

»Du meinst es wirklich ernst, oder?«

»Natürlich meine ich es ernst. Wieso fragst du mich das, meine Lieblingskonstanze? Du gehörst doch sonst auch zu all denen, die mir prophezeien, dass mein Lebenswandel der sicherste Weg in die gnadenlose Alterseinsamkeit ist. Falls ich nicht vorher an Erschöpfung, Verlust des Namensgedächtnisses oder Überarbeitung zugrunde gehe. Und jetzt will ich das alles ändern, und du bist immer noch nicht zufrieden – das verstehe ich nicht.«

Aber sie ist offensichtlich nicht in der Laune für einen kleinen verbalen Schlagabtausch. Stattdessen streicht sie die Plastiktischdecke auf unserem Tisch glatt und sagt:

»Vergiss es einfach, okay?«

Da es selten genug vorkommt, dass Konstanze einen unmissverständlich ernsthaften Ton anschlägt, nicke ich einfach nur und sage:

»Okay.«

Obwohl es ungemein schade ist. Schließlich habe ich Konstanze insgeheim fest in meine Heiratspläne eingebaut – wenn ich auch selber nicht weiß, welche Frau die richtige für mich ist, habe ich doch damit gerechnet, dass sie mir in diesem Punkt weiterhelfen könnte. Denn wenn ich es recht bedenke, gibt es keinen Menschen in meiner Umgebung, der mich besser kennt als sie. Aber nun gut. Vielleicht war die Überraschung für sie einfach zu groß. Immerhin bin ich für sie in all den Jahren nicht nur ihr bester Freund, sondern auch so etwas wie ihre beste Freundin geworden. Sonst würde sie mich wohl kaum regelmäßig mitten in der Nacht anrufen, um mir zum Beispiel zu erzählen, dass John sich nun doch nicht scheiden lässt – obwohl er und seine Ex seit drei Jahren getrennt leben und er ungefähr genauso lange eine glückliche Beziehung mit Konstanze führt (und sie mir das Ganze ebenso gut am nächsten Morgen in der Redaktion erzählen könnte). Und sie würde mich auch nicht vor ihrer Feier zum dreißigsten Geburtstag anrufen und mich fragen, ob ich nicht helfen könnte, ihre Wohnung zu dekorieren. Wie sich herausstellte, war sie zu diesem Zeitpunkt schon derart mit Champagner abgefüllt, dass sie unmöglich auf eine Leiter steigen und Luftschlangen an der Decke befestigen konnte. Danach hat sie mich allen Ernstes gebeten, ihr beim Schminken zu helfen, weil ihre Hände vor Aufregung so zitterten. Konstanze ist die einzige Frau, die ich kenne, mit der ich an einem Samstagabend in ihrem Badezimmer gestanden und ihre smaragdgrünen Augen mit Kajal und Lidschatten verschönert habe – und das, obwohl ich definitiv nicht schwul bin und daher von Kosmetik ungefähr so viel verstehe wie ein deutscher Landwirt von gesunder Ernährung. Seit jenem Abend bin ich fest überzeugt, dass es kein größeres Zeichen von Vertrautheit gibt, als einer Frau am Abend ihres dreißigsten Geburtstages die Augen zu schminken und sie dabei alle dreißig Sekunden zu bitten, nicht zu heulen (weil sie so aufgeregt und weil sie immer noch nicht verheiratet ist). Aber all das, wie gesagt, ohne die Spur ernsthafter Erregung – schließlich habe ich mit dreißigjährigen Frauen in ihren Badezimmern auch schon ganz andere Dinge gemacht, die vielleicht nicht so vertraut, aber dafür zehnmal so intim waren.

Und ausgerechnet die Frau, mit der ich all das erlebt habe und die in meinem Emotionshaushalt die Stellung einer Zwillingsschwester einnimmt, zeigt sich nicht gerade begeistert über meine frisch gebackenen Hochzeitspläne!

Diese Feststellung entpuppt sich jedoch eine halbe Minute später als Irrtum, sehr zu meiner Freude. Plötzlich kehrt der gewohnte Sonnenschein in Konstanzes Gesicht zurück. Sie grinst mich an, steht auf, umrundet den Tisch, was bei dem Gedränge und dem dicht gestellten Mobiliar im Garten des »Cliff« gar nicht so einfach ist, und schmatzt mir schließlich einen dicken Kuss auf die Wange.

»Ach, Gregor. Nimm's mir nicht übel. Ich war nur überrascht …«

»Ich bin ja auch überrascht – von mir selbst.«

Sie seufzt und sagt: »Und als Kollegin und Freundin kann ich ja ruhig sagen, dass die Welt ein Stück ärmer wird, wenn aus dem ewigen Junggesellen Gregor Hamdorf ein verheirateter Mann wird. Obwohl ich mir sicher bin, dass die Abteilung gebrochene Herzen danach entschieden weniger zu tun haben wird – was ich als Frau nur begrüßen kann.«

Da ist es wieder, dieses freche Grinsen, das Konstanze zum besten Kumpel der Welt macht.

»Ich kann also auf dich zählen?«

»Wobei?«, fragt sie misstrauisch.

»Na als Brautsucherin – und natürlich als Trauzeugin. Wobei denn sonst?«

»Abgemacht. Und wenn du gestattest, werde ich dir vorher auch noch einen Crashkurs in Sachen Ehe geben. Wusstest du zum Beispiel, dass Eheleute in der Regel in derselben Wohnung leben und sich treu sind?«

»Nein!«, sage ich und reiße vor Erstaunen die Augen auf. »Unerhört!«

»Und nicht nur das!«, sagt Konstanze. »In der Regel schlafen sie sogar in einem Bett. Und gerüchtehalber soll es dabei zu Nächten kommen, in denen sie keinen Sex miteinander haben.«

Ich schüttele den Kopf: »Aber daran muss ich mich ja nicht halten, oder?«

Sie gibt mir einen Klaps auf den Kopf.

»Angeber«, sagt sie neckend.

»Du kennst mich halt.«

»Eben!«, sagt sie und verdreht die Augen.

Wir bezahlen (drinnen an der Theke, da sämtliche Kellnerinnen entweder auf einer Fortbildungsveranstaltung oder mit Dieter Bohlen im Hinterzimmer sind) und verlassen das »Cliff«, wiederum eingehakt wie ein – Ehepaar. Bevor wir uns trennen, besprechen wir noch in aller Kürze den Schlachtplan für die nächste Woche. Immerhin werden wir uns schon morgen früh wieder sehen, und zwar als Kollegen, die gemeinsam unter ihrem Chefredakteur Fünkchen leiden und auf der Montagskonferenz möglichst mit brillanten Ideen glänzen müssen. Aber eigentlich haben wir keine Lust, über die Arbeit zu sprechen – und Fünkchen wird schließlich so oder so toben.

»Ich wünsche dir einen schönen Abend als fast verheirateter Mann.«

»Wer weiß – vielleicht wird's ja 'ne Doppelhochzeit. John muss doch wohl eines Tages auch dran glauben«, sage ich.

Konstanze dreht sich noch einmal um.

»Du hast Recht – wer weiß.«

Wir winken uns noch einmal zu, und sie macht sich daran, ihr Cabrio unter den hundert anderen Cabrios auf dem Parkplatz beim »Cliff« zu suchen. Ich schlendere gemütlich nach Hause und vergesse dabei vollkommen, all die abendlichen Spaziergängerinnen auf ihre Ehetauglichkeit hin zu überprüfen. Man muss es mit dem Thema Hochzeit ja auch nicht gleich übertreiben!

Expedition ins Single-Reich

Ich hasse Montage.

Und damit geht es mir vermutlich genauso wie fünfundneunzig Prozent der Bevölkerung. Na ja. Vielleicht abgesehen von Friseuren, Studenten, Arbeitslosen, Selbständigen,
Lottogewinnern, Frauen in Mutterschaftsurlaub, Männern
in Vaterschaftsurlaub, Rentnern und Beamten. Also sagen
wir: Es geht mir wie dreißig Prozent der Bevölkerung.

Ich sitze an meinem Schreibtisch in der Redaktion, starre
auf meinen Computerbildschirm und warte darauf, dass
die dritte Tasse Kaffee zu wirken beginnt. Ich bin der festen Überzeugung, dass die Menschheit sich endlich entscheiden muss: das Wochenende abzuschaffen, um diesen
geburtsähnlichen, unerträglichen Schmerz am Montagmorgen zu beenden, oder die Arbeitswoche auf maximal
vier Tage zu beschränken. Im Moment bin ich entschieden
für die zweite Lösung. Kurzfristig aber lösen diese Überlegungen keines meiner Probleme. Vor mir auf dem Tisch
liegt der Block mit meinen Notizen für die Themenkonferenz um elf Uhr. Mit anderen Worten: Ich starre auf ein lee-
res Blatt Papier, auf dem nach und nach geometrische Figu-
ren entstehen, die vielleicht meinen inneren Seelenzustand
beschreiben, aber kaum dazu geeignet sind, meine Redak-
tionskollegen von meiner Produktivität zu überzeugen.

Und das ist ein Problem. Schließlich hat das Magazin vor einiger Zeit ein System interner Leistungskontrollen eingeführt, bei dem die durchschnittliche Zeilenmenge pro Redakteur ausgewertet wird. Seitdem ist es für diejenigen Kollegen schwer geworden, die es im Schnitt auf einen Artikel pro Halbjahr bringen. Und von denen im Prinzip keiner weiß, was sie eigentlich den ganzen Tag machen, wenn sie nicht gerade zu Recherchereisen auf Sylt, am Ammersee oder in der Toskana sind (was merkwürdigerweise nie, wirklich nie, zu einem entsprechenden Artikel führt). Da ich prinzipiell ein produktiver Mensch bin, besteht für mich keine Gefahr – aber ich weiß auch, dass sich dies reichlich schnell ändern könnte, wenn ich meinen tief depressiven Zustand nicht innerhalb einer halben Stunde in den Griff bekomme.

Das Ergebnis meiner Überlegungen besteht darin, dass ich aufstehe, um mir den vierten Becher Kaffee zu holen. Was leichter gesagt als getan ist: Da, wo andere Menschen Beine haben, habe ich in erster Linie Muskelkater. Und zwar in einem Ausmaß, der mich ernsthaft an der angeblich gesundheitsfördernden Wirkung von Sport zweifeln lässt. Aber es hilft nichts: Es ist kein Praktikant zu sehen, den ich zum Kaffeeholen schicken könnte. Und von einem Schreibtischausschank wie beim »Spiegel« ist unsere Redaktion weit entfernt.

Ich verlasse meine Arbeitswabe – die Redaktion besteht aus einem Großbüro, das mittels grauer Stellwände in zellengroße Abschnitte eingeteilt ist, in denen jeweils ein oder auch zwei Kollegen sitzen. Ein Blick durch den Raum hebt meine Laune erheblich: Wie ein Geisterzug aus Zombies und anderen Untoten pilgert der Großteil meiner Kollegen genau wie ich in die kleine Küche neben der Aufzugtür oder kommt gerade von dort, in der Hand eine dampfende Tasse Kaffee. Als ob in der Küche der Pfeifer von Hameln stünde, der sie mit einer magischen Melodie anlockt und anschließend wieder auf ihre Plätze schickt.

Ich humpele also in Richtung Küche (habe ich meine Blasen bereits erwähnt? Es sind pingpongballgroße Hautaufblähungen an beiden Fersen, die mich heute Morgen darüber nachdenken ließen, ob ich in Adiletten ins Büro gehen könnte – bevor ich dann zur Nadel griff und pro Blase rund einen halben Liter Wundwasser um mich verteilte. Ja, ich weiß, Männer sind wehleidig. Aber es tat nun einmal höllisch weh, Presswehen sind nichts dagegen, jede Wette). Jedenfalls geschieht auf dem Weg zur Küche das Unausweichliche: Gernot stürzt sich auf mich wie ein ausgehungerter Bahnhofspunk auf eine Reisegruppe mit spendierfreudigen Rentnern. Ich hebe abwehrend die Hände und sage:

»Gernot, ich will dir nicht zu nahe treten. Aber du siehst gut aus heute Morgen. Erholt sozusagen. Ist irgendetwas nicht in Ordnung?«

»Sylvia und die Kinder sind bei ihren Eltern. Eine ganze Woche lang. Ich fühl mich wie neugeboren. Ich war gestern im Ruderverein, habe abends den Keller aufgeräumt und war um halb elf im Bett. Ich sag dir, das musst du auch mal machen.«

»Toll«, sage ich.

»Und das Beste ist, dass ich jetzt im Keller alles innerhalb von zwei Minuten finden kann. Sogar die Skier und den Rasenkantenschneider. Oder die Heringe für das Außenzelt – dabei wusste ich gar nicht, dass wir überhaupt ein Zelt haben.«

Er ist begeistert. Und mir fällt ein, dass ich bei meinen Plänen für ein neues Leben das Thema Kinder bisher instinktiv ausgelassen habe. Noch ein paar Gespräche mit Gernot, und die Antwort wird ohnehin eindeutig ausfallen. Besteht das große Glück einer Familie vielleicht wirklich darin, dass sie ab und zu nicht da ist?

Bevor ich dem Gedanken weiter nachgehen kann, werde ich von Konstanze sanft in die Wirklichkeit zurückgeholt. Sie sieht ebenfalls wie das blühende Leben aus, als sie zu Gernot und mir in die Küche stößt und mich anlächelt:

»Hallo, Schatz.«

»Lieblingskonstanze. Du bist die Einzige, die mich mit diesem Montagmorgen versöhnen könnte. Aber auch nur, wenn du mich erst in Ruhe meinen Kaffee austrinken lässt.«

»Trink aus! Nur mit der Ruhe, das wird nichts. Fünkchen ist oben wieder am Toben, und es scheint noch schlimmer als sonst zu sein. Frau Bartel hat mich gerade vorgewarnt. Wir müssen uns also etwas einfallen lassen. Wenn wir ihm nicht ein paar dicke Brocken hinwerfen, wird er einen von uns zerfleischen.«

Frau Bartel ist das geschlechtslose Wesen, das als Fünkchens Sekretärin arbeitet. Ihre wichtigste Funktion besteht darin, uns über die jeweilige Laune unseres geliebten Chefredakteurs aufzuklären, wobei das Spektrum von unerträglich bis absolut grauenhaft reicht.

Als wir gerade dabei sind, den Stand von Fünkchens Scheidung zu erörtern – ein anderer Grund für die Tobsuchtsanfälle kommt zurzeit kaum in Frage –, belehrt uns Peter Kramstatt aus der Marktforschung eines Besseren:

»Schon gehört: Nach der neuesten MA ist unsere Auflage im letzten Quartal unter eins Komma fünf Millionen gerutscht. Fünkchen muss heute Nachmittag zum Vorstand.«

Peter hätte uns genauso gut sagen können, dass Fünkchen heute Nachmittag auf den elektrischen Stuhl muss – und dass er bestimmt nicht vorhat, alleine zu sterben. Es ist also klar, was uns um elf Uhr in der Konferenz erwartet. Wir sehen den Unglücksboten mit Blicken an, die ihn unwillkürlich schneller gehen lassen. Peter ist ein netter Kerl – obwohl er Betriebswirt ist –, aber er weiß nur zu gut, dass er jetzt mit unserer ungefederten schlechten Laune rechnen muss.

»Ich wollte es euch nur sagen, bevor er es tut«, ruft er noch und verschwindet im Treppenhaus.

Na, vielen Dank auch.

10.30 Uhr:

Statt ein Outline für einen Artikel zu entwerfen, mache ich mir Gedanken über meine berufliche Zukunft: Vielleicht bin ich vollkommen falsch in einer Zeitschriftenredaktion? Vielleicht wäre ich besser in einer kleinen Lotto-Toto-Annahmestelle in einem Hamburger Außenbezirk aufgehoben, mit einem Mini-Fernseher unter der Theke und höchstens drei Kunden am Tag?

10.35 Uhr:

Wann hatte ich das letzte Mal Sex? Letzte Woche? Vor drei Jahren? Auf jeden Fall ist es zu lange her. Denn sind wir einmal ehrlich: Das männliche Leben hat keinen anderen

Zweck als den, mit einer Frau ins Bett zu gehen, die er am
Abend vorher kennen gelernt hat. Und sich bei der Zigarette danach über die unglaubliche Ordnung in der Zweizim-
merwohnung seiner neuesten Eroberung zu wundern.

10.37 Uhr:

Warum um Himmels willen kann ich in so einer Situation
an nichts anderes als an meinen Umgang mit Frauen denken? Vielleicht sollte ich einmal zum Arzt gehen und meinen Testosteronspiegel überprüfen lassen.

Aber Schluss jetzt! Meine Gedanken gehören ab sofort
nur noch den Menschen, mit denen ich nach Fünkchens
Meinung ohnehin verheiratet sein sollte: meinen Lesern.

10.40 Uhr

Mir fällt ein, dass heute eine neue Praktikantin anfängt.
Wenn ich ihr ein Abendessen mit Sabine Christiansen in
Aussicht stelle, kann nichts mehr schief gehen.

10.45 Uhr:

»Nein«, sage ich. Und zwar laut.

Gernot Pfeiffer steht im Eingang zu meiner Wabe und
starrt mich konsterniert an.

»Aber ich habe doch noch gar nichts gesagt.«

»Trotzdem nein.«

Gernot macht eine Handbewegung, als wäre ich ein

tollwütiges Nashornmännchen, das sich gleich auf ihn stürzen wird.

»Du hast ja prächtige Laune heute. Dabei wollte ich nur fragen, ob du mich bei der Hawaii-Recherche nächste Woche vertreten kannst. Inklusive Hotel-Check in Waikiki. Pierre hat Blinddarmentzündung und muss ins Krankenhaus.«

»Ich ...«

»Schon gut. Klaus hat schon gesagt, dass er fliegt, wenn du nicht willst.«

Er dreht sich um und lässt mich allein. Mein Gemütszustand gleicht dem Eisberg, der am Horizont die »Titanic« auf sich zufahren sieht.

10.50 Uhr

Zugegeben, verheiratet zu sein hat Vorteile. Ich könnte zum Beispiel jetzt zum Telefon greifen, meine Frau anrufen und ihr sagen: »Schatz, sag mir irgendetwas Nettes. Zum Beispiel, dass man für Mord an seinem Chef freigesprochen werden kann. Weil es moralische Notwehr war.«

Oder sie würde anrufen und mir sagen, dass sich unser Kind das Knie aufgeschrammt hat und ich unbedingt nach Hause kommen muss. Das würde selbst Fünkchen verstehen, schließlich hat er selbst drei Kinder, für die er regelmäßig Alimente zahlt.

Diese positiven Seiten der Ehe sind ein kleiner Lichtblick an diesem Morgen: Meine Pläne für ein neues Leben sind also nicht vollkommener Irrsinn. Jedenfalls nicht nur. Es gibt durchaus handfeste Gründe dafür, dem Single-Dasein den Rücken zu kehren und sich für das langweilige, aber viel gesündere Eheleben zu entscheiden.

Das Telefon auf meinem Schreibtisch klingelt. Fünf Minuten bis zur Konferenz. Rangehen?

»Hallo?«

»Du musst mir helfen.«

»Herbert, ich hab jetzt wirklich keine Zeit«, sage ich.

»Es ist dringend. Ein Notfall sozusagen.«

Zum ersten Mal an diesem Tag kommen meine Gedanken in Fahrt. Was kann einen Mann dazu veranlassen, ein Telefonat als dringend einzustufen? Die Möglichkeiten sind begrenzt:

a) Seine Fußballmannschaft hat gerade die Zusage für neue Trikots bekommen.

b) Sein Citroën DS von 1952 ist zum achtunddreißigsten Mal durch den TÜV gekommen.

c) Michael Schumacher hat unerwartet einen Crash überlebt, droht aber ernsthaft damit, das nächste Qualifying abzusagen – und das nur wegen der beiden toten Streckenposten und ein paar schwer verletzter Zuschauer.

»Können wir nicht später telefonieren, Herbert?«, frage ich in den Hörer.

»Angelika hat mich verlassen«, sagt er einfach nur.

»Nein!«

Mein Erstaunen ist echt. Ich weiß, dass der Mensch gewöhnlich ein Wesen mit Freiheitsdrang ist – abgesehen von Angelika. Irgendetwas Katastrophales muss also geschehen sein, irgendein Drama größeren Ausmaßes – und Herbert ist sicherlich alles andere als unschuldig daran. Natürlich gehört mein Mitgefühl trotzdem meinem Freund.

»Warum das denn?«, frage ich mit Entsetzen in der Stimme.

»Wegen unserer neuen Mitbewohnerin.«

»Wie bitte?«

»Wohngemeinschaft halt. Angelika wollte nicht, dass sie mit uns im Bett schläft. Dabei ist Karo erst zwanzig und nimmt wenig Platz weg.«

»Vor allem, weil sie sich immer ganz eng an dich geschmiegt hat. Stimmt's?«

»Du hast schon Recht. Sie hat meine Nähe gesucht … und schlecht gebaut ist sie auch nicht. Aber was kann ich denn dafür?«

»Nichts, Herbert. Gar nichts«, sage ich stöhnend. Ich bin absolut nicht in der Verfassung, Herbert über diesen seltsamen Ort namens Wirklichkeit aufzuklären – zumal er nur rudimentäre Grundkenntnisse davon besitzt.

»Na ja. Und dann hat sich Angelika beschwert, dass wir nachts so einen Lärm gemacht haben. Solche Probleme kommen doch vor in Wohngemeinschaften? Deswegen muss man doch nicht gleich ausziehen, oder?«, sagt er – und ich weiß, dass es nur noch eine Frage von Sekunden sein kann, bis Herbert anfängt zu heulen.

»Herbert – können wir heute Abend ausführlich darüber reden? Sagen wir um sieben bei Nino?«

»Das ist nett von dir. Mir geht's nämlich wirklich schlecht.«

In diesem Augenblick fällt mein Blick auf die Uhr.

»Mir auch«, sage ich, knalle den Hörer auf, greife meine Unterlagen und renne los.

»Herr Hamdorf. Wie schön, dass auch Sie Zeit für uns finden.«

Fünkchens Stimme hat ungefähr minus fünf Grad. Er ist voll in seinem Element. Und das heißt, dass er sich benimmt wie ein Rasenmäher – alles wird kurz geschoren, ob schuldig oder nicht.

»Tut mir Leid. Todesfall in der Familie«, sage ich.

»Wer denn? Ihre Mutter oder Ihre Hauskatze?«

Keine Übertreibung. So ist Fünkchen.

»Weder noch. Mein Toaster«, sage ich. Und ernte dankbares Gelächter bei den Kollegen.

Ich vermute schon lange, dass Fünkchen seine Ausbildung bei den Todesschwadronen in El Salvador gemacht hat – jedenfalls sieht er mich jetzt genau so an.

»Lustig. Herr Hamdorf. Sehr lustig. Unser Magazin hat die schlechteste Verkaufsauflage seit dreizehn Quartalen. Und Sie reißen hier Sextaner-Witze.«

»Damit Sie mitlachen können«, sage ich – zugegebenermaßen nicht so laut, dass er es hören kann.

Vielleicht ist es an der Zeit, einige Worte über das Verhältnis von Angestellten und Vorgesetzten in den modernen Medien zu verlieren – zumal wenn diese männlichen Geschlechts sind. Man muss dabei ja nicht gerade bei der Ur-Horde und den Alpha-Männchen im Quartär beginnen (also vor dem Entstehen der ZIVILISATION). Obwohl damit alles Wesentliche gesagt wäre.

Das eigentliche Unglück moderner Vorgesetzter besteht darin, dass sie nicht länger das natürliche Recht haben, sich mit den weiblichen Mitgliedern der Abteilung zu paaren. Ganz im Gegenteil: Fünkchen hat zum Beispiel bei Konstanze oder auch bei den anderen Kolleginnen nicht den Hauch einer Chance. Und er weiß das. Trotzdem muss er täglich beweisen, dass seine Gene deutlich größere Chancen auf dominante, intelligente und gut verdienende Nachkommen versprechen.

Und das zeigt er in erster Linie dadurch, dass er jedes andere Männchen in der Gruppe gnadenlos niedermacht – sei es in Form von Arbeitsaufträgen, die nicht zu bewältigen sind (»Schreiben Sie mir bis heute Nachmittag einen Beitrag über die Affäre von Queen Mum mit David Beckham – und zwar mit Fotos!«), durch gepfefferte Artikel-Kritik (»Für Ihren Beitrag würde ich Ihnen am liebsten die Hand abhacken. Ihr Glück, dass es seit neuestem wegen so etwas Probleme mit der Versicherung gibt«) oder auch durch ganz direkte Schikane (Herr Pfeiffer, jemand, der Brutto und Netto nicht unterscheiden kann, ist für mich gerade noch als Raumpflegekraft akzeptabel. Dahinten finden Sie Eimer und Wischer … fangen Sie lieber gleich an, der Verlag ist ziemlich groß«).

Als untergeordnetes Gruppen-Männchen hat man nur zwei Möglichkeiten zu reagieren: Entweder man dreht sich auf den Rücken und streckt Fünkchen die Kehle entgegen (so wie Gernot nach seiner Abkommandierung zum Putzen: »Selbstverständlich, Chef, und wenn ich schon dabei bin, soll ich nicht auch gleich Ihren Wagen …?«). Oder man geht in Kampfstellung – nur dass es dann einen Grund geben muss, aus dem Fünkchen einen nicht einfach aus der Gruppe ausschließt, sprich kündigt. In meinem Fall weiß ich, dass er im Prinzip große Stücke auf mich hält – zumal ich mir in jener Nacht, als wir gemeinsam den Kowitzke-Artikel geschrieben haben, geduldig und ausführlich seine Scheidungsgeschichte angehört habe. Das schafft Nähe, ist also so etwas wie gegenseitige Fellpflege.

Frauen haben es da eindeutig besser. Erstens hat Fünkchen ihnen gegenüber sowieso Beißhemmungen. Und zweitens steht ihnen immer noch das goldene Tor zur Verfügung: Sie können Fünkchens Männlichkeit in Zweifel ziehen. Das ist so etwas wie der nukleare Letztschlag – eine Möglichkeit, die in der Regel ungemein besänftigend auf Fünkchen wirkt. Leuchtendes Beispiel hierfür ist, wie so oft, Konstanze. Fünkchen hat vor einigen Monaten ihren Artikel über »Sugar Daddys« (Jörg Immendorff und seine achtunddreißig Jahre jüngere Oda; Otto und seine Eva Hassmann) in Grund und Boden gestampft – und zwar vor der kompletten Redaktionsmannschaft:

»Frau Bülow, ich weiß nicht, ob es so etwas wie weibliche Wichsvorlagen gibt, aber wenn, dann haben Sie gerade eine produziert. Glauben Sie, ich bin nicht darüber informiert, dass Ihr Lebensgefährte neulich in New York seinen fünfzigsten Geburtstag gefeiert hat? Wenn Sie meinen, sich auf einer Strecke von acht Hochglanzseiten in Deutschlands populärstem Wochenmagazin für Ihr Privatleben rechtfertigen zu müssen, dann sollten Sie sich schleunigst einmal die Zeugnisse Ihres Therapeuten vorlegen lassen – falls er überhaupt welche besitzt. Im Übrigen: Ich bin auch schon zweiundfünfzig, und wenn Sie wollen, können wir das Ganze auch noch einmal in Ruhe in meiner Wohnung besprechen.«

Mein Beschützerinstinkt erlebte nach dieser Tirade einen seiner seltenen wachen Momente – ich wollte aufspringen und Fünkchen davon überzeugen, dass Gewalt am Arbeitsplatz kein exklusives Problem von Prostituierten und Behördenmitarbeitern ist. Aber Konstanze wusste sich sehr gut selber zu helfen. Sie lächelte Fünkchen kühl an – und das kann sie mindestens so gut wie Marlene Dietrich – und sagte: »Wissen Sie, Chef, Ihr Charakter ist wirklich das Einzige, was an Ihnen noch hart werden kann. Und was die Wichsvorlage angeht: Da sollten Sie sich doch auskennen – oder musste sich Ihre Ex-Frau nicht jahrelang selber helfen, weil Sie schon fertig waren, wenn sich Ihre Gattin gerade einmal den BH geöffnet hatte? Im Übrigen wünsche ich Ihnen noch einen schönen Tag und weiterhin angenehme Gesellschaft mit Ihrem eigenen Charakter.«

Genau das sagte Konstanze, warf Fünkchen noch ein paar Blitze aus ihren grünen Augen zu und verließ den Redaktionsraum, gefolgt von sämtlichen weiblichen Redakteuren.

Fünkchen versuchte damals, seine Niederlage zu vertuschen, indem er an die männliche Solidarität appellierte. Schließlich waren nur noch Männer im Raum.

»Mensch, Leute, der muss es einer mal richtig besorgen – oder hat die heute ihre Tage?«

Aber da biss er bei uns auf Granit. Ein Kollege stand auf und sagte: »Kann schon sein, dass Frauen während ihrer Periode schwer zu ertragen sind. Aber dann leiden Sie selbst unter einer geistigen Dauerblutung – und zwar seit Jahren.«

Sprach's und verließ den Raum, gefolgt von allen übrigen Mitarbeitern. Fünkchen blieb mutterseelenallein im großen Konferenzraum zurück, wo er sich vermutlich fragte, warum ein so umgänglicher Mensch wie er so unbeliebt war.

Eigentlich besteht kein Grund dafür, dass ich mir über Fünkchens ehemalige Anfälle den Kopf zerbreche. Schließlich führt unser geliebter Chefredakteur gerade mal wieder vor, warum er das Prädikat »unerträglich« verdient hat – und zwar mit Auszeichnung. Er läuft am Kopfende des Konferenzraumes hin und her wie ein geisteskranker Tiger im Käfig und macht dabei lange Ausführungen über Auflagenzahlen, den Geschmack des gemeinen Lesers und den Anspruch, den unser Magazin in den letzten fünfzig Jahren vertreten hat.

»Und wenn ich mir Sie so ansehe, meine Damen und Herren, dann frage ich mich, ob es nicht besser wäre, Sie vollständig mit dem Kantinenpersonal auszutauschen. Das Magazin würde jedenfalls nicht schlechter dadurch.«

Er stemmt die Hände in die Hüften und lässt seinen Todesblick von einem zum anderen schweifen – bis er bei Gernot Pfeiffer anlangt. Der sagt:

»Also ich koche gerne, Chef. Wenn das eine Lösung ist, habe ich nichts dagegen.«

Die Antwort von Fünkchen gebe ich nicht wieder, da sie ihn vermutlich wegen Verbrechens gegen die Menschlichkeit vor das Haager Tribunal bringen würde.

Fünkchen lässt schließlich von Gernot ab und beendet sein Plädoyer mit einer Miene, die der eines Pitbulls angesichts einer entblößten menschlichen Wade gleicht:

»Ich erwarte jetzt von Ihnen Vorschläge für die nächsten Ausgaben. Nicht irgendwelche Vorschläge. Ich will echte Kracher haben! Absolute Spitzenklasse-Themen! Irgendetwas, mit dem wir in die ›Tagesschau‹ kommen! Etwas, das die Agenturen Überstunden machen lässt! Ich will Themen, die in den Tageszeitungen zitiert werden – und zwar auf Seite eins! Habe ich mich deutlich ausgedrückt?«

Wir nicken – was sollen wir sonst tun? Und sagen brav wie ein Schülerchor:

»Ja, Chef.«

Tatsächlich kehrt in der nächsten halben Stunde so etwas wie Entspannung ein. Immerhin haben wir – mit Ausnahme von Gernot – den ersten Sturm dieser Woche lebendig überstanden. Jetzt können wir dazu übergehen, eine normale Themenkonferenz abzuhalten.

Zehn Minuten später ist der Raum zu einer Mischung aus Bahnhofskneipe und Aktienbörse mutiert: Dicke Rauchschwaden ziehen durch die Luft, es riecht nach Kaffee, Bier und Schnaps. Papierkugeln fliegen durch die Gegend, und auf den Schreibtischen wachsen die Stapel mit Unterlagen und Textvorschlägen in die Höhe. Die Kollegen reden um die Wette, gestikulieren wild, überbieten sich mit Vorschlägen und reiben sich die tränenden Augen, während die feuchten Flecken unter ihren Achseln sich auf Brust und Rücken vereinigen. Die Sekretärin bringt ein Tablett mit belegten Brötchen herein, die nach und nach in unseren Mündern, auf dem Teppichboden, zwischen Dokumentenmappen oder in einigen Aktentaschen verschwinden. Und Fünkchen hat seine Hand ans Kinn gelegt und reibt daran mit einer solchen Heftigkeit, dass wir schon auf einen selbst zugefügten Kieferbruch spekulieren und entsprechende Wetten abschließen. Sein Gesichtsausdruck ist dabei so etwas wie die Dax-Kurve auf dem großen Monitor des Frankfurter Börsensaals: Zeigen seine Mundwinkel nach oben, steht ein Vorschlag gut im Kurs, gehen sie nach unten, weiß der entsprechende Kollege, dass er kurz vor dem Crash steht.

Das soll nicht heißen, dass die Mitarbeiter des Magazins eine Art Börsenmakler sind. Wir sind Journalisten. Und das heißt, dass wir abends nicht Squash spielen gehen und morgens Bloomberg-TV sehen, sondern dass wir uns ernsthafte Gedanken über den Zustand der Welt machen. Da ist zum Beispiel Michael Postmann, Leiter der Politik. Er lehnt sich im Stuhl zurück (der unter seinem Hintern wie ein Puppenmöbel wirkt) und steckt sich eine dritte Zigarette an, da seine anderen beiden einsam im Aschenbecher verglühen. Er räuspert sich, spuckt ein paar schwarze Teerklümpchen in sein Taschentuch und stellt auch sonst sehr überzeugend dar, wie man aussieht, wenn man so wie er dreißig Jahre in der Redaktion arbeitet. Schließlich sagt er:

»Skandal. Was wir brauchen, ist ein handfester Skandal. Was ganz Großes. Kanzler nimmt Bestechungsgeld. Oder geheime Bundeswehroperationen im Nahen Osten. So was in der Preisklasse.«

»Das sind keine Skandale. Das sind altbekannte Tatsachen, die niemanden mehr interessieren«, sagt Urs Pech müde. Urs hat früher für den BND gearbeitet und weiß, dass die Welt durch Verschwörungen zusammengehalten wird (Lady Di lebt seit 1997 als Kellnerin in der Nähe von Frankfurt, China hat eine bemannte Station auf dem Mond, Barschel ist einfach nur in der Badewanne ausgerutscht – das sind die Art Themen, die er regelmäßig vorschlägt).

Fünkchen sitzt mittlerweile reglos da wie ein Frosch vor einem Fliegenschwarm. Es ist nur eine Frage der Zeit, bis seine lange, klebrige Zunge hervorschießen und einen von uns festnageln und veschlingen wird.

»Skandal gefällt mir. Haben wir da was auf Lager?«, fragt er.

Sofort bricht ein heilloses Durcheinander im Konferenzsaal los. Alle sprechen gleichzeitig, wedeln wild mit den Armen und versuchen, die anderen durch Lautstärke zu übertrumpfen.

»Die Grünen haben das letzte Wahlergebnis gefälscht, weil sie sonst weniger als drei Prozent gehabt hätten«, sagt Michael Postmann, Politik.

»Jürgen Schrempp bezieht heimlich Sozialhilfe«, sagt Annette Stielke, Wirtschaft.

»In Deutschland sind weniger Frauen in politischen Spitzenpositionen als im Vatikan«, sagt Bernadette Lacan, Frauen.

»Die Bahn ist pünktlich«, sagt Bernd Lacan (Bernadettes Mann), Verkehr und Technik. Für einen kurzen Augenblick herrscht Schweigen, und wir starren ihn entsetzt an. Dann bricht der Trubel wieder los.

»Riester verschweigt die wahre Zahl der Rentner – es sind acht Millionen mehr, als offiziell bekannt gegeben wird«, sagt Urs Pech.

Und so weiter, und so weiter. Ich ziehe es vor, mich nicht an der Diskussion zu beteiligen. Stattdessen starre ich aus dem Fenster – der Konferenzraum liegt im neunten Stock – und genieße den wunderbaren Ausblick über den Hafen. Es ist schon merkwürdig: Hier sitze ich, vierunddreißig Jahre alt, Single mit neu gefassten Heiratsplänen, und muss mir stundenlange Diskussionen über Themen anhören, die mich kein Stück näher an den Traualtar bringen. Dabei muss es da draußen in dieser wunderbaren Stadt Hunderte, ja Tausende von Frauen geben, die von nichts anderem träumen als davon, Mr. Right zu treffen und eine Familie zu gründen. Zumindest, wenn man hundert Prozent der einschlägigen Frauenzeitschriften und fünfundneunzig Prozent aller neu erschienenen Bücher glauben darf. Muss es unter all diesen einsamen Geschöpfen nicht auch die eine geben, bei der ich nicht nach einer einzigen Nacht das Gefühl habe, dass ich sie nur ertrage, wenn sie augenblicklich ein Schweigegelübde ablegt? Natürlich möchte ich keineswegs verschweigen, dass ich Frauen kennen gelernt habe, die ich intellektuell reizvoll fand – nur dass sie dann meistens Sportarten wie Handball ausübten, eine Katze hatten oder keinen Sex von hinten mochten. Es ist ein tragisches Dilemma: Wenn man mit Frauen erst Sex hat und danach ein Gespräch beginnt, kann man maßlos enttäuscht werden. Doch umgekehrt ist es genauso. Vielleicht sogar noch schlimmer.

Um meine Pläne für ein neues Leben in die Tat umzusetzen, muss ich also eine neue Strategie entwickeln – so viel steht fest. Und mir ist auch klar, dass ich nicht länger allein dem Zufall vertrauen darf, der mich bisher zwar reichlich verwöhnt hat – im Grunde aber immer nur mit der Vorspeise und nie mit dem Hauptgang.

Wie sieht es beispielsweise mit meinen Kolleginnen aus? Immerhin soll sich rund die Hälfte aller Ehen am Arbeitsplatz anbahnen. Was bedeutet, dass ich in einem Verlagshaus mit einer Belegschaft, die zum größten Teil der Altersgruppe zwischen dreißig und vierzig angehört, die größten Chancen haben müsste. Vielleicht besteht das Problem darin, dass ich die meisten dieser Chancen bereits getestet und wieder verworfen habe?

Ich sehe mich in der großen Runde am Tisch um, ohne allerdings auf die nach wie vor heftige Diskussion zu achten. Ich bin vielmehr so tief in meinen eigenen Gedanken versunken, dass ich die ganze Szene wie in einem Film ohne

Ton wahrnehme, den man zusätzlich auch noch etwas langsamer ablaufen lässt.

Da ist zum Beispiel Ulrike Bosse, die zweite Frau im Politikressort. Sie trägt meistens eng geschnittene Kostüme, ist gut, aber nicht übertrieben frisiert und kann auf der Autobahn hundertachtzig fahren, wenn es sein muss. Und sie gehört zu der Sorte Frauen, die nicht einmal nervös werden, wenn sie am nächsten Tag ein Mittagessen mit dem Kanzler haben (das heißt, bei Kohl war sie schon nervös, wegen der Mengen). Das ist ihre eine Seite. Die andere Seite zeigte sich, als wir vor ungefähr zwei Jahren eine gemeinsame Nacht verbracht haben – in einem Fünfsternehotel auf einer Recherchereise in Dubai. Wir schliefen miteinander, und ich glaube, dass meine Erektion noch nicht einmal vollständig abgeklungen war, als sie schon am Telefon hing, um mit einem Informanten in Washington zu telefonieren. Fünf Minuten später saß sie, bekleidet mit einem Bettlaken, an ihrem Computer und begann, einen Artikel zu schreiben. Ich war mir nicht sicher, ob sie überhaupt noch wusste, dass ich in ihrem Bett lag.

»Entspann dich, Ulrike«, sagte ich zu ihr.

»Ich bin entspannt«, antwortete sie, und es war nicht einmal gelogen.

»Lass uns noch 'ne Runde vögeln.«

»Mir reicht ein Orgasmus …«

»… im Monat«, ergänzte ich ihren Satz. Es sollte ein Witz sein – und genau so verstand sie es auch.

»Blöder Chauvi«, sagte sie, meinte es aber nicht böse. Und dann stieg sie wieder zu mir ins Bett, setzte sich rittlings auf mich drauf (was sie wirklich hervorragend konnte), hörte dabei aber nicht auf, mit Washington zu telefonieren (»You really did a great job, Craig. This information is vital to me. No, I can't fax you anything at the moment. I got stuck in the traffic right now. Yes. I call you later«).

»Ich weiß nicht, Ulrike. Ich bin wirklich nicht der Teetrink- und Psychotyp. Aber meinst du nicht auch, dass man manche Dinge lieber nacheinander tun sollte?«, fragte ich sie, nachdem sie das Telefon in die Ecke gepfeffert und damit begonnen hatte, irgendwelche Papiere zu lesen – nach wie vor auf mir sitzend.

»Isst du ab und zu vor dem Fernseher zu Abend?«

»Ja, schon.«

»Na, dann kann ich doch wohl auch vögeln und dabei telefonieren.«

Später beichtete sie mir – unter dem Siegel der Verschwiegenheit –, dass sie sich auf Umwegen die Krankenhausakte von Michael Postmann besorgt hatte, ihrem Ressortleiter. »Michael hat höchstens noch zwei Jahre. Bei seinen Cholesterinwerten und seinem Bluthochdruck kommt der Infarkt so sicher wie die nächste Wiederholung vom ›Traumschiff‹. Wenn ich jetzt Fünkchen nicht beweise, dass ich gut bin, rückt jemand anderes auf seinen Posten nach. Also arbeite ich, wann immer und wo immer es mir passt.«

»Marcel Proust hat auch im Bett gearbeitet«, sagte ich versöhnlich.

»Na, siehst du.«

»Aber der war dabei allein.«

»War ja auch ein Mann – und die sind nun mal nur begrenzt belastbar.«

Braucht man weitere Beweise dafür, dass Männer und Frauen einfach nicht zusammenpassen? Wohl kaum. Spätestens seit dieser Nacht mit Ulrike liegt es für mich völlig klar auf der Hand: Es kann zwischen den Geschlechtern nicht funktionieren, weil Frauen, vor allem moderne, einfach zu hart, zu rational und zu karrierebewusst für uns gefühlsgesteuerte Männer sind. Ganz abgesehen davon, dass ich in meinem ganzen Leben noch keine Frau getroffen habe, die nicht auf die eine oder andere Weise neurotisch war – oder zumindest so viele Komplexe hatte, dass ich besser jede meiner Bemerkungen vorher einer unabhängigen Gutachterkommission vorgelegt hätte. Um Situationen wie diese zu vermeiden:

Frau: »Fällt dir gar nichts an mir auf?«

Mann: »Du siehst heute wirklich super aus.«

Frau: »Ach, und sonst vielleicht nicht?«

Mann: »Doch. Du siehst immer super aus.«

Frau: »Dir fällt also nichts an mir auf?«

Mann: »Neue Frisur?«

Frau: »Quatsch – wie kommst du darauf? Nein. Ich hab zugenommen … Das bemerkst du nur nicht, weil du mich überhaupt nicht mehr ansiehst.«

Mann: »Doch. Ist mir sofort aufgefallen. Ehrenwort.«

Frau (vollkommen entgeistert): »Dir ist aufgefallen, dass ich zugenommen habe? Du findest mich also zu dick? Ich hab's gewusst« (fängt an zu heulen).

Mann: »Das habe ich doch gar nicht gesagt!«

Frau: »Du bist so unsensibel! Und ich kann es dir nicht einmal übel nehmen – bei meiner Figur!«

Mann: »Aber ich finde dich doch gar nicht zu dick! Das hast DU doch gesagt.«

Ich weiß inzwischen, dass ein Mann in einer solchen Situation nur eine Chance hat. Er muss sagen: »Ich liebe dich.« (Auf keinen Fall: »Ich liebe dich. Und deinen kleinen Babyspeck auf den Hüften, den liebe ich besonders.« FEHLER! Immer nur die einfache, schlichte Drei-Wort-Variante!). Die Frau wird augenblicklich den Streit und alle ihre Komplexe für mindestens zwei Minuten vergessen, sich ihm an den Hals werfen, ihn verliebt anschauen und eine Stimme bekommen wie eine schnurrende Katze. Als Mann (wenn man es tatsächlich über die Lippen gebracht hat) wird man sich jedoch vorkommen wie ein Hund, der sich selber ein Halsband umlegt.

Schließlich hat es seinen guten Grund, dass Männer sie niemals sagen, die berühmten drei Worte (es sei denn, sie werden von einer Frau mit Nachdruck dazu aufgefordert, es ist zwei Uhr morgens, sie sitzt seit zwei Stunden heulend im Bett, und er hat am nächsten Morgen eine wichtige Konferenz). Warum? Zum einen wissen Männer einfach nicht, ob sie eine Frau lieben oder nicht. Sie können es auch gar nicht wissen. Das ist vergleichbar mit der Heisenberg'schen Unschärferelation (für Frauen: Wir bewegen uns jetzt auf dem Feld der Atomphysik). Werner Heisenberg hat herausgefunden, dass man die Position eines Elektrons niemals genau bestimmen kann, weil es sich so unglaublich schnell bewegt. Alles, was man bestimmen kann, ist eine Art Wolke, in der sich das Elektron zum Zeitpunkt X wahrscheinlich aufhält. Genauso ist es mit der Liebe eines Mannes zu einer Frau: Er weiß, dass es in ihm eine diffuse Wolke von Gefühlen gibt, und einiges deutet darauf hin, dass darin auch so etwas wie Liebe ist. Er sollte als wahrheitsliebender Mensch dennoch nicht versuchen, diese Liebe in Worte zu fassen. Die Gefahr ist zu groß, dass seine Worte im gleichen Augenblick, in dem er sie ausspricht, schon nicht mehr stimmen beziehungsweise dass sie – im Sinne der Quantenmechanik – nicht stimmen WEIL er sie ausspricht. Frauen täten daher gut daran, Männer nicht zu Liebeserklärungen zu zwingen. Leider bringen sie in der Regel zu wenig Verständnis für die Gesetze der Physik auf.

Zum anderen spüren Männer instinktiv, dass es bei Frauen eine höchst zwiespältige Reaktion auslöst, wenn man ihnen so etwas wie LIEBE gesteht. Ganz einfach, weil nicht wenige Frauen sich in Wirklichkeit selber nicht ausstehen können (Frauen müssen vor ihrer Geburt eine Liste ausfüllen, auf der sie ihre zukünftigen Komplexe ankreuzen. Und wie es halt so ist: Bevor man ihnen erklärt hat, wie es funktioniert, haben sie schon alle Kästchen angestrichen). Der Mann, der sich in sie verliebt, muss folglich, so sehen es jedenfalls die jeweiligen Frauen, selber irgendwelche Komplexe haben – weswegen er als Liebesobjekt keinesfalls in Frage kommt. Die Folge: In dem Augenblick, in dem ein Mann die berühmten drei Worte ausspricht, sinkt er in der Achtung der Frau um mindestens zehn Punkte (die Skala reicht von null bis zehn).

Gleichzeitig möchten ALLE Frauen das Gefühl haben, dass der Mann, der sie liebt, theoretisch jede andere Frau haben könnte und auch von jeder anderen begehrt wird. Deswegen muss die Frau mit dem Mann an ihrer Seite einerseits hervorragend angeben können, andererseits muss sie die Gefahr bezwingen, dass er sich eines Tages tatsächlich für eine andere entscheidet – was allerdings immer noch besser wäre, als einen Langweiler neben sich zu haben, der bei der Konkurrenz allenfalls müdes Gähnen auslöst (»Gab's den irgendwo umsonst, oder hattest du einfach MITLEID mit ihm?«).

Um es einfacher auszudrücken: Frauen sind die widersprüchlichste Existenzform, die von der Forschung bisher registriert wurde (inklusive Seeanemonen, Kopffüßern, Pilzen und schwarzen Löchern). Als bindungswilliger (oder liebender) Mann gibt es daher nur eine tragfähige Strategie: Man muss sich verhalten wie Flipper, der Delphin in der gleichnamigen Fernsehserie – immer deutlich machen, dass einem der gesamte Ozean gehört, aber dass man, wenn es drauf ankommt, dennoch zur Stelle ist.

Gefangen in solch düsteren Gedanken, frage ich mich plötzlich, warum ich mich eigentlich dazu entschlossen habe, mein Single-Dasein zu beenden. Nun gut, ich weiß inzwischen, dass das Alleinsein keine ideale Lebensform ist. Im Grunde ist es aber vollkommen egal, was ich mache – es hat alles Vor- und Nachteile. Mir wird immer klarer, dass ich in der gleichen Situation stecke wie der berühmte Häftling, der nach seinem Todesurteil gefragt wird, wie er es denn lieber hätte: hängen oder köpfen?

So sitze ich also im Konferenzraum im neunten Stock und merke nichts von dem Tohuwabohu um mich herum. Ich merke auch nicht, wie ich immer noch aus dem Fenster starre und gedankenverloren, aber in ziemlicher Lautstärke seufze und sage:

»Singles – was für ein Leben!«

Auf einmal wird es so still im Raum, dass man Michael Postmanns Magengeschwür schmatzen hören kann.

»Gut, Hamdorf. Sehr gut. Machen Sie weiter.«

Das war Fünkchen, der mich anstarrt wie Thomas Gottschalk einen viel versprechenden Wettkandidaten. Ich für meinen Teil aber sehe ihn an, als wäre er ein Kioskverkäufer, der mir gerade verkündet hat, dass ich sechs Richtige im Lotto hätte, obwohl ich in meinem ganzen Leben noch kein Los abgegeben habe.

»Kommen Sie, Hamdorf. Sie sind auf einer heißen Spur, ich merke das … Reden Sie weiter«, drängt Fünkchen.

So langsam wird mir klar, was er meint. Und zwar genau das, was Fünkchen immer meint, wenn er einen lobt: dass man einen Artikel an der Angel hat, der genug Potenzial hat, um die Auflage anzuheben, neue Abonnenten zu gewinnen und ihm eine Sonderprämie von der Verlagsleitung zu bescheren (von der man natürlich keinen Pfennig abbekommt). Fünkchen schlägt mir tatsächlich gerade vor, aus meiner Lebenssituation einen Artikel zu machen – was kann mir Besseres passieren? Einmal mehr stelle ich daher mein Talent zum Improvisieren unter Beweis. Ich stehe auf und beginne vor dem Fenster hin und her zu laufen und mit gedankenschwerer Miene laut zu sinnieren:

»Ich stelle mir einen Artikel über Singles vor. Vielleicht sogar eine Serie. Nicht diese üblichen Single-Märkte, die sie inzwischen alle machen und von denen in erster Linie Casting-Agenturen und arbeitslose Schauspieler etwas haben. Mehr etwas … Grundsätzliches. Wer sind diese Singles? Wie leben sie? Wie fühlen sie sich? Wie befriedigen sie ihren Sexualtrieb? (In diesem Augenblick kichern Michaela Adamy, Pressesprecherin im Verlag, die im Sommer meistens mit einem Bikinioberteil ins Büro kommt, und Annegret Müller von der Politik, sie ist achtundfünfzig und trägt die Kleider ihrer adoptierten Tochter, die in die zehnte Klasse geht. Ich lasse mich nicht irritieren und rede weiter.)

Ich meine, gehen wir es doch einmal ganz von vorne an: Helmut Kohl sprach immer davon, dass die Familie die

Keimzelle der Gesellschaft sei. Gerhard Schröder dagegen weiß, dass die Scheidungsindustrie zum wichtigsten Wirtschaftsfaktor in Deutschland geworden ist. Genau diesen Wandel müssen wir rüberbringen: Nicht mehr die Familie, sondern der Single ist das kleinste Element der Gesellschaft. Und im Grunde sind wir doch alle Singles – ob wir nun verheiratet, verlobt, schwul oder arbeitslos sind. Alle diese Singles schwirren wie freie Atome im Vakuum der Gesellschaft herum – ab und zu sind ihre Bindungskräfte stark genug, um sich zu Molekülen zusammenzuschließen. Doch oft genug zerfallen diese Bindungen schon nach wenigen Tagen, Wochen oder Jahren wieder. (Ich taxiere in diesem Augenblick erst Ulrike Bosse – Stichwort Tage –, danach Bettina Paul – Stichwort Wochen, wobei wir in der Zeit öfter miteinander gevögelt haben als so mancher Goldhochzeitler während seiner gesamten Ehe – und schließlich – Stichwort Jahre – wen eigentlich? Da gibt es niemanden ... Für eine Sekunde bin ich nachdenklich, dann spreche ich weiter.) Ich stelle mir vor, dass wir einige Singles und ihre typischen Probleme porträtieren: An wem lasse ich meine Wut aus, wenn ich einen schlechten Tag bei der Arbeit hatte? Wer drückt mir die Pickel auf dem Rücken aus? Wer sagt mir, dass ich Mundgeruch habe, und liebt mich trotzdem?

Ich glaube, damit haben wir alles, was wir für eine satte Story brauchen: maximale Identifikationsmöglichkeit, Broad-Interest-Faktor, Sexappeal, ein Thema, über das die Nation mit Leidenschaft diskutieren kann ...«

»... und ein Spitzen-Tittenmotiv für die Titelseite«, ergänzt Fünkchen meine Ausführungen. Dann betrachtet er mich stolz wie ein Vater, dessen Sohn zum ersten Mal »Porsche« gesagt hat. »Hamdorf, für die Geschichte stelle ich

Sie ab sofort frei. Ich bin begeistert – sagen Sie mir, wen Sie im Team haben wollen, und Sie kriegen ihn. Sie kriegen überhaupt alles, was Sie haben wollen. Budget egal – Hauptsache, die Story ist für die nächste Ausgabe hieb- und stichfest fertig ... Ich sehe schon den Titel vor mir ...«, Fünkchen macht eine Geste wie ein Zirkuszauberer, der silbernes Lametta regnen lässt, »›Die Singlegesellschaft – warum wir es immer öfter, aber immer kürzer haben wol- len‹. Wirklich, Hamdorf, Sie sind ja ein richtiger Macher! Ein Themensetzer, ein Story-Creator! Ich bin beeindruckt. Solche Leute wie Sie will ich hier mehr haben. Solche wie Sie, von denen lebt das Magazin. Wenn das Ding steht, sehe ich zu, dass ich eine Bonuszahlung für Sie aushandle. Und ich lade Sie zum Essen ein. Ehrenwort. Nur Sie und ich, Kerzenlicht, ich koche sogar selber ...«

Ich spare mir eine Antwort auf seine letzte Drohung. Statt- dessen sehe ich mich in der Runde um, um die Frage nach dem Team zu entscheiden.

Ich bin mir nicht sicher, ob Frauen sich heimlich kleine Scheinwerfer einoperieren lassen (in einem Aufwasch mit der ersten Fettabsaugung und den neuen Wangenknochen). Jedenfalls haben Ulrike, Bettina und noch einige andere ihre unglaublich hell strahlenden Augen auf mich gerichtet. Alle wollen sie mit dem ewigen Junggesellen Gregor Ham- dorf auf Single-Pirsch gehen – und ein wenig von dem Glanz abbekommen, mit dem Fünkchen mich überschüt- tet. Die Einzige, die mich leicht ironisch anlächelt, ist – Konstanze! Natürlich, sie hat mich wieder einmal durch- schaut. Und genau das ist der Grund, warum sie die einzi- ge Kollegin ist, mit der ich mir vorstellen kann, die Story zu realisieren.

»Frau Bülow«, sage ich, obwohl jeder weiß, dass wir uns duzen, »haben Sie nicht Lust, mit mir auf eine Forschungsexpedition ins Reich der Singles zu kommen? Es ist garantiert ungefährlich, höchst interessant, und wie Sie gehört haben, verspricht es zusätzlich ein Lob von der Chefredaktion!«

»Gibt es tatsächlich eine gemeinsame Unternehmung mit Ihnen, die ungefährlich ist, Herr Hamdorf?«, fragt sie spöttisch zurück.

»Nun, die Einzigen, die sich Sorgen um ihre Intimsphäre machen müssen, sind die Leute, über die wir schreiben – Ehrenwort!«

»Na gut. Ich bin dabei – und ich werde es zu verhindern wissen, dass Redakteur Hamdorf einen zehnseitigen Selbsterfahrungsbericht produziert«, sagt Konstanze und erntet damit das Gelächter der gesamten Redaktion. Zugegeben – mein bisheriger Lebenswandel ist alles andere als ein Geheimnis.

»Täusch dich nicht. Meine Erfahrungen werden höchstens den letzten Teil der Serie bilden. Und zwar unter dem Titel: ›Abschied vom Single-Dasein – wenn Einzelkämpfer ins Team zurückkehren‹«, gebe ich zurück. Was mir unverständige Blicke von fast allen im Raum einbringt. Guckt ruhig wie die Automatikfahrer vor dem Schaltgetriebe – ich bin euch keine Erklärung schuldig, denke ich trotzig.

Aber eigentlich interessiert es auch niemanden mehr so richtig. Die Konferenz ist beendet, Fünkchen hat den Rückzug in sein Büro angetreten, und für uns Redakteure ist der schlimmste Teil des Tages beendet.

»Besprechen wir den Rest beim Mittagessen?«, frage ich zu Konstanze herüber.

Sie nickt:

»Wenn du mir fünf Minuten für zwei Anrufe gibst?«

»Ich warte beim Aufzug«, sage ich, und gemeinsam verlassen wir den Raum.

Zehn Minuten später stehen wir in der Kantinenschlange, die bis in den Aufzugvorraum im dritten Stock reicht.

»Dem Geruch nach gibt es heute wieder marinierte Gummistiefel mit Kochwäsche und Altöl«, sage ich und schnuppere demonstrativ in Richtung Essenausgabe.

»Alter Griesgram«, meint Konstanze vorwurfsvoll. »Du musst endlich einmal das vegetarische Essen probieren. Es ist durchaus annehmbar geworden.«

Ich schüttele den Kopf. »Dann lieber Gummistiefel.«

»Männer! Jeden Tag zweimal Fleisch und sich dann mit Vierzig wundern, dass ihr ausseht wie Sumoringer – nur ohne die kräftigen Arme und Beine.«

»Frauen! Jeden Mittag einen Salatteller und dann mit Vierzig aussehen wie ein Skelett mit Spannbezug. Um nicht zu sagen wie Uschi Glas.«

»Als wenn es davon so viele gäbe«, wendet Konstanze ein. Natürlich hat sie Recht – aber das ist noch lange kein Grund, mittags in der Kantine aufs Fleisch zu verzichten.

Wir können unsere Diskussion nicht vertiefen, da sich die Warteschlange heute mit einer erstaunlichen Geschwindigkeit verkürzt und es aus Sicht des Kantinenpersonals als Kapitalverbrechen gilt, an der Reihe zu sein und sich noch nicht für ein Essen entschieden zu haben. Den Beweis dafür liefert die Frau an der Essenausgabe mit einem einzigen Wort:

»Bitte?«

Es klingt nicht wie eine Frage. Es klingt wie ein Todesurteil.

Konstanze lässt sich nicht beeindrucken und gibt gut gelaunt ihre Order auf – und zwar für uns beide. Zu mir sagt sie: »Ich glaube, Fünkchen sollte nicht uns mit dem Personal hier unten austauschen, sondern selber als Küchenmeister anfangen. Hier würde er nicht einmal besonders auffallen.«

Ich stimme ihr zu. »Und du solltest dich um seine Nachfolge als Chefin bewerben – ich bin mir sicher, dass du die Unterstützung der kompletten Redaktion hättest.«

»Du bist ein Schatz, Gregor«, sagt sie und freut sich wirklich. »Aber weißt du: Ihr Männer habt euch eure Aufgaben so zugeschnitten, dass keine vernünftige Frau Lust haben würde, sie zu übernehmen. Außerdem glaube ich nicht, dass die Verlagsleitung damit einverstanden wäre, zur Abwechslung auch einmal ein paar nackte Kerle auf den Titel zu nehmen – und ohne das würde ich bestimmt keine Chefredakteurin werden wollen.«

»Klar. Verstehe ich«, sage ich großherzig. Wäre ja auch noch schöner.

Kurz darauf trage ich mein Tablett mit dem Grünkernbratling, den gedünsteten Möhren und dem Weißdornsalat zu dem Tisch, an den Konstanze sich bereits gesetzt hat. Mein ganzer Stolz ist eine Dose Cola, die ich wie eine kostbare Statue neben meinem Teller platziert habe. Zu gesund darf es einfach nicht werden.

»Siehst du – tut doch gar nicht weh, oder?«, fragt Konstanze und lächelt spitz. Das kann sie wirklich hervorragend – ich fühle mich sofort wie ein Dreizehnjähriger, der die Freundin seines älteren Bruders geküsst hat und der danach mit einem mitleidigen Du-bist-wirklich-noch-grün-hinter-den-Ohren-Blick angesehen wird.

»Ich bin froh, dass ich dich nicht heiraten muss. Wir würden eine Ehe führen wie Gerhard und Hillu. Ich wäre erfolgreich und unterernährt, und du wärst unglücklich und die moralische Siegerin«, sage ich und beginne, mit dem Löffel in meinem Essen herumzumanschen.

»Ich finde, Hillu ist 'ne tolle Frau«, sagt Konstanze.

»Ich finde Doris besser – zumindest, solange sie nichts sagt.«

»Typisch Mann, typisch Macho.«

»Was kann ich dafür, dass sie so ist?«

»Vielleicht solltest du zum ›For Him Magazin‹ wechseln. Da könntest du mit solchen Doris-Hillu-Vergleichen dein Geld verdienen«, schlägt sie vor. »Außerdem ist Doris eine charmante, intelligente Frau!«

»Genau – solange sie nichts sagt«, sage ich.

»Und Hannelore?«, will Konstanze wissen.

»Welche Hannelore?«

»Na die, die ihr Mann auf dem Sofa platt gesessen hat.«

»Nachtschattengewächse laufen außer Konkurrenz«, sage ich.

»Und ich fand sie grässlich. Schade, dass es nicht umgekehrt war. Schöne Vorstellung: Der Dicke mit Sonnenbrille in einem abgedunkelten Zimmer, weil er das Tageslicht nicht mehr erträgt.«

»Tja. Es gibt einfach keine Gerechtigkeit im Leben«, sage ich.

»Ganz genau«, seufzt sie.

Ich verspüre jedoch nicht die geringste Lust, an diesem so erträglichen Montag schlechte Stimmung aufkommen zu lassen. Zumal wir ab sofort für eine interessante Geschichte abgestellt sind, die uns einige Tage außerhalb der Redaktion bescheren wird. Eine verlockende Vorstellung.

»Schmeckt gar nicht so schlecht«, sage ich versöhnlich. Und stochere mit der Gabel in der geschmacklosen Pampe auf meinem Teller herum, in die sich der Bratling in Sekundenschnelle verwandelt hat.

»Hmmm«, stimmt Konstanze mir kauend zu und wirft dabei einen kritischen Blick auf meine Cola-Dose. Dann sagt sie mit der für sie so typischen Mischung aus Anerkennung und Ironie:

»Du hattest heute ja deinen großen Auftritt bei Fünkchen.«

»Ich bin halt ein Kracher und ein Story-Creator. Du hast es ja gehört«, gebe ich selbstbewusst zurück.

»Wenn Fünkchen mich so loben würde, würden bei mir alle Alarmglocken läuten. Ich glaube nicht, dass der Mann zu Freundlichkeit ohne Hintergedanken in der Lage ist.«

»Da kann ich dir nicht widersprechen. Aber er hat die Katze ja schon aus dem Sack gelassen – er will die Story für die nächste Ausgabe haben. Das heißt, dass es nichts mit einer ruhigen Woche wird – ganz im Gegenteil. Und das Wochenende können wir uns auch abschminken.«

Konstanze zieht ihre Stirn in Falten. »Vielleicht sollte ich mir noch einmal überlegen, ob ich die Story wirklich mit dir mache. Schließlich sind das nicht gerade schöne Aussichten.«

Ich sehe sie mit tiefem Entsetzen an.

»Aber Lieblingskonstanze. Wie kannst du so etwas sagen? Schließlich geht es hier nur am Rande um die Story und das Magazin. In erster Linie geht es darum, dass du mir dabei helfen sollst, mich unter die Haube zu bringen.«

»Ich habe mal gehört, dass man unmögliche Aufgaben ablehnen soll«, sagt sie vergnügt.

»Bin ich denn ein so aussichtsloser Fall?«

»Nun, ich bin mir über die Diagnose noch nicht schlüssig. Im Moment würde ich sagen: ja. Völlig aussichtslos. Ich würde deinen Hochzeitsplänen aufgeschlossener gegenüberstehen, wenn du Mormone wärest – die dürfen immerhin öfter als einmal ›ja‹ sagen.«

»Warum nicht gleich Sultan oder Scheich? Die glücklichen Kerle sammeln bekanntlich nicht nur Autos, sondern passend dazu auch weibliche Chauffeure.«

»Du hast nicht einmal eine Garage, wenn ich dich daran erinnern darf.«

»Eben!«, triumphiere ich. »Darum kann es doch auch nicht so schwer sein, die passende Frau für mich zu finden. Und zwar ein Exklusivmodell.«

Da muss Konstanze mir Recht geben – und das tut sie dann auch.

»Ich bin inzwischen davon überzeugt, dass du es wenigstens ernst meinst. Jetzt müssen wir nur noch eine zweite Frau finden, die wir ebenfalls davon überzeugen können. Also möglichst eine, die dich a) noch nicht kennt und b) vor der Trauung auch nicht allzu viel Zeit dazu hat, dich kennen zu lernen.«

Konstanze liebt es einfach, verbale Handkantenschläge auszuteilen. Und ich lasse es mir gefallen. Schließlich gibt es kaum eine angenehmere Art, den Nachmittag zu vergeuden und den Feierabend näher rücken zu sehen, als mit Konstanze plaudernd in der leerer werdenden Kantine zu sitzen. Sie ist nun mal der Mensch, mit dem ich am liebsten zusammen bin – übrigens noch ein Grund, warum sie bei meiner Brautschau dabei sein soll. So können sich die beiden Frauen schon einmal aneinander gewöhnen. Schließlich habe ich nicht vor, Konstanze abzuschaffen, nur weil ich verheiratet sein werde.

Jedenfalls sprechen wir weiter über Ehe, Singles, Sex und alles, was uns dazu einfällt. Natürlich haben wir unser Mittagessen längst verputzt und sind inzwischen bereits beim dritten Kaffee angelangt. Was uns allerdings nicht mit dem Hauch eines schlechten Gewissens erfüllt – schließlich entwickeln wir das Gerüst für die nächste Titelgeschichte des Magazins.

Gegen drei fahren wir wieder in die Redaktion hinauf. Meine Motivation, ernsthaft zu arbeiten, ist ungefähr so hoch wie mein Punktestand auf der Bundesliga-Tippliste, die der zuständige Kollege inzwischen ans schwarze Brett gepinnt hat (wie jeden Montag). Ich habe mich leider in einem gedankenlosen Moment dazu hinreißen lassen, mit zu wetten. Schließlich verstehe ich von Fußball ungefähr so viel wie Slobodan Milošević von Menschenrechten. Mein einziger Trost ist, dass es auf Frauen eine ungeheuer anziehende Wirkung hat, wenn man ihnen eingesteht, dass man keine Ahnung vom Lieblingssport der Deutschen hat. Sie können innerlich aufatmen und müssen keine Angst haben, dass man drei Wochen nach dem ersten Date auf ihrer Couch sitzt, in einem unansprechbaren Zustand auf den Fernseher starrt und alle paar Minuten in hysterische Schreikrämpfe ausbricht. Noch toller finden sie es, dass ich trotz dieses Desinteresses regelmäßig mit meinen Freunden »ran« und Länderspielübertragungen ansehe – einfach aus Gründen des menschlichen Miteinanders.

Trotzdem hat es etwas Entwürdigendes, auf der Tippliste auf Platz zwanzig von zwanzig zu stehen. Ich starre auf das schwarze Brett, als Bettina Paul auf dem Weg zur Kaffeeküche vorbeikommt.

»Schon gesehen?«, frage ich sie.

»Was?«

»Die Tippliste.«

»Gregor!«, ruft sie empört. »Glaubst du wirklich, euer spätpubertäres Wer-versteht-mehr-von-Fußball-Dokument ist mir auch nur einen Blick wert?«

»Ich meinte mehr die Tatsache, dass ich der Schlechteste bin. Ich mache doch nur mit, um den Jungs einen Gefallen zu tun. Oder glaubst du etwa, Fußball interessiert mich?«

Bettina stellt wieder ihre Scheinwerfer an und schenkt mir ein bezauberndes Lächeln.

»Ach, Gregor. Das ist ja so sympathisch, dass du nichts mit Fußball zu tun hast. … Wollen wir eigentlich nicht wieder mal essen gehen – nur du und ich, ganz ruhig, mit ganz viel Zeit?«

Meine Theorie über Fußball und weibliche Sympathien stimmt also tatsächlich. Es ist erstaunlich. Und mehr als diese Bestätigung will ich von Bettina eigentlich gar nicht. Trotzdem muss ich mir eine gute Antwort auf ihre Frage einfallen lassen. Immerhin präsentiert sie sich mir gerade so, wie man einen Korb reifer Früchte präsentiert. Es gibt kaum einen vernünftigen Grund, nein zu sagen. Ich habe zwar vor einigen Monaten unser Verhältnis recht rüde abgebrochen (»Wenn wir jetzt weitermachen, entwickelt sich zwischen uns so etwas wie eine Beziehung, und dafür ist es einfach zu schön«), doch Bettina hat es mir nie wirklich übel genommen (»Wenn du es dir anders überlegst, kannst du mich immer anrufen«). Zum Glück klingelt in diesem Augenblick das Telefon in meiner Arbeitswabe.

»Ist für mich«, sage ich und trabe geschäftig davon. Ich spüre ihre misstrauischen Blicke im Rücken – aber was soll ich machen? Ich bin einfach nicht mehr auf dem Markt – auch wenn ich das selber kaum glauben kann.

»Überlegst du es dir? Wir wäre es zum Beispiel mit Samstag?«, ruft Bettina hinter mir her.

Ich spare mir eine Antwort, angele nach dem Hörer und beginne ein geschäftiges Selbstgespräch – die andere Seite hat nämlich im gleichen Augenblick, in dem ich abgehoben habe, schon wieder aufgelegt.

Den restlichen Nachmittag verbringe ich mit meiner redaktionellen Lieblingsaufgabe: Ich überprüfe das wöchentliche Kreuzworträtsel. Diese Aufgabe hat mir zwar niemand übertragen. Ich halte sie dennoch für so wichtig, dass ich mich ihr ohne den Anflug eines schlechten Gewissens ausführlich widme. Das Einzige, womit ich meine tiefe Konzentration unterbreche, sind regelmäßige Blicke auf die große Uhr zwischen den Aufzügen. Es ist gar nicht so einfach herauszufinden, wann man anstandshalber und ohne allzu viel Aufsehen zu erregen die Redaktion verlassen kann. Die Uhrzeit variiert je nach Wochentag: Gerade am Montag macht es einen sehr guten Eindruck, möglichst lange am Schreibtisch zu bleiben – schließlich signalisiert man so, dass man mit einem konventionellen Wochenablauf wirklich nichts zu tun hat und jeden Tag ausschließlich dem Wohle des Magazins widmet. Ganz abgesehen davon, dass jeder weiß, dass Fünkchen montags seine Kinder vom Judo abholt und das Büro daher nie vor halb acht verlässt.

Ich beschließe um fünf Minuten nach fünf, dass mir diese ganzen Überlegungen reichlich gleichgültig sind. Ich bin schließlich ein emanzipierter, unabhängiger Journalist, der ohnehin auch zu Hause nichts anderes tut, als für das Magazin zu recherchieren. Daher habe ich an diesem Montag zweifellos das Recht, nach Hause zu gehen, wann immer es mir passt. Und das ist genau jetzt.

Alles Leben ist Leiden

Der moderne Mann ist vor allem zu einem verdammt: zu leiden.

Und das liegt keineswegs nur daran, dass wir Männer überflüssig geworden sind. Die Evolution hat uns wegrationalisiert. Männer sind ein menschheitsgeschichtliches Auslaufmodell, an den Rand gedrängt durch die moderne Biotechnologie. Spätestens seit Dolly liegt das auf der Hand. Dolly ist zwar nur ein Schaf. Das Prinzip lässt sich aber ohne Probleme auch auf Frauen übertragen. Also auf die menschliche Reproduktion: Da sind jetzt statt männlicher Lendenkraft Reagenzglas, Computer und eine entkernte Eizelle gefragt. Unsere einzige Hoffnung bleibt, dass sich die meisten Frauen nicht für Technik interessieren. Das gibt uns noch ein paar Jahre Aufschub. Mindestens so lange, bis die »Brigitte« dem Thema eine Titelgeschichte widmet (zum Glück kenne ich die Chefredakteurin ganz gut).

Aber das alles meine ich gar nicht. Ich rede vielmehr über das alltägliche Schicksal des durchschnittlichen Mannes um die dreißig. Und ich weiß, wovon ich rede. Schließlich bin ich Single – und damit so etwas wie der Kummerkasten der Nation. Alles muss ich mir anhören: Hochzeitstag, Verlassenwerden, kein Sex, zu viel Sex, Betrogenwerden, Betrügen, Kinder, keine Kinder. Nur wenn alles in Ordnung ist bei meinen verheirateten Freunden –

dann höre ich nichts. Als wenn es ihnen peinlich wäre, die Ehe, diese freiwillige Versklavung. Keine Übertreibung: Monatelang höre ich von meinen verheirateten und mit Nachwuchs gesegneten Freunden nichts. Gar nichts.

Und wenn ich sie, sagen wir beim Einkaufen, zufällig treffe, spielt sich immer dasselbe ab. Wie vor Jahren mit Daniel, einem Studienfreund, und seiner Frau Susanne.

Daniel: »Tut mir echt Leid, Gregor, dass ich mich nicht gemeldet habe. Erst hatte Lara Durchfall. Dann bekam Jonas Keuchhusten. Und alle vier hatten wir Scharlach. Dann sind wir mit Schröders nach Spiekeroog gefahren. Und wir müssen jetzt zweimal die Woche zur Elterninitiative.«

Ich fragte verdutzt: »Schröders? Ist das der Versicherungsfuzzi, der neben euch wohnt, der samstags sein Auto wäscht und den du verprügeln wolltest, weil er Jonas als kleinen radikalen Hosenscheißer mit einem Saab fahrenden Lehrer als Vater bezeichnet hat? Der Schröder?«

Daniel scharrte nervös mit dem Fuß auf dem Boden: »Na ja. Damals wusste ich noch nicht, dass Schröders Kinder im gleichen Alter haben. Peter und Monique. Sind jetzt die besten Freunde von Lara und Jonas. Gucken jeden Tag zusammen ›Benjamin Blümchen‹. Und Kurt hat mir neulich geholfen, die Winterreifen aufzuziehen. Wahnsinn, wie der das kann.«

Susanne musste auch ihren Teil beitragen: »Und Manu, Kurts Frau, ist auch echt in Ordnung. Ich kann jetzt drei halbe Tage in ihrer alten Firma arbeiten. Wäschegroßhandel. Macht echt Spaß.«

Ich: »Gratuliere. Da kommt bestimmt genug rum für den Babysitter einmal im Monat.«

Susanne (mit Abscheu): »Und du? Immer noch nicht die Richtige gefunden?«

Ich lächelte sie unschuldig an: »Och, du kennst mich doch. Ich vögel lieber in der Gegend rum. Genau wie Daniel früher. Und nie länger als drei Wochen mit derselben. Einfach zu langweilig, oder Daniel? Hast du doch früher auch immer gesagt?«

Daniel: »Ich ...«

Susanne: »... Mensch, Gregor, du musst unbedingt wieder einmal vorbeikommen. Aber jetzt müssen wir ganz schnell noch zu Karstadt. Die haben Sonderangebote in der Kinderabteilung.«

Ich: »Ist ja super. Dann können Daniel und ich in der Zeit ja einen Espresso trinken gehen.«

Daniel: »Gute Idee. Oder, Susannchen – das schaffst du doch alleine?«

Susanne: »Aber du wolltest doch noch bei den Werkzeugen gucken? Wegen Kurtchens und Moniques neuen Puppenhauses. Du weißt schon ...«

Daniel (zerknirscht): »Stimmt. Dir kann ich es ja sagen, Gregor. Ich hab Kurt, also Kurt Schröder, gesagt, dass ich 'ne Stichsäge habe. Weil der mir immer alles leiht. Ist mir schon richtig peinlich. Habe ich aber gar nicht, war so 'ne Art Notlüge. Ich wollte mich revanchieren bei ihm. Susanne und ich dachten, wir kaufen einfach eine. Also eine Stichsäge. Ich weiß gar nicht, wie so etwas aussieht. Aber kann ja nicht schaden. Zum Verleihen. Und so. Also bis dann.«

Die beiden haben mir nicht einmal die Hand gegeben zum Abschied.

Sechs Monate später klingelte das Telefon. Daniel. Typisch. Kaum hängt der Haussegen schief, kommen die alten Kumpels aus ihren Familienlöchern. Mit mir kann man es ja machen. Ich hab ja für jeden und alles ein offenes Ohr – auch wenn sie mich sonst als beziehungsunfähig, heiratsphobisch und unabhängigkeitsfanatisch bezeichnen. Doch sobald es Schwierigkeiten gibt, bin ich es, der es als Einziger richtig gemacht hat, der weiß, warum man den Frauen nicht über den Weg trauen kann, und der einsam und wacker den alten Idealen treu geblieben ist.

Großherzig, wie ich bin, hörte ich mir also an, was Daniel mit tränenerstickter Stimme vortrug – und das war alles andere als lustig.

»Susanne ist ausgezogen. Mit den Kindern. Du kannst es dir nicht vorstellen. Ich komme nach Hause. Sie ist weg. Einfach weg. Und die Kinder sind auch weg. Die halbe Wohnungseinrichtung ist weg. Nur ein Brief: Sie ist jetzt bei ihrer Mutter. Ich soll sie nicht anrufen. Ich soll mir nicht einbilden, dass ich die Kinder sehen darf. Nichts. Sie lässt mich nicht mal am Telefon mit den Kindern sprechen. Sagt, dass ich einen schlechten Einfluss auf sie hätte. Auf meine eigenen Kinder! Kannst du dir so etwas vorstellen?«

»Ja«, sagte ich. Aber er hörte gar nicht zu.

Drei Wochen später klingelte es an meiner Tür, Daniel stürmte herein und saß bis zum nächsten Morgen aufgelöst auf meinem Sofa und erzählte mir, warum er ohne seine Kinder nicht leben könnte.

Ich glaube, es war morgens um halb acht, als ich ihn zum dreihundertsten Mal fragte, ob er sich einen Grund vorstellen könnte, warum sie ausgezogen sei. Daniel sah mich fassungslos an und sagte:

»Warum? Du fragst, warum? Ich habe keine Ahnung, warum. Wir hatten ein paar Probleme, zugegeben. Vor allem nachdem ich gekündigt habe. Hab's an der Hauptschule nicht mehr ausgehalten. Na ja, und am Anfang. Da hab ich öfter mal was getrunken. Und zu den Kindern war ich auch nicht so nett. Hatte einfach keine Geduld. Haben mich an die Schule erinnert, die Kleinen. Und Susannes ganze Vorwürfe wegen dieser Sache mit meiner Kollegin. Dabei war da fast nichts. Und vorbei war es auch. Seit mindestens drei Tagen hatten wir uns nicht einmal mehr gesehen. Und Susanne nörgelte nur herum. Da ist mir öfter mal der Geduldsfaden gerissen. War ich vielleicht ein bisschen laut. Auch zu den Kindern. Aber nie richtig. Und geschlagen hab ich sie bestimmt nicht. Die Kinder jetzt. Susanne, die hält ja was aus. Die war doch jahrelang bei der Frauen-Selbstverteidigung. Das hab ich bezahlt, die ganze Zeit. Da kann sie sich doch jetzt nicht beschweren. Aber man kann doch nicht immer nur beherrscht sein. In so einer Situation. Das kannst du doch verstehen, oder?«

Ich habe gar nichts gesagt. Und Daniel redete einfach weiter, über seine schwierige Situation und dass er ihr versprochen hätte, dass bald alles anders würde. Sobald er wieder Arbeit hätte. Und jetzt hätte er auch ein paar Vorstellungsgespräche gehabt. Aber sie wolle immer noch nichts von ihm wissen.

Drei Monate später saß Daniel wieder auf meinem Sofa. Er hatte ein paar Dosen Bier mitgebracht. Ich schickte ihn erst mal ins Badezimmer und erlaubte ihm, meinen Rasierer zu benutzen und zu duschen.

»Ich habe Susanne wieder gesehen. Vor zwei Wochen. Wir hatten ein gemeinsames Gespräch. Mit so einem Familienberater vom Sozialamt. Fieser Typ. Erinnerte mich an meinen ehemaligen Nachbarn, diesen Schröder. Ganz unangenehm.«

»Du bist umgezogen?«, fragte ich.

Daniel nickte. »Hab mir ein Zimmer genommen. So mit Kochnische. Ich verdiene doch nichts mehr. Was soll ich denn machen? Natürlich könnte ich mir einen Job nehmen. Sogar wieder im Schuldienst anfangen. Und dann? Weißt du, was Lohnpfändung ist? Von dem, was ich behalten darf, werde ich nicht glücklich. Den größten Teil streicht Susanne ein. Und von dem Rest geht ein Teil ans Jugendamt. Weil die ja seit Monaten in Vorleistung sind. Muss ich alles zurückzahlen. So sieht es aus. Und meine Kinder, die wissen doch schon gar nicht mehr, wer ich bin. Bei den ganzen Lügenmärchen, die Susanne ihnen über mich erzählt. Behauptet, ich würde in der Fußgängerzone rumsitzen und Leute um Geld anbetteln. So ein Quatsch. Ich hab da doch einfach nur rumgesessen, hab 'nen Joghurt gegessen. Dann hat da der eine oder andere Geld reingeworfen. In den Joghurtbecher. Weiß auch nicht, warum – vielleicht wegen des Schildes, dass ich nichts dagegen hätte. Ich sitz da doch nur, weil ich hoffe, dass sie eines Tages vorbeikommen, meine süßen Kleinen. Die Laura und der Volker. Susanne hatte mir versprochen, Fotos mitzubringen. Hat sie nicht gemacht. Hätte sie vergessen, sagt sie.«

Das nächste Mal rief Daniel mich wieder an. Ich hörte schon am Klingeln, dass er es war. Klang irgendwie – jämmerlich. Aber ich täuschte mich. Er war ganz euphorisch.

»Stell dir vor. Susanne ist einverstanden, dass wir eine Besuchsregelung treffen. Das ist echt ein Fortschritt. Ich sehe meine Kinder wieder. Du kannst dir gar nicht vorstellen, wie ich mich freue. Ich kann seit drei Nächten nicht mehr schlafen, weil ich so aufgeregt bin. Ich hab einen kleinen Kredit aufgenommen. Hinterm Bahnhof in so einem

Leihhaus. Schließlich will ich nicht mit leeren Händen ankommen, wenn ich Holger wieder sehe. Und meine kleine Anna. Morgen um zwölf ist es so weit. Ich bin mir ganz sicher. Jetzt wird alles wieder gut.«

Am nächsten Abend meldete er sich erneut telefonisch. Susanne sei nicht gekommen. Nichts. Nicht mal ein Anruf. Bestimmt sei sie durch irgendetwas aufgehalten worden.

»Vielleicht habe ich mich auch im Datum geirrt. Bestimmt habe ich mich geirrt. Passiert ja schon mal, so etwas. Ich kann sie ja nicht anrufen. Sie hat jetzt eine neue Telefonnummer. Und ihre Eltern auch. Sind nicht bei der Auskunft eingetragen. Da kann man nichts machen. Wir waren bestimmt für morgen verabredet. Na ja. Ich bin schon ein bisschen enttäuscht. Aber morgen ist es so weit. Ich freue mich.«

Daniel hat zwei Wochen lang jeden Tag um zwölf Uhr am Treffpunkt gewartet. Sie ist nicht gekommen. Dafür stand er jeden Abend Punkt sechs bei mir auf der Matte. Und ich konnte danach mein Sofa auswringen. Und desinfizieren.

Einmal ging es noch wieder aufwärts. Er hatte eine Festanstellung als Nachhilfelehrer gefunden. Schlechte Bezahlung, aber immerhin. Nachdem drei Vereinbarungen mit Susanne gescheitert waren, hat er Klage eingereicht. Der Richter hat ihm einmal im Monat ein Besuchsrecht eingeräumt. Für zwei Stunden. In den Räumen des Kinderschutzbundes, unter Aufsicht. Susanne ist ein einziges Mal mit den Kindern zum Besuchstermin gekommen. Zu dem Zeitpunkt hatte Daniel seine Kinder seit achtzehn Monaten nicht mehr gesehen. Natürlich haben sie ihn nicht wieder erkannt. Und sie haben kaum ein Wort mit ihm gespro chen. Zugegeben, Daniel roch damals nicht so, wie Kinder es mögen. Er hatte wieder Geschenke dabei. Und sie haben ihm gesagt, Mama hätte ihnen verboten, etwas von ihm anzunehmen. Susanne meinte zu ihm, dass er jetzt da angekommen sei, wo er hingehört.

Ein paar Wochen danach ist Daniel auf dem Weg zur Arbeit zusammengeschlagen worden. Von den Eintreibern des Pfandhauses. Das hat ihm den Rest gegeben. Er hat sich nicht gewehrt. Und als sie mit ihm fertig waren, hat er sie nett gefragt, ob sie nicht weitermachen könnten. Weil er der schlechteste Vater der Welt sei und noch viel Schlimmeres verdient hätte.

»Klar. Kannst du haben. Gerne«, haben die Schläger gesagt und so lange weitergemacht, bis Daniel nicht mehr an seine Kinder gedacht hat.

Wieder drei Monate später. Ich traf Daniel auf einer Parkbank an der Alsterwiese. Er hatte alles dabei, was er so besaß. Und das passte in drei Plastiktüten.

»Und, wie geht's?«, fragte ich.

Er hat ungefähr zehn Minuten lang genickt. Dann hat er mir einen Schluck aus seiner Flasche angeboten, obwohl die längst leer war.

»Jaja«, hat er dann gesagt. Ich hab ihm fünfzig Euro gegeben. Alles, was ich dabeihatte. Und bin gegangen.

Buddha hat gesagt: Alles Leben ist Leiden. Und Buddha war ein Mann, der mit Frauen nichts mehr zu tun haben wollte.

Heute Abend erzähle ich meinen Freunden Daniels Geschichte. Wir sitzen nach langer Zeit einmal wieder in unserer Männerrunde bei Nino: ich, Herbert, Sven und Wolfgang. Vier Männer von Mitte dreißig, zwei davon verheiratet mit Kindern, ein Junggeselle und einer, dessen »Mitbewohnerin« ihn am Vortag verlassen hat. Und alle halbe Stunde setzt sich Nino auf ein Glas zu uns, hört kurz zu, verdreht die Augen und ruft:

»Bambini, Frauen. Madonna mia!«

Danach verschwindet er wieder in der Küche und lässt seine Wut und seine Lebensfreude an den Kochtöpfen aus.

Jedenfalls berichte ich ausfülich von Daniels Schicksal. Die anderen drei lauschen mit aufgerissenen Augen und klammern sich immer fester an ihre Biergläser. Es gibt nichts, was einen Mann mehr berührt als das Schicksal eines untergehenden Helden – und das ist Daniel. Darüber sind wir uns einig.

Als ich mit meinem Bericht fertig bin, sehe ich Herbert tief in die Augen – schließlich sind wir seinetwegen und wegen seiner Angelika-Probleme hier. Und ich sage:

»Herbert! Das, was Daniel hat, DAS sind Probleme. Und nicht dein voreheliches Geplänkel mit Angelika.«

Sven und Wolfgang sehen mich kopfschüttelnd an. Natürlich, sie wissen von nichts. Ich berichte ihnen kurz, was Herbert mir morgens am Telefon erzählt hat: dass Angelika ausgezogen ist, wegen der so genannten neuen »Mitbewohnerin«.

Herbert fixiert mich mit finsterer Miene:

»Das kannst du doch gar nicht vergleichen, die Geschichte von diesem Daniel und mein Schicksal. Gut, der arme Kerl hat Frau und Kinder verloren. So was kommt vor. Aber ich? Immerhin geht's hier um Angelika. Wir wohnen seit zehn Jahren in einer WG. Sie wäscht für mich, sie kocht, sie weiß, welche Hemdengröße ich habe. Wie stehe ich denn da: ich, fünfunddreißig Jahre alt und am Boden zerstört, weil meine Mitbewohnerin mich verlässt. Das kauft mir doch kein Therapeut ab. Da kriege ich von niemandem Hilfe – vielleicht nicht einmal von euch. Was soll denn jetzt aus mir werden?«

Sven schlägt klatschend auf Herberts breiten Oberschenkel.

»Ganz einfach«, sagt er, »du kaufst morgen den größten Strauß roter Rosen, den du kriegen kannst. Und dann gehst du zu Angelika und fragst sie, ob sie deine Frau werden will. Und ich verspreche dir, dass sich eure ganzen Probleme innerhalb von einer Minute in Luft auflösen werden.«

Herbert betrachtet uns mit einem Gesichtsausdruck, als säße er mit drei überdimensionalen Kakerlaken am Tisch.

»Und wie stellst du dir das bitte vor, Sven? Was soll dann aus Karo werden?«

»Karo?«, fragen Sven und Wolfgang wie aus einem Mund.

»Na, unsere neue WG-Genossin«, erläutert Herbert. »Sie ist erst zwanzig und hat bestimmt keine Lust, mit einem älteren, verheirateten Paar zusammenzuwohnen. Von daher ist dein Vorschlag vollkommen ausgeschlossen.«

»Wirf sie raus«, sagt Wolfgang.

»Ich? Karo? Rauswerfen?«, fragt Herbert irritiert.

»Es gehört zum kleinen Einmaleins des Mannes, dass er sich an einem gewissen Punkt seines Lebens für eine einzige Frau entscheiden muss. Ausnahmen bestätigen die Regel«, erläutert Wolfgang mit einem Seitenblick auf mich. Sven nickt zustimmend.

»Und wo soll ich mich dann mit Karo treffen? Im Hotel vielleicht? Und das soll ich dann auch noch bezahlen? Bei euch piept's wohl«, sagt Herbert empört.

Ich glaube, dass Sven und Wolfgang erst jetzt das Ausmaß von Herberts Lebenschaos begreifen.

»Du vögelst sie«, stellt Sven sachlich fest.

Und Wolfgang, als gäbe es noch Unklarheiten, fügt hinzu: »Ihr geht zusammen ins Bett.«

Herbert macht eine abwehrende Handbewegung: »Natürlich tue ich das. Was meint ihr denn, warum ich in meinem Alter noch in Wohngemeinschaften lebe. Irgendwie muss sich die Unbequemlichkeit doch bezahlt machen. Und Karo, die freut sich. Studiert im ersten Semester Germanistik. Die hat ja auch nicht so viel Geld. Ich hab ihr erzählt, dass Angelika 'ne alte Freundin ist. Stimmt ja auch. Karo fand's am Anfang ein bisschen merkwürdig, dass wir zu dritt im Bett lagen. Aber Angelika, die hat einen tiefen Schlaf. Obwohl Karo wirklich laut ist, wenn es zur Sache geht. Traut man ihr gar nicht zu, so klein und zierlich, wie sie ist. Jetzt mal abgesehen von ihrer Oberweite. Als ich sie gebeten habe, nicht mehr so herumzuschreien – nicht wegen Angelika, sondern wegen der Nachbarn –, hat sie sich sofort dran gehalten.«

Herberts Erzählungen haben bei uns eine doppelte Wirkung: Zum einen stellen wir uns eine zwanzigjährige, schreiende Germanistikstudentin mit großer Oberweite vor – ich glaube, keiner von uns könnte gerade ohne größere Peinlichkeit aufstehen. Zum anderen aber stellen wir uns Herbert mit dieser Studentin vor – Herbert trägt einen Bart, wiegt inzwischen fast drei Zentner und lässt keinen Zweifel daran, dass er die schönen Seiten des Lebens genießt. Es will einfach nicht passen.

Vor allem aber müssen wir daran denken, dass sich diese Szenen direkt neben der schlafenden Angelika abgespielt haben sollen. Und das macht uns doch sprachlos. Ohne uns groß miteinander beraten zu müssen, kommen Sven, Wolfgang und ich schnell zu demselben Schluss. Wir können Herbert unsere Freundschaft nur damit beweisen, dass wir ihn zurück zu den Grundregeln menschlichen Miteinanders führen. Seine Frau betrügen: Das ist okay. Seine Frau betrügen, während sie einen Meter entfernt im gleichen Bett liegt: Das ist nicht okay.

Herbert hört sich unsere Überlegungen geduldig an, dann sagt er: »Nun, einmal angenommen, ich würde Angelika heiraten. Das würde ja bedeuten, dass ich … verheiratet wäre. Ich wäre quasi kein Single mehr. Ist euch klar, was ihr da von mir verlangt?«

Sven, Wolfgang und ich nicken unisono – und schweigen. Schließlich ist Herbert schon jetzt der verheiratetste Single, den man sich vorstellen kann. Es ist daher gar nicht so schlecht, dass diese Karo die Dinge ins Rollen gebracht hat. Schließlich können wir Herberts »Ich bin ein Single und Angelika nur meine Mitbewohnerin«-Masche schon lange nicht mehr hören.

Wolfgang lächelt daher auch zufrieden und sagt: »Immerhin haben wir Herberts Problem jetzt einwandfrei identifiziert. Herbert, um es auf den Punkt zu bringen: Es handelt sich bei dir um das letzte Aufzucken vor der Ehe. Das ist so ähnlich wie bei den Kühen vor dem Schlachthof: Die riechen das Blut und werden ganz wild. Das ist die nackte Angst. Einige von ihnen reißen sogar aus und glauben wirklich, sie könnten noch einmal zurück in die Freiheit. Aber früher oder später landen sie alle im Kühlhaus, und zwar fein säuberlich ausgenommen, zerteilt und gestempelt. Akzeptier es einfach.«

Herbert sieht ihn zweifelnd an: »Und was soll das jetzt heißen?«

Wolfgang klatscht in die Hände: »Das ist doch ganz klar. Amüsier dich noch ein wenig mit Karo. Sagen wir, noch maximal eine Woche. Und dann kommt der Rosenstrauß für Angelika. Was beschwerst du dich? So kannst du dich noch einmal richtig austoben vor dem …«

»… Kühlhaus«, ergänzt Herbert. Er zieht ein Gesicht, das einem schlachtreifen Bullen alle Ehre machen würde.

Sven dreht sich zu mir und sagt:

»Die Sache mit Herbert ist erledigt. Eine Woche Spaß, ein Strauß rote Rosen, ein Versöhnungsgespräch – und der Weg zum Altar ist fast zurückgelegt. Dann bleibst du, mein lieber Gregor, der einzige Junggeselle in unserer Runde. Fühlt sich das nicht unsagbar einsam an?«

Ich setze mein gelassenstes Lächeln auf, blicke von einem zum anderen und sage: »Och, wisst ihr. Das muss ja nicht für lange sein. Bald seid ihr wieder geschieden, zahlt Alimente an eure Exfrauen und an eure Kinder, stottert nebenbei noch die Anwalts- und Gerichtskosten ab, ebenso wie die Leasingraten für den neuen Wagen, weil mit dem alten natürlich eure Exfrauen herumfahren. Und dann sitzen wir hier alle wieder einträchtig beieinander, nur gebe ich euch das Bier aus, weil ihr es euch nicht mehr leisten könnt. Um also deine Frage zu beantworten: Nein, einsam bin ich überhaupt nicht. Abgesehen davon gibt es nichts Einsameres als einen Mann, der neben seiner schnarchenden Ehefrau im Bett liegt, nicht schlafen kann und Angst davor hat aufzustehen, weil sie sonst wach werden könnte.«

Nun könnte man meinen, dass Sven und Wolfgang sauer wären über meine unflätigen Bemerkungen. Aber nichts davon. Stattdessen sehen sie mich an und nicken andächtig und mit schmerzverzerrtem Gesicht – ich habe den Finger einmal wieder genau in die Wunde gelegt. Sie sind der lebende Beweis für meine lang verfochtene These: dass verheiratete Männer den gleichen Blick haben wie Tiere im Zoo, eine Mischung aus Wut, erloschener Würde und unendlicher Traurigkeit. Ich warte auf den Tag, an dem endlich auch Frauen das merken und eine von ihnen sagt: »Natürlich sind Männer im Käfig schön. Aber ihr müsst sie mal in freier Wildbahn erleben!«

Da ich ein gutmütiger Charakter bin, versuche ich, es wieder gutzumachen, und sage:

»Hey! Nicht traurig sein. War doch nur ein Spaß. Es ist ja nicht so, dass ich euch nicht beneide: Ihr könnt abends eure Kinder ins Bett bringen, während ich die hundertste Wiederholung von ›Al Bundy‹ sehe. Ihr könnt im Badezimmer die Riesenbinden eurer Frauen bestaunen, weil sie seit der Geburt inkontinent sind. Ihr könnt nachts aufstehen, weil eure kleinen Scheißer mal wieder Fieber haben – und weil danach an Einschlafen nicht mehr zu denken ist, könnt ihr die zweihundertste Wiederholung von ›Al Bundy‹ sehen.

Ihr müsst mit euren Frauen nicht mehr über Politik, Psychologie und die Befreiung Kurdistans diskutieren, weil die sich nur noch für Kindermode, Kücheneinrichtungen und biologische Gläschennahrung interessieren. Ihr könnt im Urlaub endlich einmal in eine kinderfreundliche Pension an der Nordsee fahren, während ich schon wieder zum Trekking und Rafting nach Arizona muss. Nein, wirklich. Euer Leben ist einfach die Krönung menschlichen Daseins.«

»Es reicht, Gregor«, sagt Sven und sieht mich an wie Arnold Schwarzenegger in »Terminator I« (als Arnie noch ein richtiger Mann war). Dann ordert er bei Nino vier Bier und vier Kurze, wir stoßen an und sind wieder miteinander versöhnt.

Es ist Herbert, der schließlich die Sprache auf die eigentliche Neuigkeit des Tages bringt. Schließlich habe ich ihn schon gestern am Telefon in alles eingeweiht. Er tapst nervös mit den Fingern auf dem Tisch herum, bis es dann förmlich aus ihm hervorschießt:

»Nun sag es schon, Gregor! Wir reden hier die ganze Zeit über mich. Dabei bist du doch die Attraktion des Abends! Spuck's schon aus. Die Jungs haben ein Recht, es zu erfahren.«

Sven und Wolfgang sind neugierig, ganz klar. Sven versucht trotzdem, gelassen zu wirken, und meint lakonisch: »So schlimm kann es bei Gregor ja nicht sein. Jedenfalls wird er uns nicht erzählen, dass er heiratet. So viel ist sicher.«

»Falsch«, sage ich einfach nur.

Die Wirkung meines kleinen Wortes bleibt nicht aus. Sven und Wolfgang starren mich an, als hätte ich ihnen gerade gesagt, dass Giovane Elber sich den Fuß gebrochen hat. Oder dass Michael Schumacher das Lenkrad an den Nagel hängt. Oder dass sich Claudia Schiffer für den »Playboy« auszieht:

»Nein!«

»Nein!«

Sie sagen es wie die Zwillinge.

»Doch!«

»Doch!«

Das sagen Herbert und ich – ebenfalls wie die Zwillinge.

»Nino! Bring mal vier Mineralwasser«, ruft Sven verzweifelt.

Ich unterbreche ihn. »Quatsch. Bring uns lieber eine Flasche Sekt und vier Gläser.«

Nino wischt sich mit seinem Küchenhandtuch über die Stirn.

»Isch freue mich, wenn ihr habt zu feiern. Bestimmt Svene bekommt neues Bambino. Wie iche. Habe auche schone acht davone.«

Aber Sven schüttelt den Kopf. »Setz dich hin, Nino, oder halt dich irgendwo fest. Unser Freund Gregor will heiraten.«

Nino setzt sich.

»Aber, Gregor, Amico mio. Das kannste du nicht mache. Wer bringt dann die schöne, junge Signorinas in meine Geschäfte, die iche habe so gerne angeschaut?«

»Nino, ich werde würdige Nachfolger haben. Ganz bestimmt.«

Wolfgang findet endlich seine Sprache wieder. »Schön, Nino, dass du als Erstes an dein Lokal denkst«, sagt er trocken.

»Ich binne Geschäftsmann, muss immer denken an Lokale zuerst.«

Er sagt es, und gemeinsam lachen wir aus vollem Hals. Es ist das Beste, was passieren konnte. Immerhin ist jetzt klar, dass ich wirklich nur heirate – und nicht vorhabe, auszuwandern, zu sterben oder Beamter zu werden.

Wir verbringen den Rest des Abends harmonisch und gut gelaunt, ganz so, wie es nur alte Freunde können. Sven und Wolfgang brennen darauf, Einzelheiten zu erfahren:

Wie ich zu diesem Entschluss gekommen bin, ob ich es wirklich ernst meine, ob ich mir im Klaren bin, was auf mich zukommt, und wann es überhaupt so weit sein wird – und natürlich, auf welche Glückliche meine Wahl gefallen ist.

Ich beantworte ihre Fragen der Reihe nach. Und das heißt, dass ich ihnen mein komplettes Wochenende schildere, angefangen beim Date mit Lucy über meine sonntägliche Depression und mein anschließendes Treffen mit Konstanze bis hin zu dem Moment, in dem der Schlachtplan für meine Hochzeit konkrete Züge angenommen hat.

Sven strahlt: »Und das heißt, sie ist die Glückliche! Gregor, ich gratuliere. In dir scheint ja doch ein Fünkchen Vernunft zu stecken, selbst wenn es um das Thema Frauen geht.«

Ich bin ein wenig verwirrt:

»Was meinst du jetzt?«

»Na, dass es Konstanze ist, natürlich. Sie ist doch ohnehin die Einzige, die dich zähmen kann – dich und deine ganzen Hochzeitsängste, die du in vierunddreißig Jahren Junggesellentum angesammelt hast.«

»Ich finde es auch super. Einfach super«, ergänzt Herbert zu allem Überfluss.

»Toll. Tolle Frau«, sagt schließlich auch noch Wolfgang.

Ich starre meine Freunde an wie der Schlachter das oben erwähnte Schlachtvieh – mitleidslos und mit der routinierten Absicht zu töten. Wie können sie es wagen, solch einen Blödsinn zu reden, nachdem ich mich ihnen offenbart habe?

»Konstanze? Habt ihr gerade Konstanze gesagt? Seid ihr denn noch zu retten? Wie kommt ihr denn auf den Schwachsinn? Um hier mal eines klarzustellen. Ich heirate lieber Jenny Elvers als Konstanze Bülow! Oder meinetwegen sogar Naddel oder Susan Stahnke.«

Sven sieht mich verständnislos an: »Kapiere ich nicht – wenn es jemals in deinem Leben eine Frau gegeben hat, von der du mit Hochachtung gesprochen hast, dann war es schließlich Konstanze! Und jetzt tust du so, als hätte sie die Beulenpest.«

»Oder wäre blond«, ergänzt Herbert.

Ich gebe ein Geräusch von mir, als würde mir jeden Augenblick ein Alien aus dem Bauch quellen. Es ist ganz offensichtlich ein Fehler gewesen, ihnen von meinen Plänen zu erzählen. Aber immerhin sind die drei meine Freunde. Ich versuche, es ihnen zu erklären:

»Wenn es eine Frau auf diesem Planeten gibt, die so einen wie mich nicht verdient hat, dann ist sie das. Wenn es eine Frau gibt, deren Antlitz ich mir nicht mal beim alltäglichen Onanieren unter der Dusche vorstellen würde, dann ist das Konstanze. Weil ich sie niemals derart besudeln würde! Und wenn es eine Frau in meinem Leben gibt, die ich als Freund und Gesprächspartner viel zu sehr schätze, um jemals etwas so Furchtbares mit ihr zu machen, wie sie zu heiraten, dann ist das ebenfalls Konstanze … Ganz abgesehen davon, ist sie seit drei Jahren verlobt. Und ihr Verlobter ist ein ehrenwerter Kerl. So viel dazu. Klar?«

Wäre ich ein angefahrenes Reh auf der Autobahn, würden Sven, Wolfgang und Herbert mich wohl genauso ansehen: einerseits voller Mitleid, andererseits wütend, weil das verdammte Vieh einen Kotflügel zerbeult hat. Ich kann es ihnen nicht einmal verdenken. Mein Anflug von Ärger und akuter Humorlosigkeit kam vielleicht etwas überraschend – und ich weiß selber nicht, was mich geritten hat.

Wolfgang jedenfalls macht eine beruhigende Handbewegung und spricht in einem Tonfall, als wäre ich ein Selbstmordattentäter, der gerade eine Hand auf seinen Sprengstoffgürtel gelegt hat. »Hey, hey. Immer ruhig. War ja nicht so gemeint. Aber dann spann uns gefälligst nicht weiter auf die Folter. Wer ist sie?«

Ich fühle mich wie ein Skatspieler, der zu hoch gereizt hat. Ich muss also die Hosen runterlassen.

»Ich weiß es noch nicht. Meine Wahl ist noch nicht getroffen. Vielleicht eine von denen hier (ich zeige im Restaurant herum), vielleicht eine aus dem Verlag. Vielleicht eine, die ich später zufällig auf der Straße treffe und der ich beim Einparken helfe. Es ist noch vollkommen offen. Nur eines steht fest: Euer Freund Gregor wird in jedem Fall noch in diesem Jahr ein ›Ja‹ von sich geben. Großes Ehrenwort.«

»Gregor, Gregor«, sagt Sven und legt mir eine Hand auf die Schulter. »Wenn ich ehrlich sein darf: Besonders überzeugend klingt das nicht. Üblicherweise ist es bei Menschen so: Sie haben erst die passende Frau, und dann reden sie vom Heiraten. Nicht umgekehrt.«

Wolfgang schlägt in die gleiche Kerbe: »Das hat auch seinen guten Grund. Schließlich ist es beim Heiraten wie bei der Formel 1: Erst gibt es die so genannten Testläufe – und erst, wenn diejenige, um die es geht, definitiv die Poleposition hat, geht man an den Start.«

Er macht eine nachdenkliche Pause und ergänzt dann: »Im Grunde kann es uns nicht wundern. So wie du Junggeselle warst, so wirst du auch heiraten – etwas überstürzt, aber dafür mit ganzem Einsatz.«

»Da wirst du wohl Recht haben«, sage ich versöhnlich. »Und abgesehen davon: In unserer Generation werden fünfundsiebzig Prozent aller Ehen nach wenigen Jahren wieder geschieden. Wer sagt, dass die Chancen besser oder schlechter stehen, nur weil man sich vorher lange gekannt hat?«

»Das stimmt«, sagt Sven. »Sieh mich und Charlotte an. Wir haben nur sechs Monate gebraucht, bis wir vor dem Altar standen.«

»Das stimmt«, feixt Herbert, »und bis sie schwanger war, habt ihr sogar nur vier Wochen gebraucht.«

»Bei mir ist halt jeder Schuss ein Treffer«, verteidigt sich Sven.

Was wiederum Wolfgang auf den Plan ruft. »Beeindruckt mich nicht: Ich hab mit einem Mal gleich doppelt ins Schwarze getroffen.«

Sven stöhnt auf: »Das sagst du jetzt. Als du erfahren hast, dass es Zwillinge werden, mussten wir dich eine Woche lange davon abhalten, dich selbst zu entmannen.«

Der Streit der drei tobt noch ein paar Minuten lang um mich herum. Was mich keineswegs stört. Was sie zu mir gesagt haben, klingt gar nicht schlecht, finde ich. Außerdem ist das sowieso meine Lebenseinstellung: Man kann sich noch so viel Mühe geben. Ob etwas klappt oder nicht, das liegt letztendlich am Zufall. Ich hebe mein Glas und sehe meine Freunde zufrieden an.

»Ich schlage vor, dass wir jetzt darauf anstoßen.«

»Worauf?«, fragt Herbert, der mal wieder einiges nicht mitbekommen hat.

»Darauf, dass am Ende alles gut geht.«

Da sitzen wir also zusammen und stoßen mit unseren Sektgläsern an – wir von der modernen Reproduktionstechnik endgültig unserer natürlichen Bestimmung beraubten Wesen mit der Bezeichnung Mann. Und wenn wir in diesem

Augenblick tief in unsere Herzen schauen würden (was wir natürlich nicht tun), dann müssten wir es wohl zugeben: Eigentlich träumen wir von nichts anderem als davon, unser Leben mit einem nicht minder überflüssigen Wesen der Gattung Frau zu teilen. Für mich jedenfalls stimmt es in diesem Augenblick zu hundert Prozent.

Wenig später schlendere ich gut gelaunt durch die laue Sommernacht nach Hause. Alles gefällt mir: die spazieren gehenden Paare, die sich eng umschlungen halten, die späten Gäste in den Bars, die Pläne für die Nacht machen, die üppig wuchernden Bäume und Hecken an den Straßen, der laue Duft nach Benzin, alter Pizza und Sommersmog. Alles berauscht mich. Immerhin haben mir meine Freunde die Absolution für meine Hochzeitspläne erteilt. Ja, mehr noch: Sie freuen sich für mich. Und wenn sie an mich glauben, dann kann ich selber es auch.

Zwar fällt mir in diesem Augenblick ein, dass ich, obwohl ich den ganzen Abend bei Nino gesessen habe, kein einziges weibliches Wesen kennen gelernt habe. Ergo auch keine mögliche Braut. Aber selbst das kann mich nicht beunruhigen. Schließlich ist es erst Mitte August. Ich habe also noch viel Zeit, um die Richtige kennen zu lernen. Und außerdem werde ich bereits morgen damit anfangen, ernsthaft nach einer Kandidatin zu suchen. Es kann also gar nichts mehr schief gehen.

Der Reinfall

»Das ist nicht dein Ernst«, sagt Konstanze am nächsten Morgen und schenkt mir einen Blick der Marke »Look and kill«.

»Wieso? Bist du nicht einverstanden?«, frage ich mit Unschuldsmiene.

»Erraten, mein lieber Gregor«, sagt sie und lächelt dabei Unheil verkündend. »Und zwar weil wir nicht auf Brautschau gehen, sondern einen ernsthaften Artikel über Singles in Deutschland schreiben wollen.«

Kopfschüttelnd blättert sie noch einmal durch den Papierstapel, den ich ihr vor einer Viertelstunde auf den Schreibtisch gelegt habe und bei dem es sich um das Ergebnis meiner Arbeit vom Vormittag handelt: ein Dossier mit Namen, Adressen und Steckbriefen von zehn Singles meiner Wahl – zusammengetragen aus den verschiedensten Redaktionen unseres Verlagshauses. Zu dem gehören nämlich glücklicherweise auch die Zeitschriften »Hip«, »Blondine« und »Verona«, die allesamt einen ausführlichen Single-Markt im Heft haben. Fündig bin ich jedoch insbesondere bei unserem absolut angesagten Trendmagazin »Girlie« geworden. Bei dem ist es nicht anders als bei anderen Frauenzeitschriften auch: Die Bilder und Themen sind ausgerichtet auf Frauen zwischen zwanzig und dreißig. Und das bedeutet, dass fünfundneunzig Prozent aller Leserinnen zwischen dreißig und vierzig sind.

»Also, was stört dich?«

»Dass du, ganz ohne Absicht natürlich, zehn Singles ausgewählt hast, die zufälligerweise alle, ich betone: ALLE, Anfang dreißig, erfolgreich, unabhängig, vermögend, heiratswillig und vor allem weiblichen Geschlechts sind. Das würde ich nicht gerade repräsentativ nennen.«

»Aber zielgruppengerecht«, sage ich.

»Klar, wenn der Artikel in den ›St.-Pauli-Nachrichten‹ erscheinen soll. Wir haben aber zufälligerweise zu sechzig Prozent weibliche Leser. Und auch die anderen vierzig Prozent wissen, dass nicht alle Alleinlebenden in Deutschland Körbchengröße C haben. Außer dir anscheinend …«

Ich kann ihr natürlich nicht widersprechen. Schließlich bin ich gerade dabei, ein Grundgesetz des Journalismus zu verletzen: Ich vermische private und berufliche Interessen. Alte Chefredakteure legen einem in solchen Fällen einen Arm um die Schulter und sagen mit ihrer vom Kettenrauchen kehlkopfkrebszerfressenen Stimme: »Ein guter Journalist macht sich mit einer Sache nicht gemein. Auch nicht mit einer guten.« Das ist in meinem Fall gar nicht so einfach. Schließlich will ich mich mit meiner Sache nicht nur gemein machen. Ich will sie heiraten!

»Mach du es einfach«, sage ich resigniert.

»So ist brav«, sagt sie und klopft mir zärtlich auf den Kopf, als sei ich nicht ihr Kollege, sondern ihr Schoßhund. Anschließend verschwindet sie mit den Unterlagen in ihrer Arbeitswabe.

Zehn Minuten später ist die Sache bereinigt. Konstanze hat aus meinem Material eine wunderbare und vor allem REPRÄSENTATIVE Auswahl von Singles zusammengestellt: alte, junge, arme, reiche, hübsche, weniger hübsche, weibliche – und auch, überflüssigerweise, männliche. Flugs hat sie auch gleich den ersten Termin für uns arrangiert, und wir machen uns auf den Weg.

Wie jede gute Recherche, zumindest im Sommer, fängt auch diese mit einem ausgedehnten Besuch in einem Straßencafé an. Das dient erstens der Vertiefung unserer Beobachtungen (Café-Besucher sind einer Infas-Umfrage zufolge zu über achtzig Prozent nicht verheiratet). Zweitens kann ich mit einem doppelten Espresso und einem anschließenden Latte Macchiato meinen Blutdruck auf einen arbeitsfähigen Wert heben. Und drittens müssen wir, bevor wir mit der eigentlichen Arbeit beginnen können, erst noch wichtige Grundlagen klären. Und genau das beabsichtige ich, als ich Konstanze jetzt die entscheidende Frage vorlege:

»Sag mal, Lieblingskonstanze. Hast du dich schon einmal gefragt, was das eigentlich ist, ein SINGLE? Keine ganz unwichtige Frage für unseren Artikel.«

»Kollege Hamdorf«, sagt sie und sieht mich dabei an wie ein Oberstudienrat einen Sitzenbleiber, »ich bin eine Frau. Also habe ich mir darüber schon Gedanken gemacht. Schließlich gibt es für die meisten Frauen keinen schlimmeren Zustand als genau den: Single zu sein.«

»Das unterscheidet Männer und Frauen.«

»Quatsch. Frauen geben es nur zu.«

»Also ist ein Single deiner Meinung nach ein Mensch, der zwar alleine lebt, aber von nichts sehnlicher träumt als davon, nicht mehr alleine zu leben?«

»Aber niemals!«, sagt sie, wie aus der Pistole geschossen. Dann überlegt sie einen Moment und fährt fort: »Zugegeben, die meisten Singles, die ich kenne, würden sich eine Hand abhacken für den richtigen Partner. Aber das heißt ja nicht, dass das unbedingt so sein MUSS. Schließlich gibt es auch andere Beispiele …«

»Ich bin gespannt«, sage ich mit meiner »Erzähl doch keinen Unsinn, Schätzchen«-Stimme, die ich ausschließlich für Gespräche mit Frauen reserviert habe.

»Na ja. Valeskas Mutter zum Beispiel. Die ist Single und trotzdem glücklich. Eine ganz tolle Frau.«

»Sie ist achtundsechzig und Witwe. Das zählt nicht«, sage ich. Valeska ist Konstanzes beste Freundin. Ihr Vater ist beim Untergang der »Estonia« umgekommen. Er hatte schon im Rettungsboot gesessen, als er noch einmal in die Fluten sprang, um sein AUTO zu retten. Kein Wunder, dass seine Frau ein glückliches Witwen-Dasein führt.

»Was ist denn zum Beispiel mit dir, Gregor. Du bist doch der Single schlechthin!«, sagt Konstanze und sieht mich triumphierend an.

»Klar. Aber ich sehne mich ja auch nach nichts sehnlicher als danach, endlich zu heiraten.«

»Seit genau drei Tagen. Vorher hättest du dir eine Hand dafür abgehackt, weiterhin alleine leben zu können«.

»Sagen wir mal, ich hätte jeder Frau irgendetwas abgehackt, die sich einbildete, mehr als drei Wochen an meiner Seite leben zu können.«

»Siehst du! Das beweist es doch: ob ein Mensch einsam ist und sich nach einer Partnerschaft sehnt oder ob er zufrieden ist mit seinem Alleinsein – das hat nichts damit zu tun, ob er Single ist oder nicht. Und das Alter hat auch nichts damit zu tun.«

»Aber es gibt Ausnahmen«, beharre ich.

»Zum Beispiel?«

»Zum Beispiel Mönche, Autisten, Kinder unter zehn Jahren …«

»Von wegen!«, sagt Konstanze triumphierend. »Meine Nichte Sarah hat sich vor zwei Wochen von ihrem Freund getrennt. Sie hat mir danach erklärt, dass sie jetzt erst einmal eine Zeit lang allein bleiben möchte.«

»Und? Wie alt ist Sarah jetzt?«

»Neun. Sie geht in die dritte Klasse. Ihr Freund war ein Jahr älter. Und der hat jetzt schon wieder eine Neue.«

»Dann sollten wir vielleicht doch zu meiner eigentlichen Grundannahme zurückkehren«, sage ich im Ton der Überlegenheit. »Im Grunde genommen sind wir alle Singles. Das ist einfach unsere Befindlichkeit als Menschen an sich. Ob wir verheiratet sind oder nicht, spielt überhaupt keine Rolle. In einer Partnerschaft zu leben ist doch ohnehin nur noch ein vorübergehender Zustand.«

»Du übertreibst«, sagt Konstanze mit ernster Miene.

»Tatsächlich? Eine durchschnittliche Ehe in Deutschland dauert nur noch VIER Jahre und acht Monate. Weißt du eigentlich, was das bedeutet? Nicht nur für die Menschen, auch für die Rentenkassen, die Versicherungen, die Packungsgrößen im Gefrierregal oder die Anbieter von Familienreisen? Wie man es dreht und wendet: Wir sind eine Single-Gesellschaft!«, sage ich im Brustton der Überzeugung. Konstanze scheint entschieden anderer Meinung zu sein. Zwischen ihren Augenbrauen bildet sich die berühmte Konstanze-Bülow-Stirnfalte, die sie immer bekommt, wenn ich mich in ihren Augen benehme wie ein Außerirdischer, und die eine viel größere Wirkung auf mich hat, als wenn sie irgendetwas sagen würde. Wahrscheinlich habe ich wieder einmal übertrieben, und es gibt niemanden, vor dem ich das zugeben würde, außer Konstanze. Und die muss nicht einmal etwas sagen. Es reicht vollkommen, dass sie mich so ansieht, wie sie es jetzt gerade tut. (Mein Gott!

Konstanze und ich sind wirklich schon so etwas wie ein altes Ehepaar! Ich muss gar nicht mehr heiraten – ich habe ja schon sie. Grauenhafte Vorstellung!)

Ich überlege dennoch, wie ich meine Scharte wieder auswetzen kann. Ich muss irgendetwas halbwegs Vernünftiges zum Thema Ehe und Partnerschaft von mir geben – was zweifellos sehr viel verlangt ist. Meine Bemühungen entpuppen sich jedoch augenblicklich als überflüssig, denn die Dinge nehmen eine unerwartete Wendung: Unsere Tischnachbarin – sie ist schätzungsweise fünfundsiebzig und damit etwa genauso alt wie das Fossil, das neben ihr sitzt und vermutlich ihr Ehemann ist – beugt sich vertrauensvoll zu uns herüber und sagt mit einer quietschenden Inge-Meysel-Stimme:

»Ich möchte mich ja ungern in Ihr Gespräch einmischen, aber ich habe nun einmal die letzte halbe Stunde gelauscht. Darum kann ich jetzt einfach nicht anders. Ich wollte Ihnen sagen, dass Reinhold und ich, Reinhold ist mein Mann, seit sechsundfünfzig Jahren verheiratet sind, und ich kann mir mein Leben nicht ohne ihn vorstellen. Ich glaube, dass die jungen Leute von heute gar nicht wissen, was sie verpassen. Dieses Gerede mit den Singles, oder wie das heißt – das ist doch blanker Unsinn. Stimmt's, Reinhold?«

Reinhold ist offenbar gerade damit beschäftigt, sich ein Leben ohne seine Frau vorzustellen. Und das scheint ihn dermaßen zu fesseln, dass er erst reagiert, als der Inge-Meysel-Verschnitt ihm kraftvoll den Ellbogen in die morschen Rippen stößt.

»Stimmt's, Reinhold, habe ich dich gefragt«, sagt sie mit resoluter Stimme.

»Jaja. Stimmt, mein Schätzchen«, sagt Reinhold, ohne

dabei wirklich aus seinem Dauerkoma zu erwachen. Armer Kerl. Wenn das das Resultat von sechsundfünfzig Jahren Ehe ist, dann scheint es mir ein ehrenwertes Ziel zu sein, niemals meine goldene Hochzeit feiern zu müssen. Was zugegebenermaßen ohnehin sehr unwahrscheinlich ist.

»Sehen Sie«, sagt Inge Meysel und schenkt uns ein Lächeln, das man für jede Prothesenwerbung Gewinn bringend einsetzen könnte. »Reinhold ist genau meiner Meinung. Auch für einen Mann ist es die Erfüllung, sein Leben mit einer einzigen Frau zu verbringen, sie zu ehren, zu bedienen und für sie zu bezahlen. Stimmt's, Reinhold?«

Inge Meysel schlägt zu, bevor Reinhold überhaupt etwas sagen kann. Es gibt ein merkwürdig knirschendes Geräusch in Reinholds Körper, etwa so wie ein aufgeplatzter Herzbeutel oder ein Rippensplitter, der sich in die Milz bohrt. Ich angele vorsorglich nach meinem Handy und beginne schon einmal, die 112 einzutippen (ich bin mir nicht sicher, ob die bei Mitbürgern über fünfundsiebzig überhaupt noch ausrücken oder ob solche Einsätze bereits der Konsolidierungspolitik im Gesundheitswesen zum Opfer gefallen sind).

Im selben Augenblick aber gibt Reinhold ein ermutigendes Lebenszeichen von sich. Wenn ich keiner Halluzination zum Opfer falle, dann blinzelt er mir sogar zu, bevor er röchelt:

»Ja, Schätzchen. Ich bin ganz deiner Meinung. Du bist die Einzige für mich, und ich will mir gar nicht vorstellen, wo ich heute ohne dich wäre.«

»Ach! Hat er das nicht wieder nett gesagt, mein Reinhold?«, fragt Inge Meysel und streicht sich vor Verzückung die Gesichtsfalten glatt. »Und genau darum bringen sich die jungen Leute, die sich nicht binden wollen«, fährt sie fort. »Natürlich gibt es auch weniger schöne Momente im Leben – beispielsweise, als mein Reinhold mit seinen Freunden nach Thailand fahren wollte. Da war er schon zweiundsiebzig. Natürlich habe ich es ihm verboten. Aber alles in allem ist das Glück zu zweit durch nichts zu ersetzen.«

»Ungefähr wie bei einem Boxkampf, nicht wahr?«, sage ich. »Wenn man nach dem Kampf am Boden liegt und durch seine zugeschwollenen Augen sehen kann, wie der Ringarzt einem die Platzwunden am Kopf näht ... so stelle ich mir das Glück nach einer langen Ehe vor.«

Inge Meysel sieht mich unsicher an. Aber zweifellos arbeitet ihre Festplatte nicht mehr schnell genug, um wirklich zu verstehen, was ich gesagt habe.

»Nun, im Sport kenne ich mich nicht so aus. Aber da weiß mein Reinhold Bescheid. Stimmt's, Reinhold?«

Diesmal ist ein Ellbogenstoß überflüssig. Reinhold hat offenbar den langen Weg in die Gegenwart zurückgelegt und funkelt mich dankbar aus seinen halb blinden Augen an.

»Es ist genau, wie Sie sagen«, murmelt er.

Doch offenbar ist das schon zu viel. Inge Meysel rümpft die Nase und beginnt zu schimpfen: »Reinhold, du sollst doch nicht so viel reden, hat der Arzt gesagt. Denk an dein Herz. Schon dich lieber, schließlich wolltest du heute noch das Dach ausbessern.«

Konstanze denkt eine Weile über Inge Meysels Lebensphilosophie nach, dann sagt sie zu ihr: »Ich verstehe nicht, dass ausgerechnet Sie so etwas sagen und so sehr an Ehe und Zweisamkeit festhalten. Es gibt doch gerade in Ihrer Generation nicht wenige Frauen, die ihre Männer liebend gern zum Mond geschossen hätten, als weiter mit ihnen zu leben. Sie haben sich nur nicht getraut. Weil man ja auf Sitte und Anstand zu achten hatte.«

»Ach, was wisst ihr jungen Dinger denn schon«, kontert Inge Meysel. »Als ich so alt war wie Sie, da war doch an Auf-den-Mond-Schießen noch gar nicht zu denken. Im Übrigen haben Sie vollkommen Recht: Eine anständige Frau ist verheiratet. Und sei es mit so einem Tunichtgut wie meinem Reinhold. Stimmt's, Reinhold?«

Dieses Mal muss Inge Meysel mit ihrer Einkaufstasche ausholen, bis sich Reinhold zu einem »Stimmt, Schätzchen« hinreißen lässt. Kein Wunder, dass der Mann offensichtlich hochgradig debil ist – bei den ganzen Schlägen, die er einstecken muss.

Ich wende mich daher an Inge Meysel und frage sie: »Wie ist es denn umgekehrt, gnädige Frau? Muss denn auch jeder anständige Mann verheiratet sein, und sei es mit so einer gemeingefährlichen Senioren-Catcherin wie Ihnen?«

Sie strahlt: »Ganz recht, so ist es. Und glauben Sie ja nicht, ich hätte nicht gehört, was Sie gesagt haben! Das werden Sie gleich erleben!«

Sie beginnt bedrohlich mit ihrer Einkaufstasche zu schwingen – die Frau hätte gute Chancen, als Spezialkraft in irgendeinem Krisengebiet eingesetzt zu werden. Ich rücke mit meinem Stuhl außer Reichweite und frage mich fasziniert, ob sie mit ihrer Tasche schnell genug schwingen kann, um sich hubschraubergleich von ihrem Platz zu erheben. (Reinhold dagegen bleibt ungerührt sitzen, selbst als die Tasche im Sekundentakt gegen seine linke Schläfe schlägt und sein Auge verdächtig weit aus dem Schädel herausquillt – der Kerl ist nicht zu bemitleiden, der ist zu bewundern!)

Bestimmte Gespräche sind so etwas wie eine Viruserkrankung. Sie sind hochgradig ansteckend. Sie bringen einen gegen den eigenen Willen mit fremden Menschen in Kontakt. Am Tisch zu unserer Linken sitzen zwei junge Frauen mit ihren ungefähr dreijährigen Kindern, die seit geraumer Zeit damit beschäftigt sind, Aschenbecher und Geschirr in den nahen Kanal zu werfen, einen Dackel mit Zuckerstücken zu mästen, unter den Tischen anderer Gäste mit Streichhölzern zu spielen oder wahlweise zu überprüfen, wer von beiden lauter schreien kann – ohne dass ihre Mütter das auch nur im Entferntesten zu interessieren scheint. Kein Wunder, die interessieren sich nämlich ausschließlich für unser Gespräch. Die eine der beiden Mütter beugt sich jetzt regelrecht über unseren Tisch, um Inge Meysel einmal gehörig die Meinung zu sagen: »Es geht mich zwar nichts an, meine Liebe, aber ich habe nun einmal auch gelauscht. Und ich kann nur sagen: Ihr Pech, wenn Sie sich ein Leben ohne Ihren Reinhold nicht vorstellen können. Aber Sie sind kein Einzelfall: Wir haben es ja gerade bei den beiden hier gehört (damit meint sie Konstanze und mich): Während die Männer von ihrer Unabhängigkeit schwärmen, verteidigen die Frauen die Ehe und die lebenslange Treue – das muss ja schief gehen. Da besteht überhaupt keine Chance auf einen guten Ausgang. Ich für meinen Teil würde ja vorschlagen, dass man jeder neu geschlossenen Ehe eine kleine UNO-Blauhelmtruppe zur Seite stellt. Die kann dann Schlimmeres verhindern. Wenn es nicht schon zu spät ist – so wie bei Ihnen. Und noch besser ist es, wenn mehr Frauen einfach Abstand von diesem Selbstmordkommando namens Ehe nehmen. Sehen Sie zum Beispiel mich an: allein erziehend, unabhängig und dazu auch noch beruflich erfolgreich – davon sollten Sie sich lieber einmal eine Scheibe abschneiden.«

In diesem Fall muss ich für den Wortbeitrag der allein erziehenden Mutter richtig dankbar sein. Er führt nämlich dazu, dass Inge Meysel ihre Einkaufstasche wieder sinken lässt, anstatt sie mir schwungvoll gegen den Kopf zu knallen. Stattdessen fixiert sie meine junge Tischnachbarin mit ihren erstaunlich klaren Methusalem-Augen und keift:

»Ach, und da sind Sie auch noch stolz drauf, dass Sie Ihrem Kind den Vater vorenthalten? Ich gratuliere. Dabei merkt man doch schon jetzt, dass Ihre Kinder mit Schwung auf die schiefe Bahn geraten. Die führen sich auf wie kleine Verbrecher: eignen sich fremdes Eigentum an und zerstören es, vergiften fremder Leuts Haustiere und begehen akustische Körperverletzung. Ihren Bengeln sollte man gehörig den Hintern versohlen.«

»Wo sie Recht hat, hat sie Recht«, sage ich.

»Halten Sie sich da mal raus, Sie Single-Ungeziefer«, keift Inge Meysel in meine Richtung. Und die allein erziehende Mutter greift gleich auch noch an und brüllt:

»Ach, Sie verteidigen diese Alzheimerarmee auch noch, die meinem Jan-Philipp Gewalt antun will. Das ist doch die Höhe.«

Ich wäre wohl ernsthaft zwischen die Fronten geraten, wenn sich in diesem Augenblick nicht eine weitere Frau eingeschaltet hätte, um zu verkünden:

»Von Vergiften kann gar keine Rede sein. Mein Mopsi isst sehr gerne Zucker. Ich finde es ganz rührend von den beiden goldigen Kleinen, dass sie Mopsi so liebevoll füttern.«

Es kommt, wie es kommen muss: Die allein erziehende Mutter entpuppt sich als aktive Vegetarierin (kein Wunder, dass sie keinen Mann hat) und militante Tierschützerin. Sie wirft Mopsis Besitzerin einen eiskalten Blick zu und faucht:

»Dass Ihr Mopsi gerne Zucker isst, ist nicht zu übersehen – der Köter sieht ja aus wie eine Pipeline auf Beinen. Wissen Sie eigentlich, was Sie dem armen Geschöpf antun? Sie Dackelschänderin, Sie!«

Inge Meysel setzt ein süffisantes Lächeln auf: »Wundert mich nicht, dass Sie den Hund auch noch in Schutz nehmen, Sie allein erziehendes Ungeheuer. Wer keinen Mann an der Leine führen kann, der versucht es dann halt mit einem Hund. Typisch moderne Frau!«

Ich kann nicht anders, als mich an dieser Stelle noch einmal in das Gespräch einzuschalten: »Wissen Sie, warum Single-Frauen so oft einen Hund haben? Damit wenigstens einer mit dem Schwanz wedelt, wenn sie abends nach Hause kommen.«

Die Reaktion auf meinen Spruch ist sehr geteilt: Während mich vier Frauen mit Blicken skalpieren und anschließend vierteilen, schüttet sich Reinhold vor Lachen aus. Ja, Sie haben richtig gehört: Der Reinhold, der gerade noch wie ein Scheintoter vor seinem Milchshake Banane saß, klopft sich auf die Schenkel und lacht hemmungslos (zugegeben, es klingt mehr wie ein frisiertes Mofa auf Kopfsteinpflaster. Aber es ist LACHEN – was ihm natürlich sofort eine tätliche Ermahnung durch seine Frau einbringt).

Nun könnte man meinen, dass unsere Gesprächsrunde groß genug geworden wäre. Doch weit gefehlt. Ein Mann in meinem Alter, auch wenn er nur noch halb so viel Sehkraft, halb so viele Haare auf dem Kopf, dafür aber einen vermutlich doppelt so hohen IQ besitzt wie ich, rückt seinen Stuhl zurecht und sagt:

»Angenehm, Nullmeyer mein Name. Ich bin Doktor der Soziologie. Wenn ich die Damen vielleicht korrigieren und freundlich darauf hinweisen darf: Es hat in keiner Generation so viele allein stehende Frauen gegeben wie in den Jahrgängen 1900 bis 1950. Und wem verdanken wir das? Dem Krieg, meine Damen. Bekanntlich ist der Krieg der Vater aller Dinge – nur in diesem Fall hat er leider einen akuten Vätermangel erzeugt. Und, wenn ich das so sagen darf, damit ist das moderne Singletum entstanden. Nicht wenige Frauen waren zum Beispiel regelrecht froh, als ihre Gatten eingezogen wurden und erst einmal an der Front verschwanden. Endlich einmal keinen schlecht erzogenen, tyrannischen Pascha, der nichtsnutzig im Wohnzimmer saß – und den die Frauen damals ja noch nicht einmal mit einem Fernseher ruhig stellen konnten. Diese Frauen legten wenig Wert darauf, ihre Männer zu Friedenszeiten wiederzubekommen und auf das süße Leben in Selbständigkeit zu verzichten …«

»Das ist ja ein Ding«, sagt Inge Meysel erstaunt. »Was wissen Sie denn schon vom Krieg, Sie Nachgeborener, Sie. Fragen Sie mal meinen Reinhold hier. Der erzählt Ihnen was vom Krieg.«

»Na, Kleiner«, beginnt Jan-Philipps Mutter in frivolem Ton und blinzelt dem armen Dr. Nullmeyer zu, »was heißt denn hier modernes Singletum? Du bist doch bestimmt noch nicht mal über den ersten Zungenkuss hinausgekommen!«

Dr. Nullmeyer errötet, ebenso wie Inge Meysel. Und selbst der scheintote Reinhold zeigt beim Wort »Zungenkuss« erhöhte Lebenszeichen. Und die steigern sich noch einmal, als Dr. Nullmeyer mit zorniger Stimme sagt:

»Gnädige Frau, ich weiß nicht, wie Sie so etwas behaupten können. Sie haben zwar Recht, ich bin selber auch Single. Aber ich kann durchaus schon den einen oder anderen Beischlaf in meinem Leben vorweisen – selbstverständlich nur aus rein wissenschaftlichem Interesse. Dergleichen muss ich mir von Ihnen also nicht vorhalten lassen.«

»Sie Flegel«, ruft Inge Meysel im gleichen Augenblick, »welche Sprache benutzen Sie im Beisein einer Dame? Wobei ich betonen will, dass ich damit ausschließlich mich selber meine und nicht diese gattenlosen frivolen Frauenzimmer mit ihrem kriminellen Nachwuchs!«

»Beruhige dich, Oma. Das Doktorchen hat nur gesagt, dass er schon einmal rumgevögelt hat«, erläutert Jan-Philipps Mutter, woraufhin auf Reinholds greisem Gesicht das erste Lächeln seit der Wiederwahl Konrad Adenauers erscheint.

Wie dem auch sei. Es ist klar, dass dieses Gespräch nicht mehr unseres ist. Ganz im Gegenteil. Nach und nach schalten sich immer mehr Gäste in die lebhafte Diskussion ein. Für Konstanze und mich ist das nur der Beweis, dass wir mit unserem Thema ganz offensichtlich den Nerv der Zeit getroffen haben. Da uns eigentlich niemand mehr beachtet, können wir in Ruhe unseren Kaffee weitertrinken. Eine Zeit lang lauschen wir nur dem angeregten Gespräch um uns herum. Dann wirft mir Konstanze einen langen, nachdenklichen Blick zu und sagt:

»Weißt du, Gregor. Aus allem, was du so sagst, wird mir vor allem eines klar: Du hast noch nie im Leben jemanden wirklich geliebt ...«

»Kollegin Bülow! Wie haben Sie das nur wieder so treffend erkannt«, feixe ich. Aber diesmal geht sie nicht darauf ein. Was sie gesagt hat, sollte nämlich wohl gar kein Witz sein. Das wird mir spätestens klar, als sie mit sehr ernster Stimme weiterredet: »Vielleicht hast du ja Recht, und die Ehen werden wirklich immer kürzer und die Menschen immer einsamer und die Tiefkühlpackungen immer kleiner. Aber wenn man einen Menschen liebt, wirklich liebt, dann ist das alles ganz egal. Dann will man mit ihm leben, dann will man einfach, dass er immer da ist – weil man ihn braucht. Ja, mehr noch: Dann will man ihn heiraten. Einfach weil man es in alle Welt hinausschreien will, dass es dieser eine Mensch ist, dem man sich ganz hingeben und den man nie wieder verlieren will. Dann ist es auch völlig egal, ob man vorher Single war oder Witwer oder Nonne oder impotent oder Anarchist oder Taxifahrer – dann will man den Menschen, den man liebt, einfach so nah bei sich haben, wie es überhaupt nur geht ... aber, wie gesagt, ich glaube, das sind Gefühle, die kennst du einfach nicht. Ich wünsche dir nur, dass du eines Tages weißt, wovon ich spreche. Das wünsche ich dir sehr.«

»Amen«, sage ich. Und natürlich mache ich damit alles kaputt – ihre Offenheit (die schließlich auch bei Konstanze selten ist) und auch diese andächtige Atmosphäre, die durch ihre Worte aufgekommen ist – und der auch ich mich nicht habe entziehen können.

Aber es tut mir Leid – so bin ich nun einmal. Ich kann es nicht leiden, wenn man um diese alte Sache mit den Männern und den Frauen zu viel Wind macht. Ich zitiere da lieber Madonna: »Love isn't true – it's just something that we do.« Damit will ich sagen, dass ich in der Tat der Meinung bin, dass man über die Liebe nicht allzu viele Worte verlieren sollte. Denn wer weiß schon, was damit gemeint ist? Wir haben es doch gerade erlebt: Ich bin überzeugt, dass Inge Meysel schwören würde, ihren Reinhold zu lieben – und vielleicht ist das nicht einmal gelogen. Und in einem ehrlichen Moment würde bestimmt auch diese Ich-erziehe-alleine-und-brauche-keinen-Mann-Tierschützerin zuzugeben, dass sie den Vater ihres kleinen Monsters geliebt hat – nur dass es aus diesem oder jenem Grund einfach nicht geklappt hat. Was folgt daraus? Alle reden über Liebe – aber eigentlich sagt nie jemand, was er wirklich damit meint. Konstanze hat also Recht: Ich weiß wirklich nicht, was das sein soll, diese Liebe!

Aber das heißt nichts anderes, als dass ich ehrlich bin. Bestimmt geht es mir nicht anders als den meisten Männern. Wenn ein Mann seiner Frau sagt, dass er sie liebt, heißt das in der Regel nichts anderes, als dass er endlich schlafen will. Natürlich, es gibt auch noch die naiven Typen, die Liebe mit Verknalltsein verwechseln. Arme Kerle, denen man nur wünschen kann, dass ihr Hormonrausch endet, bevor sie auf dem Standesamt erscheinen. Ich dagegen bin mir bereits in meiner Jugend darüber klar geworden, dass Verliebtsein ein Zustand ist, den man nicht höher bewerten sollte als einen Alkoholrausch. Im Zweifel wacht man am nächsten Morgen mit Kopfschmerzen auf, und die Welt ist wieder genauso farblos wie vorher.

Wahrscheinlich reagiere ich auch deshalb so allergisch auf Konstanzes Worte. Außerdem hat sie sich meiner Meinung nach in Dinge eingemischt, die sie nichts angehen – auch wenn sie meine beste Freundin, Aushilfstherapeutin und Beichtschwester ist.

Daher sage ich mit ernster Stimme: »Woher willst du wissen, was ich alles schon erlebt habe? Und erst recht verstehe ich nicht, warum du mir ausgerechnet jetzt vorwerfen musst, dass ich nichts von Liebe verstehe. Immerhin habe ich mich vor zwei Tagen dazu entschlossen zu heiraten. Und noch mehr Bereitschaft zur Liebe kann ein Mann ja wohl gar nicht zeigen. Ich stelle fest, dass man es der großen Liebesexpertin Konstanze Bülow einfach nicht recht machen kann. Du bist schlimmer als meine Mutter!«

Konstanzes Antwort fällt denkbar knapp aus.

»Idiot«, sagt sie.

»Danke«, sage ich.

»Gern geschehen.«

Ich sag's ja: Wir sind wie ein altes Ehepaar. Und genauso sitzen wir jetzt nebeneinander im Café: beide über unseren Kaffee gebeugt, schweigend und schlecht gelaunt. Wir sprechen nicht miteinander, wir sehen uns nicht einmal an. Pah! Das hat keiner von uns nötig: Erst soll sich der andere für sein albernes Benehmen entschuldigen! Vorher werden wir kein Wort miteinander wechseln. Ich jedenfalls nicht. Und die ach so stolze Konstanze Bülow erst recht nicht.

Das geht ungefähr eine Viertelstunde so. Wir brüten vor uns hin, und vermutlich überlegen wir beide, mit welchen neuen Gemeinheiten wir dem anderen wehtun können, um so unseren verletzten Stolz wieder zu kitten. Wir verlieren nicht einmal ein Wort darüber, was in unserer Umgebung alles vor sich geht: dass Inge Meysel beispielsweise an einem der hinteren Tische gerade eine Gruppe Schüler mit ihrer Einkaufstasche massakriert. Oder dass der scheintote Reinhold mit einer Blondine, die höchstens fünfundzwanzig ist, auf der Herrentoilette verschwindet. Oder dass Dr. Nullmeyer sich für den nächsten Samstagabend mit der allein erziehenden Tierschützerin verabredet und dabei betont, dass der kleine Jan-Philipp selbstverständlich mitkommen kann. Oder dass der und sein gleichaltriger Freund gerade im Kanal ausprobieren, wie lange der Dackel Mopsi unter Wasser bleiben kann – all das nehmen Konstanze und ich ohne ein

Wort zur Kenntnis, obwohl wir es normalerweise sicherlich wortreich kommentieren würden. Nein, zwischen Konstanze und mir herrscht eisiges Schweigen – und das nur, weil wir über so alberne Themen wie »Singles« und »Liebe« gesprochen haben.

Allein die Tatsache, dass wir beide nicht nachtragend sind, rettet diesen Tag. In diesem Fall ist es Konstanze, die das auf ihre zugegebenermaßen höchst charmante Art unter Beweis stellt.

Sie sagt ganz leise: »Weißt du, wofür John das Wort Single benutzt?«

»Hm?«, grunze ich, sehe sie aber immerhin wieder an.

»Für einzelne Strümpfe. Er steht morgens vor seinem Wäscheschrank und ärgert sich und ruft: ›Ich kaufe jeden Monat fünf Paar – und trotzdem finde ich in meinem Schrank nur Singles!‹«

Das reicht – Konstanze und ich brechen in schallendes Gelächter aus. Und schließlich können wir uns sogar wieder versöhnlich in die Augen sehen. Ich sage: »Ach, Lieblingskonstanze. Wenn ich dich nicht hätte. Ich glaube, dann gäbe es niemanden in meinem Leben, der mir ab und zu die Meinung sagt. Das wäre zwar angenehmer – aber auch sehr viel langweiliger.«

»Ach, Kollege Gregor«, seufzt sie, »meinen John sehe ich ja leider nur viel zu selten. Darum tut es mir gut, wenn ich dir ab und zu einmal den Kopf waschen kann. Sonst verlerne ich es am Ende noch – und das wäre doch schrecklich. Schließlich muss man Männern regelmäßig die Peitsche zeigen – sonst spuren sie einfach nicht.«

»Armer John«, sage ich einfach nur und spare mir jeden weiteren Kommentar zu Konstanzes letzter Bemerkung.

»Mach dir um John keine Sorgen«, sagt Konstanze. »Er kennt nichts anderes. Schließlich ist er seit dreizehn Jahren verheiratet. Sogar zum zweiten Mal.«

»Der arme Mann. Und jetzt will er mit dir denselben Fehler zum dritten Mal begehen? Ich sag's ja. Amerikaner haben ein ungesundes Verhältnis zu ihren eigenen Unzulänglichkeiten …«

Konstanze stemmt die Hände in die Hüften:

»Du gemeiner Schuft! Habe ich das gerade richtig verstanden? Willst du etwa damit sagen, es wäre ein Fehler, mich zu heiraten?«

»Stimmt genau«, sage ich und lächele sie zuckersüß an. »Immerhin bin ich eine Art Experte, was das Zusammenleben mit dir angeht. Wir sind zwar nicht verheiratet – und wenn ich mich richtig erinnere, hatten wir auch noch keinen Sex miteinander – aber immerhin sind wir seit ein paar Jahren Kollegen. Und bei den heutigen Arbeitszeiten heißt das, dass wir schon sehr viel mehr Zeit miteinander verbracht haben, als ein Ehemann das jemals mit dir tun wird. Du solltest daher auf mein Urteil vertrauen.«

»Ich bin sprachlos, Gregor. Und wenn ich nicht wüsste, dass du in puncto Frauen vollkommen unzurechnungsfähig bist, dann wäre ich jetzt außerdem beleidigt! Aber so bin ich das natürlich nicht. Und was den Punkt mit dem Sex angeht, kann ich dich beruhigen: Nein, wir hatten noch keinen Sex miteinander, was mich ja unter den weiblichen Angestellten des Verlages zu einer radikalen Minderheit macht. Und darauf bin ich ausgesprochen stolz.«

Natürlich weiß ich, dass sie all das nicht wirklich ernst meint. Wir haben unsere alte Tradition des Sparringstreitens wieder aufleben lassen – und das ist gut so. Trotzdem spüre ich, dass es an der Zeit ist, ihr etwas Nettes zu sagen:

»Keine Sorge, Konstanze. Du kennst doch meinen Grundsatz: Man kann als Mann mit Frauen befreundet sein. Das geht aber nur so lange, wie man keinen Sex mit ihnen hat. Und die Freundschaft zu dir ist mir viel zu wertvoll, um sie wegen ein bisschen Spaß aufs Spiel zu setzen. Den kann ich schließlich auch mit jeder anderen haben. Also mach dir keine Sorgen: Sexuell gesehen, interessierst du mich wirklich überhaupt nicht.«

Mein Latte Macchiato ist zum Glück nicht mehr heiß genug, um ernsthafte Verbrennungen in meinem Gesicht zu verursachen – genau da landet er nämlich jetzt beziehungsweise genau dahin befördert Konstanze ihn mit einer schwungvollen Handbewegung. Gleichzeitig sagt sie mir eine ganze Menge Dinge, die ich an dieser Stelle nicht wiedergeben möchte, auch wenn sie ganz sicher alle nicht stimmen. Trotzdem kann ich mich um eine Erkenntnis nicht herumdrücken: Es ist mir ganz offensichtlich nicht gelungen, etwas Nettes zu ihr zu sagen. Oder besser gesagt: Sie hat wieder einmal alles missverstanden. So wie Frauen es gerne tun. Immer wieder. Und immer ausgerechnet dann, wenn ein Mann versucht, etwas wirklich Wichtiges zu sagen.

»Konstanze, bleib doch hier! Ich hab das doch gar nicht so gemeint. Ich glaube, du hast mich missverstanden. Ganz bestimmt. Können wir das nicht einfach vergessen? Also gut, ich habe mich blöd benommen. War aber bestimmt keine Absicht. Lieblingskonstanze, bleib doch bitte stehen.«

Das tut sie in diesem Augenblick tatsächlich. Sie dreht sich noch einmal zu mir um und schleudert mir ein paar giftige Blicke entgegen.

»Das ›Lieblings‹ kannst du dir sparen. Du bist jedenfalls nicht mein Lieblingsgregor. Ganz im Gegenteil. Du bist der schlimmste Gregor, den ich kenne. Zum Glück bist du sogar der einzige Gregor, den ich kenne. Vielleicht sind nämlich alle Männer, die so heißen, wie du. Und du bist ja schon kaum zum Aushalten. Auf Wiedersehen!«

Das sagt sie – und ich bin nicht der Einzige, der es hört, denn die gesamten Gäste im Café lauschen andächtig Konstanzes Gewitter – und bedenken mich anschließend entweder mit ebenso unfreundlichen Blicken wie Konstanze (die weiblichen Gäste des Cafés), oder sie blicken mich mitleidig an (die männlichen Gäste). Für beides habe ich in diesem Augenblick wenig Verständnis. Ich krame einen Zehn-Euro-Schein hervor, den ich unter den Zuckerstreuer klemme, nehme meine Tasche und renne auf die Ecke zu, hinter der Konstanze verschwunden ist.

Der Tag hat so gut angefangen: gutes Wetter, gute Laune und ein gutes Thema für unsere Recherche. Und was ist das Ergebnis? Ich streite mit der einzigen Kollegin im ganzen Verlag, an der mir wirklich etwas liegt! Ach, was heißt hier Kollegin! Konstanze ist ein Mensch, an dem mir wirklich etwas liegt! Ach, was heißt hier Mensch! Konstanze ist eine FRAU, an der mir wirklich etwas liegt … Obwohl? Nein! Das geht jetzt zu weit. Das ist jetzt übertrieben. Schließlich bedeutet FRAU, dass es sich um ein Wesen handelt, das ich am liebsten waagerecht auf meinen Bettlaken sehe – und bei Konstanze habe ich niemals Absichten dieser Art gehabt. Ehrenwort!

Aber das kann ja nicht bedeuten, dass ich ihr das auch sagen darf. Genau diesen unverschämten Fehler habe ich nämlich begangen. Ich gedankenloser Idiot! Wo ist nur mein untrüglicher Charme geblieben – anscheinend ist er eingegangen wie eine schlecht gepflegte Zimmerpflanze. Und zwar genau in dem Augenblick, in dem ich beschlossen habe zu heiraten!

In jedem Fall muss ich meine Männer-können-mit-Frauen-befreundet-sein-solange-sie-keinen-Sex-haben-Theorie ausweiten: Sie sollten möglichst auch nie über Sex sprechen. Und wenn sie es schon tun, dann dürfen sie dabei nie wirklich persönlich werden! Sprechen über Sex: ja. Sprechen über den eigenen Sex oder den des anderen: nein! Ich werde es mir für die Zukunft merken.

Aber diese Gedanken bringen mir im Moment reichlich wenig. Zumindest bringen sie Konstanze nicht zu mir zurück. Und das ist doppelt schlecht: Erstens habe ich meine gute alte Freundin beleidigt und kann mich jetzt nicht einmal bei ihr entschuldigen. Und zweitens rückt der erste Termin für unsere Single-Recherche immer näher – und Fünkchen hat uns nur diese eine Woche für die gesamte Story eingeräumt. Noch ist die Katastrophe zwar nicht da – aber allzu weit entfernt ist sie auch nicht mehr. Ich muss Konstanze also so schnell wie möglich wieder finden und mich mit ihr versöhnen.

Es ist allerdings entschieden zu heiß, um weiter wie ein Irrer in der Gegend herumzurennen. Die einzige Alternative lautet: nachdenken. Und genau das versuche ich jetzt auch. Es fällt mir nicht einmal allzu schwer. Immerhin geht es nur darum, eine beleidigte Frau zu finden. Das sollte eigentlich schnell erledigt sein.

Beleidigte Frauen reagieren prinzipiell nur auf zwei unterschiedliche Arten: Entweder sie rufen jemanden an und heulen so lange rum, bis ihre nächste Telefonrechnung garantiert schmerzhafter ist als der Grund ihres Anrufes. Oder sie ziehen sich an einen Ort zurück, an dem sie sich wieder fühlen können wie damals, als sie zehn Jahre alt waren und davon träumten, eine Prinzessin zu sein.

Ich blicke mich um: Keine Frage, Konstanze hat sich für die Prinzessinnen-Lösung entschieden. Wo also kann sie stecken?

Wir befinden uns gerade in einem von diesen Hamburger Stadtteilen, die sich in den Sommermonaten als Italien verkleiden: Auf den Straßen reihen sich kleine Eiscafés und Restaurants aneinander, die Gemüsehändler lassen ihre Kisten mitten auf dem Bürgersteig stehen und verfluchen lautstark jeden, der sich darüber beschwert, die Politessen lassen die in zweiter Reihe geparkten Cabrios abschleppen (und unterbrechen ihre Tätigkeit nur gegen entsprechendes Trinkgeld), und an den Kanälen sitzen junge, selbständige Werbedesigner und träumen davon, erfolgreich zu sein.

Das ist die Lösung: Eiscreme, Kanal, Sommer. Genau die Mischung, die Konstanze im Moment magisch anziehen wird. Zufrieden mit meiner Sherlock-Holmes-reifen Denkleistung schlendere ich die Straße entlang und prüfe die in Frage kommenden Orte. Und tatsächlich – nach weniger als zehn Minuten habe ich Erfolg. Von einer Brücke aus sehe ich sie. Konstanze sitzt auf einem Ruderbootanleger am Kanalufer, schleckt ein überdimensionales Eis (wenn Frauen frustriert sind, trösten sie sich mit ihren Erzfeinden – Kalorien), lässt die Beine im Wasser baumeln und fühlt sich wie damals, als sie zehn war …

Ich kenne sie inzwischen gut genug, um zu wissen, dass es besser ist, sehr behutsam vorzugehen. Mein erster Versuch ist die Kellnervariante: Ich lege mir ein Taschentuch über den Unterarm und balanciere meine Aktentasche wie ein Tablett vor mir. Dann rufe ich – in reinstem Italo-Deutsch – von der Brücke hinunter:

»Signorina. Kann iche serviere jetze die Cappuccino, die Sie habe bestellte?«

Der Versuch scheitert. Konstanze sieht nicht einmal zu mir hoch und ruft:

»Ich habe nichts bestellt. Lassen Sie mich also in Ruhe.«

Mein zweiter Versuch ist die Versicherungsvertretervariante. Ich scheitele mein Haar und spreche mit der Stimme von Herrn Kaiser: »Frau Bülow, ich würde Ihnen gerne eine Versicherung verkaufen. Ich weiß ja, dass Sie schon gegen Leben, Hochwasser, Wohnungsbrand und Schuhgröße neununddreißig versichert sind. Ich dagegen würde Ihnen gern versichern, dass Ihr Kollege Gregor Hamdorf Sie nie wieder beleidigen wird. Eine kleine Unterschrift, und die Sache ist unter Dach und Fach! Darf ich also zu Ihnen hinunterkommen?«

Diesmal guckt Konstanze immerhin schon in meine Richtung. Aber sie schüttelt den Kopf und sagt: »Gegen Naturkatastrophen wie Gregor Hamdorf kann man sich nicht versichern! Versuchen Sie es daher erst gar nicht – es wäre der sichere Ruin für Ihre Gesellschaft. Lassen Sie mich also in Ruhe!«

Mist – auch diese Variante ist fehlgeschlagen. Ich muss mir etwas einfallen lassen!

Dritter Versuch, Konstanze Bülow zu besänftigen: die Selbstmördervariante. Ich stelle mich auf das Brückengeländer – was eine reichlich waghalsige Unternehmung ist –, blicke mit trübem Gesichtsausdruck in die Tiefe und beginne eine theaterreife Darbietung:

»Oh, ihr Götter in der Höhe und ihr Teufel in der Tiefe. Ich bin es, Gregor, der Schlimme. Ich habe zutiefst gesündigt und werde nun meines erbärmlichen Lebens nicht mehr froh. Ihr fragt, was ich Schlimmes getan habe? Nun, dann hört: Ich habe der entzückendsten aller Kolleginnen, die ein Mann sich nur erträumen kann, unfeine Worte gesagt. Ich habe der schönsten aller Konstanzes dieser Erde Unziemliches zugemutet. Ich habe der wunderbarsten aller Frauen dieser Stadt gewagt zu sagen, dass ich sie nicht begehre – und wollte sie damit doch nur meiner innigsten Freundschaft versichern. Ja, ihr Götter, ihr habt Recht. Ich bin nicht mehr würdig, auf dieser Erde zu wandeln. Und daher werde ich mich jetzt in die Fluten stürzen und mein Dasein als Futter für die niedersten Kreaturen, für die Würmer und Fische dort unten, beenden. So soll es sein.«

Im gleichen Augenblick rutsche ich auf dem ziemlich schmalen Brückengeländer aus und komme gefährlich ins Wanken, kann mein Gleichgewicht nur noch halten, indem ich heftig mit den Armen rudere und dabei nun überhaupt keine eleganten Töne mehr ausstoße.

»Gregor! Pass auf, du fällst«, schreit Konstanze mit einer schrillen Stimme, die ich ihr niemals zugetraut hätte. Welch ein Triumph – sie redet wieder mit mir!

Schade nur, dass sie mit dem, was sie sagt – oder besser schreit –, zu hundert Prozent Recht hat – ich falle nämlich tatsächlich. Zwar weiß ich noch in der Sekunde des freien Falls, dass ich nicht länger Luft für sie bin – und dass sie mir also verziehen hat. Aber das kann auch nicht mehr verhindern, dass ich in das algengrüne Wasser eines Hamburger Seitenkanals stürze, wo ich mit einem lauten Klatschen in die Tiefe tauche. Bravo, Gregor Hamdorf, Sie haben es gerade einmal wieder geschafft, sich vollkommen lächerlich zu machen, denke ich frustriert – und spucke, als mein Kopf wieder über der Wasseroberfläche auftaucht, eine hohe Fontäne nicht besonders aromatischen Kanalwassers aus.

Dann aber füge ich mich in mein ohnehin unveränderliches Schicksal. Und siehe da – so schlimm ist es gar nicht. Ganz im Gegenteil: Es ist schon seit einigen Wochen unerträglich heiß in Hamburg, und entsprechend ist das Wasser des Kanals. Es riecht zwar nicht sehr gut. Aber eigentlich ist es sehr erfrischend! Ich kraule einige Züge zu dem Anleger, auf dem Konstanze inzwischen ängstlich auf und ab hüpft, und sage:

»Komm doch auch rein. Es ist wirklich schön!«

Konstanze weiß wohl nicht, ob sie lachen oder weinen soll. Und darum plappert sie plötzlich wie wild los:

»Gregor – bist du verletzt? Soll ich Hilfe holen? Wie kannst du mich nur so erschrecken? Kannst du überhaupt schwimmen? Ich rufe die Polizei, ich meine die Feuerwehr, die Wasserschutzpolizei – ich weiß es auch nicht, ich rufe irgendwen. Oh, schau mal, die Enten da, wie süß – die essen gerade deinen Notizblock, der dahinten treibt! Was fällt dir nur ein, so einen Unsinn zu machen? Weißt du, dass du wirklich völlig verrückt bist! Ich glaube, das Wasser ist giftig. Du siehst ja lustig aus mit nassen Haaren! Guck mal, ist das dein Schuh da …«

Ich glaube nicht, dass sie vorhat, heute noch mit dem Reden aufzuhören. Ich unterbreche sie auch nur ungern, weil sie wirklich eine wunderbare Figur macht, wie sie dort auf dem Anleger hin und her geht und in einem fort redet – und sich gar nicht wirklich darüber im Klaren zu sein scheint, dass ich nur zwei Meter von ihr entfernt im Kanal schwimme und immer lauter anfange zu lachen.

»Weißt du, Konstanze, du bist die einzige Frau in meinem Leben, bei der ich wirklich baden gegangen bin!«

»Und das hast du auch mehr als verdient, mein Lieber. Lass dir das gesagt sein.«

»Asche auf mein Haupt«, sage ich kleinlaut. Aber sie lacht jetzt auch:

»Ach nein. Keine Asche. Du bist mit dieser Brühe da mehr als bedient. Darum gestatte ich dir jetzt auch, dich aus den Fluten zu erheben und an Land zu kommen.«

Offensichtlich ist Konstanze nicht als Einzige dieser Meinung. Zu der Menschenmenge, die sich inzwischen auf der Brücke versammelt hat (einige rufen mir zu, ich solle tauchen, andere wollen wissen, ob ich auch Delphin könne, und wieder andere schießen Erinnerungsfotos), gesellen sich nämlich zwei Polizisten – offenbar gibt es keine Cabrios mehr zum Abschleppen.

»Hey, Sie da. Wissen Sie nicht, dass man hier nicht schwimmen darf! Kommen Sie bitte unverzüglich aus dem Wasser. Und unverzüglich heißt unverzüglich!«

Eigentlich eine gute Idee, denke ich. Zum Glück ist der Bootsanleger, auf dem Konstanze steht, nur einige Zentimeter hoch. Und so gelingt es mir ohne große Mühen, mich ins Trockene zu hieven. Dort bleibe ich erst einmal prustend und vollkommen außer Atem liegen.

»Wie du siehst, Konstanze, halte ich es nicht nur für keinen Fehler, wenn ein Mann dich heiraten möchte. Ich habe dir auch gleich bewiesen, dass man sich für dich sogar von einer Brücke stürzen kann. Ich hoffe, das reicht, damit du mir verzeihst.«

Sie nickt, fragt mich dann aber mit einer beleidigten Schnute:

»Wie hast du mich genannt? Einfach nur Konstanze?«

Ich verstehe sofort:

»Ich wollte natürlich sagen: Lieblingskonstanze.«

»Dann ist ja gut. Das ist mir nämlich sehr wichtig. So viele Männer kenne ich nicht, die für mich einen Kanal austrinken würden. Und die sich anschließend neben mich setzen und mir Komplimente machen, obwohl sie wie ein undichtes Abwasserrohr riechen – genau das tust du nämlich. Aber das finde ich natürlich überhaupt nicht schlimm.«

»Du bist ausgesprochen charmant, meine Liebe«, sage ich spitz. »Darum habe ich dir auch etwas mitgebracht.«

»Da bin ich aber gespannt!«

Statt einer Antwort bewerfe ich sie mit einem großen Büschel Grünzeug, das unschuldig an meinem Hemd geklebt hat und nun nass und faulig auf Konstanzes Kopf landet.

»Du unverschämter Flegel«, schreit sie empört. »Benimm dich lieber – oder ich werfe dich gleich wieder in die Fluten!«

»Das ist, wie du gerade gehört hast, strengstens verboten und wird mit sofortiger Verhaftung bestraft«, sage ich.

»Nun, dann will ich dieses Mal großzügig sein und davon absehen«, sagt sie mit dem Ton einer gutmütigen Richterin und fügt hinzu:

»Ich werde übrigens jetzt unseren ersten Termin anrufen und sagen, dass wir wegen unvorhergesehenen Schwimmens leider etwas später kommen.«

Ich sehe auf meine Uhr – doch statt der Uhrzeit erblicke ich ein grünes Miniaquarium, in das sich das Ding an meinem Handgelenk verwandelt hat.

»Eine gute Idee«, sage ich zu ihr. »Und vielleicht bittest du um so viel Aufschub, dass ich Zeit habe, wieder trocken zu werden.«

»Ich werde sehen, was sich machen lässt«, sagt Konstanze.

Sie beginnt zu telefonieren. Ich beginne, mich auszuziehen – was soll ich sonst tun? Das Ergebnis ist, dass Konstanze und ich Rücken an Rücken auf dem Bootsanleger hocken. Ich betrachte meinen Anzug und mein Hemd, die ich auf den Holzbohlen ausgebreitet habe, wo sich die nicht gerade billigen Stücke in einen neuen extravaganten Knitterlook verwandeln.

»Schwimmen gehen, in der Sonne faulenzen – und das Ganze während der Arbeitszeit. Was wollen wir mehr?«, seufze ich.

»Genau. Was wollen wir mehr?«, stimmt sie mir zu.

Wir sitzen einige Minuten schweigend und genießerisch in der Sonne. Dann stupst sie mich mit dem Ellbogen und sagt:

»Darf ich dich was fragen?«

»Du darfst fast alles bei mir«, antworte ich.

»Seit wann trägst du eigentlich Slips? Ich dachte, du trägst Boxershorts!«

Ich schüttele den Kopf – was soll man dazu noch sagen?

»Ach, weißt du«, sage ich schließlich. »Ich hatte heute Morgen so eine Ahnung, dass dieser Tag ins Wasser fällt. Und Boxershorts haben die unangenehme Eigenschaft, bei Feuchtigkeit durchsichtig zu werden. Das wollte ich dir keuschem Wesen einfach nicht zumuten.«

»Wie schade! Ich dachte, ich soll dich bei der Suche nach einer Braut beraten. Da muss ich doch über deine … Ausstattung informiert sein. Zumindest, wenn ich bei deiner Zukünftigen ein gutes Wort für dich einlegen soll.«

»Das wäre natürlich entzückend von dir – aber deswegen musst du das Ganze ja nicht selber in Augenschein nehmen. Vielleicht kann ich die Angaben in Zentimeter nachreichen – natürlich für Länge UND Umfang.«

Konstanze kichert und sagt: »Dann stimmt es also tatsächlich?«

»Was stimmt?«

»Dass ihr Jungs regelmäßig zum Zentimetermaß greift. Zumindest, wenn ihr mal wieder etwas Selbstbestätigung braucht.«

»Frau Bülow, Sie sind die Indiskretion in Person. Ich schlage vor, dass wir dieses heikle Themengebiet auf der Stelle verlassen. Sonst streiten wir uns nämlich wieder – und das nächste Mal landen Sie im Wasser, das schwöre ich!«

»Schlimm wäre das nicht! Ich trage heute nämlich Spitzenunterwäsche. Und die wird bestimmt nicht durchsichtiger, als sie jetzt schon ist.«

Ich stöhne auf und sage:

»Frau Bülow. Ich gehe gleich zum Betriebsrat und klage Sie wegen sexueller Herausforderung an. Aber dazu muss ich erst einmal meinen Hormonspiegel wieder in Ordnung bringen, nachdem Sie ihn mit Ihrem Gerede in ein Chaos verwandelt haben.«

»Ach!«, trumpft Konstanze auf. »Dann bin ich sexuell vielleicht doch gar nicht so uninteressant für Sie, Kollege Hamdorf!«

Es ist einfach nicht zu glauben! Diese Person spielt mit

mir herum wie eine gelangweilte Wohnzimmerkatze mit einer Spielzeugmaus. Das kann ich mir nicht gefallen lassen! Nicht von einer Frau, und von Konstanze schon gar nicht. Es ist daher an der Zeit, ihr einmal tüchtig die Meinung zu sagen! Beziehungsweise die Wahrheit! Ich drehe mich daher ruckartig um – sie tut das Gleiche. Wir starren uns an, und ich sage:

»Konstanze Bülow. Du bist verdammt noch mal die schönste Frau, der ich jemals in meinem Leben begegnet bin. Merk's dir! Ich sage das nämlich nicht noch einmal!«

Während ich noch beobachte, wie die coole, durch nichts zu erschütternde, ewig selbstbeherrschte Konstanze Bülow knallrot im Gesicht wird, nehme ich einen kurzen Anlauf und gönne mir mit einem gezielten Kopfsprung mein zweites, diesmal freiwilliges Bad in dem Hamburger Alsterkanal.

Wann hatten Sie zuletzt Sex?

Männer und Mode, das ist ungefähr so wie Frauen und Technik – ein doofes Vorurteil und dennoch die unleugbare Wahrheit. Männer ziehen sich an. Mehr nicht. Und im besten Fall tun sie das mit Geschmack. Modisch sind sie deswegen nicht. Was nicht heißen soll, dass es nicht Typen gibt, die immer dem letzten Schrei hinterherrennen. Womit schon alles gesagt ist. Denn ein richtiger Mann rennt hinter überhaupt nichts her, schon gar nicht dem richtigen »Teil« zum Anziehen.

Ich habe mich in puncto Kleidung eindeutig entschieden: Schlicht, aber elegant. In der Regel trage ich also Anzug und Hemd und dazu einfache Lederschuhe.

Dass ich an diesem Tag meinem Ideal nicht gerecht werde, wird mir spätestens klar, als uns Susanne Biwak die Tür öffnet. Sie strahlt uns entgegen und schreit förmlich:

»Sie sind bestimmt die Leute vom Magazin. Ich finde es soooo toll, dass Sie hier sind. Ich bin ja soooo aufgeregt. Aber kommen Sie doch …«

In diesem Augenblick macht sie eine Pause. Ganz einfach deshalb, weil sie mich sieht. Oder besser gesagt, weil sie mich anstarrt.

»… herein«, bringt sie ihren Satz dennoch zu Ende, aber es klingt mehr nach Schluckauf.

Ich kann es ihr nicht übel nehmen: Mein schöner Leinenanzug ist so verschrumpelt wie ein Stück Elefantenhaut. Außerdem reicht er mir nur noch bis knapp über die Ellbogen beziehungsweise bis zu den Schienbeinen. Hinzu kommt dieses neue, interessante grüne Muster – nur dass man am Geruch sehr schnell feststellt, dass es tatsächlich irgendwelche schleimigen Pflanzen sind, die den Rücken, die Hose und das Revers zieren.

»Wir machen gerade eine Reportage über Hamburgs Naturschwimmbäder – und ich habe den ersten Test in voller Montur absolviert«, erkläre ich.

Wie witzig! Das jedenfalls besagt ihr Gesichtsausdruck.

»Ja, natürlich«, murmelt Susanne Biwak und lächelt ungefähr so, als hätte ich ihr gerade erzählt, dass ich unter einer ansteckenden Hautkrankheit leide, aber jetzt trotzdem gerne auf ihrem Sofa Platz nehmen möchte.

»Ja, dann kommen Sie doch mit. Wir können uns ja auf meine Terrasse setzen«, sagt sie. »Ich gehe einfach mal vor.«

Natürlich tut sie das. Vorgehen heißt nämlich, dass sie den Weg durch ihre Zweieinhalbzimmerwohnung zu einem ungefähr einen Kilometer langen Ausflug gestaltet – bei dem Konstanze begeistert ihre Alessi-Gläsersammlung, ihre Ligne-Roset-Sitzgruppe, ihre arabische Ecke (natürlich mit Kamelsätteln als Sitzgelegenheit und Wasserpfeife vom letzten Ägyptenurlaub), ihren zu einer Spirale designten Ficus Benjamini und ihre Ingo-Maurer-Stehlampe lobt. Ich dagegen finde, dass diese Wohnung einen unerträglichen Geruch nach Einsamkeit verströmt. Ein Mann (also eines dieser stinkenden, unordentlichen, ungepflegten Wesen) würde hier maximal ein Körbchen in der Ecke bekommen – und sie würde ihm vermutlich vor Betreten der Wohnung mit einem feuchten Lappen die Füße abwischen.

Als Susanne Biwak in der Küche verschwindet und wir auf der Terrasse Platz nehmen, sage ich zu Konstanze:

»Lass uns wieder verschwinden. Mehr müssen wir nicht wissen.«

»Was wissen wir denn?«

»Dass diese Tante seit drei Jahren keinen anderen Mann als den Verkäufer in ihrem Möbelgeschäft gesehen hat. Und dass der Mann, der sie aus ihrem Single-Dasein erlösen könnte, vermutlich Brad Pitt oder wenigstens Howard Carpendale sein müsste.«

»Jetzt warte doch erst einmal ab«, ermahnt Konstanze mich. »Ich finde, dass sie das richtig gut gemacht hat.«

»Du meinst die kleine, unauffällige Seht-mal-was-für-eine-tolle-Wohnung-ich-habe-Besichtigungstour?«, frage ich giftig.

»Ja, genau. Die Einrichtung«, sagt Konstanze – und sie meint es tatsächlich ernst. Ich winke ab. Konstanze kann nicht verstehen, was ich meine – schließlich ist sie selbst eine Frau. Und damit ist ihre Wahrnehmungsfähigkeit in Bezug auf ihre Geschlechtsgenossinnen erheblich eingeschränkt. Für mich ist es dagegen vollkommen klar: Susanne Biwak gehört zu der Sorte Frau, die ihr Leben mit einer Folge »Gute Zeiten, schlechte Zeiten« verwechselt. Darum sieht ihre Wohnung auch aus wie ein Filmset. Und darum steht vor ihrer Haustür auch ein – ungelogen – rosafarbener Golf.

Wie gesagt, ich habe keine Fragen: Unsere Gastgeberin sitzt vermutlich jeden Abend allein auf ihrem Sofa und KOMMT SICH VOR (wahlweise wie eine Millionärsgattin, wie ein Super-Model oder eine erfolgreiche Innenarchitektin). Spätestens in fünf Jahren wird sie feststellen, dass sie nichts von all dem wirklich IST, und spätestens dann wird sie anfangen, jeden Morgen einen Piccolo zu trinken und jeden Abend vor dem Schlafengehen eine Flasche Baileys.

Mein Glück ist, dass wir gar nicht fragen müssen. Sie fängt nämlich ganz von selbst an zu reden.

»Wissen Sie, ein Mann, der für mich in Frage käme, der müsste vor allem eines haben: Stil. Und weil es davon immer weniger gibt, bin ich Single«, sagt sie und strahlt uns an wie ein Model beim Shooting. Sie hat gerade ein Tablett mit einer Karaffe Orangensaft und drei hochgezogenen Leonardogläsern auf den Tisch gestellt. In einer Schale liegen Goldfischli, vermutlich für mich, und Giotto, für Konstanze und sie selbst.

Ohne dass wir auch nur ein Wort gesagt hätten, fährt sie fort: »Aber denken Sie jetzt nicht, dass ich hier jeden Abend sitze und von einem Mann an meiner Seite träume!«

»Was tun Sie denn sonst? Träumen Sie von einem Star an Ihrer Seite?«, frage ich.

Susanne Biwak schaltet erstaunlich schnell, das muss ich zugeben. Sie beachtet mich nicht weiter und sagt stattdessen zu Konstanze:

»Ist Ihr Kollege immer so? So … überaus freundlich?«

Konstanze lacht.

»Nehmen Sie es ihm nicht übel. Er ist ganz nebenbei auf der Suche nach einer Frau zum Heiraten. Und, wenn ich das so sagen darf, ich glaube, Sie sind es wohl nicht, auf die seine Wahl fallen könnte.«

»Och, da bin ich aber traurig«, sagt Susanne Biwak und legt theatralisch die Hände an die Wangen. »Dabei habe ich noch so viel Platz in meinem Aquarium. Das wäre doch der geeignete Platz für Ihren Kollegen, oder täusche ich mich da?«

»Sie haben vollkommen Recht«, bestätigt Konstanze vergnügt. »Und das Schönste daran ist: So lange er unter Wasser ist, kann er nichts sagen, also auch nichts Frauenfeindliches.«

Die beiden Frauen stoßen mit ihren Orangensaftgläsern an. Und ich – ich muss zugeben, dass ich diese Runde verloren habe. Außerdem habe ich mich in Susanne Biwak ganz offensichtlich getäuscht. Denn wenn es eines gibt, was mich an Frauen beeindruckt, dann ist das Schlagfertigkeit. Und sie ist schlagfertig, das hat sie eindrücklich unter Beweis gestellt.

»Wie lange leben Sie denn schon alleine? Und woran ist Ihre letzte Beziehung gescheitert?«, fragt Konstanze – sie hat jetzt das Heft in der Hand für dieses Interview. Ich habe nichts dagegen. Ich lehne mich zurück und stecke mir eine Zigarette an – was mir einen staubfreien Blick von Frau Biwak einbringt.

»Nun, unter anderem hat er geraucht«, sagt sie spitz.

»Und das war der Grund für die Trennung?«, frage ich.

»Ja, unter anderem.«

»Mann, muss der gequalmt haben«, werfe ich ein.

»Ob Sie es glauben oder nicht: Als Mark ausgezogen ist, habe ich renovieren lassen – die alten Tapeten und Vorhänge waren Sondermüll wegen der Nikotin- und Teerablagerungen.«

Ich habe keine Ahnung, ob sie diese Bemerkung ernst meint oder nicht – was ihr weitere Pluspunkte bei mir einbringt. Vielleicht werde ich mir doch noch Mühe geben, meinen anfänglichen Eindruck von ihr zu revidieren. Aber nicht, bevor ich mich noch ein bisschen mit ihr duelliert habe.

»Und was hatte Mark noch für unerträgliche Eigenschaften? Hat er gelegentlich nach Pommes gerochen? Oder beim Fußballgucken Bier aus der Dose getrunken? Oder im Stehen gepin...«

»Sprechen Sie es nicht aus, Herr Hamdorf. Ich bin übrigens schwer enttäuscht, dass sich hinter diesem sensiblen Reporter, dessen Berichte im Magazin ich seit Jahren lese, ein solch ungehobelter Flegel verbirgt. Aber, Frau Bülow«, und damit wendet sie sich wieder an Konstanze, »was wollten Sie denn gleich noch wissen?«

Ich weiß, dass Konstanze sich schwarz über mich ärgert – aber wenn sie eines noch mehr hasst als mich in diesem Moment, dann ist das die Tatsache, dass diese Ziege versucht, uns gegeneinander auszuspielen. Darum wiederholt Konstanze mit gleichmütiger Stimme einfach meine Frage:

»Mich würde es auch interessieren. Welche anderen Fehler hatte Mark denn?«

Susanne Biwak bekommt plötzlich eine gesunde Gesichtsfarbe:

»Na ja, so ganz Unrecht hat Ihr Kollege nicht. Mark hat sich abends öfter was vom Imbiss mitgebracht. Und er hat auf Premiere Fußball geguckt. Und das Badezimmer sah aus, als hätte er am Ende seines Penisses einen Nebelsprüher ...«

Konstanze nickt verständnisvoll. »Ich weiß genau, was Sie meinen: Männer sind einfach unhygienisch. Ich bin schon lange dafür, dass der selbst reinigende Mann erfunden wird.«

Susanne Biwak nickt begeistert: »Männer sind ungehobelt, unerbittlich und unhygienisch ...«

»... und unentbehrlich«, vollende ich ihren Satz. Gleichzeitig frage ich mich, wo ich hier eigentlich hingeraten bin: offenbar in ein Feminismus-Intensivseminar. Vor allem verstehe ich Konstanze immer weniger. Offensichtlich findet sie diese unerträgliche Tucke auch noch sympathisch. Es ist höchste Zeit, dieses Lager der weiblichen Übereinstimmung aufzubrechen – und was kann da besser helfen als die Erwähnung eines Mannes?

»Sag bloß, John macht immer das Bad sauber, nachdem er geduscht hat? Kann er das überhaupt mit seinen sensiblen Musikerhändchen?«, frage ich Konstanze daher provozierend.

Die lächelt entschuldigend zu Frau Biwak herüber: »Mein Freund ist Dirigent, mussen Sie wissen. Wir leben aber nicht zusammen ... Und um deine Frage zu beantworten, Gregor: Nein, John macht sein Bad nicht sauber. Das macht Johns Haushälterin. Und zwar jeden Morgen, nachdem er das Haus verlassen hat, um zur MET zu fahren.«

Was ich jetzt erlebe, ist nicht weniger als eine Sternstunde des Neides. Zugegeben, was Konstanze da erzählt, klingt wie aus einem Roman von Hera Lind: gut aussehender Mann, erfolgreich, selbständig, Musiker und genug Geld für eine Haushälterin. Susanne Biwak aber hört nicht mehr auf, mit den Augen zu rollen. Sie schnappt sich ein Kissen von der Verandabank und drückt es wie einen Teddybären. Gleichzeitig sieht sie Konstanze an, als sei die einem Film mit Julia Roberts entsprungen.

»Oh, mein Gott. Ein Dirigent! Und dazu noch reich, ja? Und abends vor dem Einschlafen liest er Ihnen bestimmt Gedichte vor – bevor er dann anfängt, mit seinen unglaublich sensiblen Händen auf Ihrem Körper Klavier zu spielen – wobei er natürlich jedes Mal genau die richtige Taste trifft ... So etwas dürfen Sie mir gar nicht erzählen. Ich komme um vor Bewunderung! Hat der nicht noch

einen Freund, Ihr John, den Sie mir einmal vorstellen können?«

»John hat keine Freunde«, sage ich mit einer rauchigen
Clint-Eastwood-Stimme. Ich muss dieses Abziehbild eines
Mannes einfach zerstören, bevor die beiden Frauen
anfangen, laut herumzustöhnen. (Genau wie bei Männern
ist die erogenste Zone der Frau ihre Phantasie. Eine Tatsache, die die meisten meiner Geschlechtsgenossen nicht kennen – zum Glück.)

»Quatsch!«, zischt Konstanze böse. »Natürlich hat
John Freunde. Ganz im Gegenteil, wenn ich bei ihm bin –
John lebt in New York, müssen Sie wissen –, dann kann es
passieren, dass wir tagelang keinen einzigen Abend zu
Hause verbringen. Nicht nur wegen der Konzerte, sondern
wegen der ganzen Einladungen. Sie können es sich nicht
vorstellen: beim Bürgermeister, bei Xi Wuheng (dem Gei-
ger), bei Donald Trump, bei der Minnelli, bei den Kenne-
dys (John ist natürlich Demokrat), bei Gotlake Goshn
(dem Betreiber des 51-Clubs), bei Nancy Sinatra, bei Michael Douglas – obwohl, den besuchen wir meistens auf
Mallorca –, bei Philip Roth … Es ist einfach nicht zum
Aushalten, das sage ich Ihnen.«

Ich stelle mich darauf ein, bei Susanne Biwak eine akute
Infarktbehandlung durchführen zu müssen. Inzwischen
sieht sie Konstanze an, als käme die von einem anderen
Stern – allerdings verwandelt sich der Gesichtsausdruck allmählich. Und zwar von grenzenloser Bewunderung zu einer
finsteren Mischung aus Neid und einem gequälten Minder-
wertigkeitskomplex. Was mich übrigens nicht im Geringsten wundert. Meine geschätzte Kollegin hat nämlich einen
Fehler begangen, vor dem schon im Handbuch für Inter-
view-Anfänger gewarnt wird: Machen Sie Ihren Interview-

Partner niemals neidisch! Nicht Sie sind die Hauptperson, sondern Ihr Gesprächspartner. Ihr Leser will nichts über Sie erfahren, sondern über die Person, mit der Sie reden. Tja, leider kommt diese Einsicht zu spät. Denn in diesem Augenblick sagt Susanne Biwak mit unterkühlter Stimme:

»Aber das klingt ja schrecklich. Dann haben Sie Ihren John ja niemals für sich alleine. Und von Klavierspielen am Abend ist wahrscheinlich auch keine Rede. Ihr John sinkt bestimmt immer übermüdet in die Federn. Und schnarcht wahrscheinlich so unmusikalisch, dass es seine Fans niemals hören dürfen. Ich weiß genau, wovon ich rede. Mein Mark war nämlich genauso, auch wenn er nur Anwalt war. Nein, so etwas wäre nichts für mich. Damit habe ich endgültig abgeschlossen. Ich möchte einen Mann haben, der ganz für mich da ist. Ob er nun Dirigent ist oder nicht, ist mir vollkommen gleichgültig … Aber das ist ja auch ganz egal. Soweit ich mich erinnere, sind Sie ja gekommen, um mir Fragen zu stellen … und nicht, um mir von Ihrem ach so tollen Journalistenleben zu erzählen. Also, machen Sie bitte weiter, meine Zeit wird knapp.«

Eins zu null für Susanne Biwak. Jetzt ist es an mir, die Situation zu retten. Konstanze ist damit beschäftigt, an ihrem Orangensaft zu nuckeln und unschuldig in den Garten zu schauen.

»Vielleicht darf ich Ihnen jetzt noch einmal die Frage stellen, die uns am meisten interessiert: Ist Ihr Single-Dasein nur die Warteschleife bis zur nächsten Beziehung? Oder sind Sie so zufrieden, dass Sie auch die nächsten Jahre ohne Partner weiterleben möchten?«

Susanne Biwak sieht mich durchdringend an. Ihr Blick verrät eine Intelligenz, die ich ihr nicht zugetraut hätte. Dann sagt sie:

»Die Frage kann ich nicht beantworten. Das heißt, ich kann sie schon beantworten, aber die Antwort lautet: Weder noch! Ja, ich bin glücklich alleine. Aber genauso sehne ich mich nach einer neuen Partnerschaft. Und ehrlich gesagt, ich glaube, so geht es den allermeisten Singles, zumindest den weiblichen. Sie wollen und können einfach beides: Unabhängigkeit und Partnerschaft.«

»Sie sind eine weise Frau, Frau Biwak«, sage ich. Und sie spürt, dass ich das in diesem Augenblick vollkommen ernst meine.

»Das ist keine Weisheit. Das ist ganz bescheidene Lebenserfahrung«, sagt sie. »Schauen Sie mal: Ich habe einen interessanten Job, ich habe eine schöne Wohnung, ich habe eine Katze, ich habe genug Geld, um bequem leben zu können ... und selbst auf Sex kann ich durchaus verzichten, wenn es sein muss ... Na ja, eine Weile zumindest. Glauben Sie wirklich, ich verbringe meine Abende damit, vom Märchenprinzen zu träumen? Ganz bestimmt nicht. Und dass man mittlerweile einen Bestseller schreiben kann, nur weil man einen männersüchtigen, spätpubertären Backfisch schildert, der von nichts anderem träumt, als einen ARZT zu heiraten – furchtbar. Ich habe mit Feminismus wirklich nichts am Hut. Aber deswegen brauche ich trotzdem keinen Mann, um glücklich zu sein.«

»Dennoch haben Sie eine Anzeige im Single-Markt von ›Eva‹ aufgegeben. Warum?«

Sie nickt und lacht: »Ich und meine Freundin Ulla, wir haben das zusammen gemacht. Aber das heißt doch nicht, dass wir jetzt mit jedem Idioten, der sich meldet, direkt unser restliches Leben teilen wollen. Nein, bestimmt nicht! Ein neuer Freund wäre für mich nichts anderes als Peaches, meine Katze. Ich brauche sie nicht wirklich, aber das Leben mit ihr ist einfach schöner. Genauso ist es mit einem Partner. Wissen Sie, was ich meine?«

»Ich glaube, schon«, sage ich nachdenklich. Tatsächlich bin ich mir nicht sicher, ob ich ihr wirklich folgen kann. Man hört es als Mann nicht gerne, dass man den Status einer Hauskatze hat.

»Was machen Sie eigentlich beruflich?«, frage ich sie.

»Ich dachte, das hätten Sie schon erraten. Ich bin Innenarchitektin. Dabei arbeite ich vorwiegend für eine Filmproduktion in Berlin. ›Gute Zeiten, schlechte Zeiten‹ – haben Sie doch bestimmt schon mal von gehört? Sehen Sie, ich bin die Frau, die die Wohnungen einrichtet. Oder auch die Lokale und Büros. Das macht Spaß, vor allem weil ich viel mit jungen Leuten zu tun habe ... nicht gerade mit Berühmtheiten«, bei diesen Worten wirft sie Konstanze einen höhnischen Blick zu, »aber doch Menschen, die den Wunsch haben, nach oben zu kommen.«

Mist! Schon wieder eine halbwegs vernünftige Antwort. Am Ende wird mir Susanne Biwak noch sympathisch. Obwohl, es besteht noch Hoffnung, und die setze ich ganz auf meine nächste Frage:

»Eine letzte Frage: Was für ein Auto fahren Sie?«

Sie lacht laut und sagt: »Komisch, dass Sie das fragen. Die Antwort ist ziemlich peinlich. Ich fahre im Moment, halten Sie sich fest, einen rosafarbenen Golf. Vielleicht haben Sie ihn ja unten stehen sehen? Ein grässliches Auto. Meine Freundin Vicky ist Designerin und führt gerade einen Markttest mit neuen Autolacken durch – ich bin sozusagen eine Testfahrerin. Dafür muss ich zwar in Kauf nehmen, ein Jahr lang mit dem hässlichsten Auto von ganz Hamburg herumzufahren. Aber dafür kostet mich das keinen Pfennig.«

Was soll ich noch sagen? Am besten nichts. Ich muss einfach eingestehen, dass ich mich geirrt habe.

»Haben Sie in Ihrem Steckbrief nicht geschrieben, dass Sie Werbekauffrau sind?«

Susanne Biwak nickt und lächelt schuldbewusst. »Das beruht auf einschlägiger Erfahrung. Wenn ich schreibe, dass ich Innenarchitektin bin, melden sich nur Männer, die glauben, ich richte ihnen kostenlos ihre Wohnung ein. Nein danke. Eine Art Notlüge.«

»Und dass Sie mich am liebsten im Aquarium halten würden, war das auch eine Notlüge?«

Wieder lacht sie – und ich muss zugeben, dass es mir durchaus gefällt, wie sie ihren Kopf zurückwirft und sich anschließend eine Haarsträhne aus dem Gesicht streicht.

»Wer als Goldfisch in meine Wohnung kommt, wird entsprechend behandelt«, sagt sie.

»Passen Sie lieber auf«, sagt Konstanze in diesem Augenblick, »Gregor ist eher ein Hai als ein Goldfisch. Und er ist aufs Anknabbern von Frauen spezialisiert.«

Ich werfe ihr einen warnenden Blick zu. Immerhin habe ich Konstanze als Brautberaterin verpflichtet – da kann sie mir doch nicht in die Parade fahren, wo es gerade etwas interessanter mit Frau Biwak wird!

Aber die winkt nur ab: »Keine Sorge, ich besitze einen sehr sicheren Haikäfig. Und so gefährlich kommt mir Ihr Kollege gar nicht vor.«

»Das klingt ja fast so, als sollte ich euch beide für den Rest des Interviews alleine lassen«, sagt Konstanze. In ihrer Stimme liegt eine Mischung aus ihrem berühmten Zynismus und einem Hauch von Neid. Leider passiert durch ihren kleinen Spruch genau das, was ich befürchtet habe. Susanne Biwak winkt ab und sagt:

»Unsinn, Frau Bülow. Ich spreche eigentlich viel lieber mit einer Frau. Immerhin fragen Sie ganz schön private Sachen.«

Na toll, denke ich zerknirscht. Konstanze hat meinen Flirtversuch im Keim erstickt. Als wenn sie es mit Absicht gemacht hätte! Ich werde später ein ernstes Wort mit ihr reden müssen, so viel steht fest.

Dann aber merke ich, dass meine Sorge vollkommen unberechtigt ist. Während mir Susanne immer sympathischer wird, scheint es bei Konstanze nämlich genau umgekehrt zu sein – keine Ahnung, warum. Jedenfalls lässt ihre folgende Frage keinen anderen Schluss zu. Konstanze setzt den kämpferischen Gesichtsausdruck auf, den ich von verschiedenen Interviews, die wir geführt haben, kenne. Sie fixiert Susanne Biwak mit einem Blick, bei dem Menschen, die sie kennen, vorsorglich in Deckung gehen. Und dann fragt sie:

»Wann hatten Sie denn zum letzten Mal Sex, Frau Biwak?«

Gelegentlich spielt der Zufall den großen Retter. Jedenfalls verschluckt sich Susanne Biwak genau in diesem Augenblick an ihrem Orangensaft, bekommt einen hochroten Kopf und offensichtliche Atemnot … sie rennt kurz darauf ins Wohnzimmer, wo sie eine ganze Weile verschwunden bleibt.

»Was ist in dich gefahren?«, zische ich.

Konstanze spielt die Unschuldige, eine Rolle, die sie gut beherrscht.

»Wollen wir etwas über Singles wissen oder nicht?«, zischt sie zurück.

Eigentlich liegt mir auf der Zunge, nun Konstanze zu fragen, wann sie denn zum letzten Mal Sex gehabt hat. Bei ihrem Verhalten muss es schon eine ganze Weile her sein. Dennoch spare ich mir jede Bemerkung, verlege mich stattdessen auf ihr ureigenstes Feld – Spott, Zynismus und Ironie – und sage:

»Dann frag sie doch auch gleich, in welcher Stellung sie es getrieben hat.«

Mir hilft der Zufall nicht – ganz im Gegenteil. Sonst würde ich wohl merken, dass Susanne Biwak inzwischen hinter mir steht und meine Frage in voller Länge hört. Nun, diesmal bin ich es, der seinen Orangensaft verschluckt. Ich huste und werde nicht weniger rot als sie zuvor, und mit meiner letzten Atemluft röchele ich so etwas wie: »Rein professionelle Neugier. Ich muss das fragen, Frau Biwak.«

Die Bemerkung hätte ich mir auch sparen können. Denn Susanne Biwak bleibt vollkommen ruhig, lächelt und sagt: »Herr Hamdorf, vielleicht fragen Sie mich als Nächstes auch noch, ob Sie von mir ein paar Aktfotos machen können?«

Ich winke ab. »Keine Sorge. Unser Fotograf kommt sowieso später noch. Aber er bevorzugt bekleidete Aufnahmen.«

»Da bin ich ja beruhigt.«

»Also verzeihen Sie unsere Indiskretion«, sage ich.

Sie winkt ab. »Aber nein, die Frage ist vollkommen berechtigt. Wir können doch ganz offen miteinander sein. Für einen Single gehört es mit zur entscheidendsten Frage, wo er seine Streicheleinheiten herbekommt. Oder, Frau Bülow, das fragen Sie sich doch bestimmt auch jeden Tag!«

Zickenduell! Ich bin begeistert. Anfangs hatte ich die Befürchtung, dass Susanne Biwak sich vollkommen auf mich eingeschossen hätte. Nun stellt sich heraus, dass sich der Kampf zwischen ihr und Konstanze abspielt. Und ich darf genüsslich zuschauen. Dieser Tag verwöhnt mich wirklich!

»Ich muss Sie enttäuschen, Frau Biwak. Wenn unser Thema Fernbeziehung wäre – denn das ist es, was John und ich praktizieren –, dann wäre Ihre Frage berechtigt. Aber so tut sie nichts zur Sache. Ich kann Sie trotzdem beruhigen: Ich habe John zwar selten in meinem Bett. Aber wenn, dann entschädigt er mich umso mehr für die entbehrungsreichen Zeiten davor. Wie Sie selbst schon bemerkten: Er ist Musiker. Und eine Geige ist nicht das Einzige, was er perfekt streicheln kann.«

»Und Sie spielen dafür die Blasinstrumente, was?«

Ich traue meinen Ohren nicht! Aber Susanne Biwak hat es tatsächlich gesagt. Ich bekomme langsam das Gefühl, dass uns dieses Interview regelrecht aus den Fingern gleitet. Ich muss unbedingt gegensteuern – schließlich habe ich schon oft genug erfahren, wo solche Gespräche enden können (Franz Beckenbauer ist einmal mit einer Eckfahne auf mich losgegangen, nachdem ich ihn auf seinen ANDEREN unehelichen Sohn angesprochen hatte; und nach einem Rocchigiani-Interview trug ich drei Wochen Gips. Nur weil ich wissen wollte, wie viele Frauen er schon flachgelegt hatte – eine Frage, die sich allein auf seine Kampfkünste bezog).

So oder so – es ist entschieden Zeit für eine harmlose Frage. Ich werfe daher einen Blick auf meinen Notizblock und sage dann mit ruhiger Stimme: »Wie sieht es denn in Ihrem Bekanntenkreis aus, Frau Biwak: mehr Singles oder mehr Paare und Verheiratete?«

Sie aber lacht und sieht mir direkt in die Augen: »Wollen Sie etwa ablenken, Herr Hamdorf? Wir sind doch mit dem Thema Sex noch gar nicht fertig – oder wollen Sie vielleicht die Nerven Ihrer Kollegin schonen? Vielleicht wird es ihr zu anzüglich?«

Das lässt sich Konstanze natürlich nicht nachsagen. Sie schenkt Susanne Biwak ein herzerwärmendes Lächeln und sagt:

»Aber keineswegs, Frau Biwak. Ich dachte einfach nur, dass Sie zum Thema Sex nicht so viel zu sagen haben. Oder täusche ich mich da etwa?«

»Das tun Sie allerdings, meine Liebe. Sehen Sie, wenn es mir nur darum gehen würde, einmal in der Woche meinen Routinebeischlaf zu bekommen, hätte ich schon vor Jahren geheiratet – vielleicht Mark, vielleicht irgendeinen anderen Schwanzträger. Verzeihen Sie das Wort, aber in dem Zusammenhang ist es doch sehr treffend, oder nicht?« Dabei wirft sie mir einen Blick zu, der das Prädikat »männerverachtend« mehr als verdient hat. Dann fährt sie mit Verve fort: »Nein, das ist mir entschieden zu wenig im Leben. Ich möchte etwas erleben, ich möchte Neues kennen lernen, ich möchte erfolgreich sein. Und zwar nicht nur beruflich, sondern auch sexuell. Zum Glück lerne ich durch meinen Beruf immer wieder Männer kennen, die mich ein Stück auf diesem Weg begleiten – oder hätten Sie etwas dagegen, eine Nacht mit Oli P., Sasha oder Til Schweiger zu verbringen – auch wenn der Arme ja jetzt verheiratet ist? Und wenn ich genug von ihnen habe, dann entscheide ich, wann Schluss ist. Schließlich muss auch das Single-Leben einige Vorteile haben. Oder finden Sie das etwa nicht?«

»Ich gebe Ihnen vollkommen Recht, Frau Biwak«, sage ich und strahle sie an. Natürlich tue ich das. Schließlich bin ich vollkommen begeistert von dieser Frau – und ich frage mich, ob ich sie nicht auch ein Stück ihres Weges begleiten sollte. Vielleicht ist der Zufall doch auf meiner Seite – und hat mir gleich bei meinem ersten Interview einen Haupttreffer beschert – die Frau, mit der ich meine Zukunft teilen soll? Zumindest ist sie mir so sympathisch geworden, dass ich sage:

»Ich finde Ihre Ansichten bemerkenswert, Frau Biwak. Ich könnte mir gut vorstellen, einmal ein eigenes Interview darüber zu führen. Vielleicht sollten wir uns zum Abendessen treffen und den einen oder anderen Aspekt etwas näher beleuchten?«

Als Susanne Biwak gerade auf mein Angebot reagieren will, zischt Konstanze mich an:

»Denk an deinen Schwur, Gregor. Mach nichts, was du hinterher vielleicht bereust!«

»Was denn für ein Schwur?«, fragt Susanne Biwak.

Wieder ist es Konstanze, die als Erste antwortet – womit sie mir, ganz ohne Absicht natürlich, die Möglichkeit nimmt, selber etwas zu sagen.

»Wissen Sie, Gregor hat endgültig genug vom Single-Dasein. Er hat geschworen, keine Affären mehr zu haben – und die nächste Frau, mit der er sich einlässt, will er vor den Traualtar führen. Süß, nicht wahr?«

Susanne Biwak nickt zustimmend – und mir wirft sie einen enttäuschten Blick zu. »Sehen Sie: Das ist das Deprimierendste für eine allein stehende Frau. Die interessantesten Männer sind in der Regel verheiratet – oder sie sind in festen Händen. Und bei Ihnen, Gregor, läuft es dann ja mehr oder weniger auf dasselbe hinaus. Sehr schade!«

»Aber nein«, winke ich ab. »Meine Kollegin hat das nicht ganz richtig dargestellt. Natürlich hege ich gewisse Heiratsabsichten – aber bei einer so selbstbewussten Frau wie Ihnen würde ich die Dinge niemals allzu eng betrachten …«

Konstanze hüstelt nervös und klopft auf ihre Uhr:

»Mensch, Gregor. Wir sind furchtbar spät dran. Wir müssen dringend aufbrechen, wenn wir unseren nächsten Termin nicht verpassen wollen. Und außerdem denke ich, dass wir von Frau Biwak genug gehört haben. Sag also artig danke. Und dann müssen wir los!«

Toll, Konstanze! Vielen Dank! So habe ich mir ihre Rolle als Brautberaterin nicht gerade vorgestellt. Aber es ist nichts mehr zu machen. Susanne Biwak ist inzwischen aufgestanden und sagt:

»Ja, dann darf ich Sie an die Tür bringen. Und ich bin sehr gespannt, was ich über mich lesen werde. Ich hoffe doch sehr, dass es nichts Schlechtes sein wird.«

»Keine Sorge, Frau Biwak. Sie sind eine beeindruckende Frau – und genau so werden wir Sie auch darstellen. Und wenn Sie wollen, leiten wir Ihnen gerne die Fanpost zu, die wir in der Regel als Reaktion auf solche Artikel erhalten.«

»Ich habe nichts dagegen – vielleicht ergibt sich ja die eine oder andere … Abwechslung daraus.«

Sie ist inzwischen vor uns durch das Wohnzimmer gegangen und steht nun an der Tür. Konstanze und sie geben sich die Hand, und ich spüre, dass es im gleichen Augenblick um zehn Grad kälter in der Wohnung wird. Meine Lieblingskollegin ist schon im Treppenhaus verschwunden, als Susanne Biwak mir ihre Hand entgegenstreckt.

»Ich wünsche Ihnen viel Erfolg bei der Hochzeit. Und bei der Suche nach der richtigen Frau dafür.«

»Das Gleiche wünsche ich Ihnen«, sage ich. Doch meinen Flirtversuch vereitelt sie, indem sie einfach zu Boden sieht. Erst im letzten Augenblick hebt sie den Blick und sagt:

»Die Eifersucht Ihrer Kollegin ist rührend. Und sie ist eine wunderbare Frau – vielleicht sagen Sie ihr einfach, dass ich gar nichts gegen sie habe.«

Ich sehe Susanne Biwak irritiert an. »Konstanze eifersüchtig? Ich glaube, Ihre Menschenkenntnis ist bei Männern ausgeprägter als bei Frauen, Frau Biwak. Konstanze und ich, wir sind so etwas wie Geschwister füreinander.«

»Wie Sie meinen, Herr Hamdorf. Schließlich kenne ich Sie beide erst eine halbe Stunde …«

»… und ich kenne Konstanze schon viele Jahre«, ergänze ich.

»Aber vielleicht doch nicht so gut, wie Sie denken«, sagt sie und lächelt mich an wie eine Wahrsagerin, die geradezu vor geheimem Wissen überquillt.

»Wer weiß«, sage ich und gebe ihr noch einmal die Hand. Dieses Mal weicht sie meinem Blick nicht aus, und für ein paar Sekunden schauen wir uns in die Augen. Doch offenbar habe ich auch bei der Kunst des Tief-in-die-Augen-Sehens erheblich nachgelassen. Denn Susanne Biwak löst sich von meinem Blick und sagt lächelnd:

»Ich mag Sie, Herr Hamdorf. Aber als Mann für gewisse Stunden sind Sie überhaupt nicht mein Typ. Von daher: Das zweite Interview brauchen wir gar nicht zu führen.«

Im gleichen Augenblick ruft Konstanze von unten durch den Hausflur: »Kommst du, Gregor?«

»Ja, sofort«, rufe ich zurück. Dann sage ich zu Frau Biwak: »Ab und zu erfüllt es einen Mann mit Stolz, einen Korb zu bekommen. Von daher: Vielen Dank.«

»Gern geschehen«, sagt sie.

Ich laufe einige Stufen hinunter, drehe mich dann aber noch mal nach ihr um. Sie steht im Rahmen ihrer Wohnungstür.

»Eine letzte Frage: Was ist Biwak eigentlich für ein Name? Türkisch vielleicht?«

»Nein, überhaupt nicht. Mein Vater war Polarforscher, vielleicht haben Sie von ihm gehört? Ganz und gar deutsch.«

Ich winke ihr noch einmal zu und stürme dann hinter Konstanze her. Die sitzt bereits im Auto und hat den Motor angelassen.

»Na – habt ihr es doch geschafft, euch zu verabschieden?«

»Wie du siehst«, sage ich knapp.

Ich sitze noch nicht richtig auf dem Beifahrersitz, als Konstanze auch schon aufs Gaspedal drückt und mit quietschenden Reifen davonbraust. Ich spare mir jeden Kommentar über ihren Fahrstil, und so fahren wir eine ganze Weile schweigend durch den sommerlichen Stadtverkehr. Erst nach einer ganzen Weile sage ich:

»Und?«

»Was und?«

»Wie fandest du unsere Frau Biwak?«

»Meinst du jetzt als Frau an sich? Oder als potenzielle Ehefrau meines Kollegen Gregor Hamdorf?«

»Beides«, sage ich und überhöre geflissentlich ihren spitzen Tonfall. Schließlich habe ich keine Lust, mich an diesem Tag schon wieder mit Konstanze zu streiten.

»Sie erinnert mich an meine alte Freundin Karoline, mit der ich zusammen zur Schule gegangen bin. Wir waren jeden Tag zusammen. Konstanze und Karoline – die anderen nannten uns nur die K-&-K-Monarchie, weil wir herumstolzierten wie kleine Königinnen. Aber eigentlich gab es nur eine Königin, und das war Karoline. Ich war die Zofe und Dienerin und Untertanin, alles in einer Person. So etwas gibt es bei befreundeten Frauen gar nicht so selten: Eine ist fürs Bewundern zuständig und die andere fürs Bewundertwerden. Ich erinnere mich genau daran: Eines Tages merkte ich, dass Karoline außer mir keine anderen Freundinnen hatte. Eigentlich redete sogar niemand mit ihr, und niemand wollte etwas mit ihr zu tun haben. Karoline rächte sich dafür und machte vor mir alle anderen schlecht. Und ich sollte auch nur mit ihr reden und mit niemandem sonst. Seit dem Tag, an dem ich merkte, wie einsam sie eigentlich war, veränderte sich unsere Freundschaft. Weil ich Karoline nicht mehr bewundern konnte. Eigentlich tat sie mir sogar Leid. Als sie das spürte, hat sie mir von einem Tag auf den anderen die Freundschaft gekündigt. Sie meinte, ich sei ein falsches, verlogenes Biest und sie selbst sei viel zu schade für mich. Dann hat sie sich eine andere gesucht, die dann, genau wie ich zuvor, treu und ergeben hinter ihr hergedackelt ist.«

»Und Susanne Biwak, die ist wie Karoline?«

»Das glaube ich. Nur dass sie keine Frauen, sondern Männer nimmt, die sie bewundern und bedienen müssen. Und ich glaube, dass drei Viertel von dem, was sie uns erzählt hat, gelogen ist.«

»Als sie uns ihre Einrichtung zeigte, hatte ich das Gefühl, die Wohnung einer Einsiedlerin zu besichtigen. Einer einsamen Frau. Das Gefühl hat sich erst später gelegt«, sage ich.

»Und bei mir war es umgekehrt. Ich war erst begeistert – schließlich könnte man so eine Wohnung ohne Probleme auf der Titelseite von ›Schöner Wohnen‹ abbilden. Toll. Wenn ich nur etwas mehr Zeit für meine Wohnung hätte … Aber später, als sie diese Geschichten von ihren

Männern und den Stars und den One-Night-Stands erzählte. Da merkte ich, dass das Ganze eine Rolle ist, die sie uns vorspielt. Und dass sie sich einfach nach jemandem sehnt, der sie aus ihrem Gefängnis befreit, das sie sich selbst gebaut hat.«

Ich weiß natürlich, dass Konstanze Recht hat. Ich habe es schon die ganze Zeit gewusst. Dass ich es mir erst jetzt eingestehe, hat einen ganz einfachen Grund: Als ewiger Single habe ich mir angewöhnt, Menschen nicht zu weit zu hinterfragen. Denn das verringert die Chancen, mit ihnen im Bett zu landen. Singles, die auf Sex nicht verzichten wollen, sind Schauspieler. Sie spielen eine Rolle, und sie akzeptieren es, dass andere es auch tun. Darum muss man sich am nächsten Morgen auch schnellstmöglich entkommen. Spätestens, wenn man aus der Dusche kommt, sieht man den Schauspieler hinter der Maske – und das gibt einen schalen Geschmack auf der Zunge. Ich sage:

»Also das ewige Single-Dilemma. Im Grunde sehnst du dich nach einem Partner. Aber gleichzeitig weißt du, dass nichts so abstoßend ist wie Einsamkeit. Du fängst an, eine Rolle zu spielen – die Rolle vom glücklichen, unabhängigen Leben. Aber nach ein paar Jahren bröckelt die Schminke auf deinem Leben, und deine wahren Gefühle werden sichtbar. Und dann hast du nur noch die Chance, mit einem Menschen zusammenzukommen, der ähnlich frustriert ist wie du selbst. Und selbst wenn du diesen Menschen wirklich magst, verachtest du ihn im Grunde – weil er genauso einsam ist wie du ...«

Konstanze reduziert ihre Geschwindigkeit auf ein halbwegs erlaubtes Maß. Dann wirft sie mir einen Seitenblick zu – gefährlich lange angesichts der Tatsache, dass sie am Steuer sitzt. Sie schüttelt den Kopf, sie lacht und sagt:

»Gregor Hamdorf, du bist doch wirklich immer für eine Überraschung gut! Tief in dir bist du nämlich ein sensibler Mann. Einer, der von Menschen gar nicht so wenig versteht, wie man meinen könnte – zumindest, wenn man die ganzen Macho- und sonstigen Sprüche kennt, die du ständig machst.«

»Sieh auf die Straße, Herzchen. Oder lass mich fahren«, sage ich mit kaltschnäuziger John-Wayne-Stimme. Dann zünde ich mir eine Zigarette an, lege die Beine aufs Handschuhfach und genieße still und heimlich das Kompliment, das mir Konstanze gerade gemacht hat. Hat sie am Ende sogar Recht, und ich bin wirklich sensibel? Was für ein furchtbares Wort! Sensibel: Das klingt nach schlechtem Liebhaber, nach »Lass uns Freunde bleiben«, nach »Mit dir kann man so toll reden, und jetzt nimm die Hand von meinem Busen«. Tatsache! Es gehört zu den größten Fehlern, die ein Mann machen kann, zu verständnisvoll zu sein. Es führt unweigerlich dazu, dass Frauen einen mit ihrer besten Freundin verwechseln. Und sich früher oder später einen anderen suchen, der noch die echten Kerl-Qualitäten hat …. Meine Gedanken machen sich in Form eines tiefen Seufzers Luft. Konstanze sieht mich spöttisch an:

»So nachdenklich, Gregor? Vielleicht führt unsere Recherche ja noch dazu, dass du dir ernsthaft Gedanken machst über Männer und Frauen und das, was zwischen ihnen vorgeht.«

»Das habe ich gerade«, sage ich.

»Und?«

»Es geht nicht.«

»Was geht nicht?«

»Na, Männer und Frauen und das, was zwischen ihnen vorgeht. Du kennst doch meine Ansicht: Es ist reiner Zufall, dass unsere beiden Spezies diesen Planeten gemeinsam bewohnen. Eigentlich stammen Männer und Frauen aus unterschiedlichen Galaxien. Es ist einfach nur lange her, dass unsere Raumschiffe hier gestrandet sind, und darum haben wir es vergessen. Aber deswegen sollten wir uns nicht einbilden, dass es so etwas wie Frieden zwischen uns geben kann.«

»Warum wirst du nicht schwul?«, fragt sie. »Das wäre doch die sauberste Lösung.«

»Habe ich mir auch schon überlegt.«

»Und?«

»Ich bin einfach zu neugierig. Du kennst doch den Vorspann von ›Raumschiff Enterprise‹: Unendliche Weiten, fremde Planeten erforschen und so. Eine Frau kennen zu lernen ist nichts anderes. Und wenn ich merke, dass es zu gefährlich wird …«

»… Beam me up, Scotty.«

»Genau. Man sollte sich möglichst schnell verdrücken – das spart ungeheuer Nerven.«

»Aber damit soll ja jetzt Schluss sein. Gregor Hamdorf sucht sich einen neuen Heimatplaneten. Das Leben als einsamer Raumfahrer findet ein Ende«, sagt Konstanze belustigt.

»Ich hoffe, es gibt ihn, den richtigen Heimatplaneten für mich. Jedenfalls träume ich davon: mit hohen Bergen und tiefen Tälern, mit dichten Wäldern und feuchten Sümpfen …«

»Idiot«, sagt Konstanze nur. Aber sie meint es nicht böse. Und außerdem müssen wir unser Gespräch sowieso beenden, denn wir erreichen gerade das Haus, in dem unser nächster Termin wohnt.

Konstanze parkt ihr Cabrio ein wie immer: mit ungefähr sechzig Stundenkilometern und so, dass die Reifen exakt parallel zum Bordstein stehen. Mit anderen Worten: Irgendetwas stimmt nicht mit ihr oder zumindest mit ihrem Frau-Sein. Sie fährt einfach zu perfekt, und sie richtet beim Ein- und Ausparken keine nennenswerten Schäden an. Ich habe leider keine Zeit, mir jetzt nähere Gedanken darüber zu machen. Vielleicht nur so viel: Eine Frau, die einparken kann – das ist entweder ein wahr gewordener Traum oder irgendeine linke Nummer, die etwas mit Geschlechtsumwandlung zu tun hat.

Es ist ein merkwürdiger Zufall, dass Konstanze und ich gerade das Thema Homosexualität angesprochen haben. Das jedenfalls denke ich, als uns Ludger Schmitz die Tür öffnet und mit einer butterweichen Stimme sagt:

»Guten Tag. Sie sind die beiden Reporter vom Magazin? Welche Ehre, Sie in meinem bescheidenen Heim begrüßen zu dürfen. Kommen Sie doch herein.«

Es sind nicht seine Worte, die mich irritieren. Es ist mehr die Tatsache, dass an diesem Mann jeder Steilwand-Kletterer scheitern würde – so glatt ist er. Er trägt einen gut geschnittenen, dunklen Anzug, natürlich mit Einstecktuch. Seine nackten Füße stecken in ein paar Lederslippern, und jeder Schritt, den er macht, ist beschwingt und lässig. Und trotzdem taxiert er uns auf eine intelligente, durchdringende Art und Weise. Uns – das heißt in erster Linie mich. Als wir uns begrüßen, will er meine Hand gar nicht mehr loslassen – und er wirft mir dabei einen Blick zu, der mich an einen Sommertag kurz vorm Gewitter erinnert. Konstanze dagegen würdigt er nur eines kurzen Blickes. Nun, warum auch nicht – das ist Gleichberechtigung.

Es passiert immer das Gleiche, wenn Hetero-Männer auf Schwule treffen: Auf einmal sind sie nicht mehr die coolen Baggerkönige, die selbst die Regeln bestimmen. Ein schwuler Mann kann einen ansehen, wie wir Heteros sonst nur Frauen in den Blick nehmen: als Beute, als Stück Fleisch, als Tortenstück, das man entweder gleich vernaschen oder noch eine halbe Stunde in den Kühlschrank stellen kann. Und das macht uns Heteros ungeheuer nervös.

Bei Frauen ist es ja inzwischen umgekehrt: Man kann sich als weibliches Wesen in keiner Szenekneipe mehr blicken lassen, wenn man nicht mindestens einen schwulen Freund hat. Noch höher im Kurs steht ein schwuler Mitbewohner. Tatsache aber bleibt, dass diese Phantasie ganz offensichtlich der aktuellen Frauenliteratur entsprungen ist (»Suche homosexuellen Mann fürs Leben«; »Fisch sucht impotentes Fahrrad«). So kommt es, dass Frauen Schwule für ungeheuer einfühlsame, kunstinteressierte und gut gekleidete Wesen halten, die ständig die Wohnung putzen, tiefsinnige Gespräche führen und das Gegenteil von einem Macho sind. Ich hoffe daher inständig, dass ich bei Konstanze keine Aufklärungsarbeit leisten muss. Sprich: ihr sagen muss, dass es mindestens genauso viele Schwule gibt, die Frauen für ungefähr so schleimig und unhygienisch halten wie frisch geschlüpfte Lurche, die dicke Schnauzbärte tragen und Lederhosen und gegen die ein Hetero-Macho ein Mega-Softie ist.

Das Problem ist nur: Ludger Schmitz ist offensichtlich kunstinteressiert, gut gekleidet und ungeheuer einfühlsam.

Er führt uns in einen großen Raum, der eher einer Kunstgalerie als einem Wohnzimmer gleicht. An den Wänden hängen unzählige alte und neue Gemälde in zarten Farben, nicht wenige davon in schweren, goldbeschlagenen Rahmen. In den Ecken stehen moderne Designerlampen, dazwischen beeindruckende Skulpturen. Die gläserne Schreibtischplatte wird von zwei griechischen Marmorsäulen getragen. Und neben dem Fenster steht eine Kleiderstange, an der eine Reihe dunkler Anzüge hängt, die ungefähr mein Jahreseinkommen wert sein dürften. Mit anderen Worten: Ludger Schmitz' Wohnung ist das reinste Museum.

»Tut mir Leid, wenn es unordentlich ist. Ich wollte gerade aufräumen. Aber dann klingelte das Telefon. Immer nur Geschäfte – man kommt gar nicht mehr zu den schönen Dingen des Lebens. Aber setzen Sie sich doch. Darf ich Ihnen einen Cappuccino anbieten? Oder vielleicht ein Glas Wein? Ich habe einen ganz hervorragenden Banyuls Rimage da – ausgesprochen köstlich. Nun, setzen Sie sich doch, meine Lieben. Ist doch sonst so ungemütlich …«

Ludger Schmitz wirft mir noch einen eisgrauen Blick zu – die Farbe seiner Augen – und verschwindet dann tänzelnd in der Küche. Konstanze sitzt neben mir, ihre Augen leuchten wie die einer Achtjährigen, die zum Geburtstag die neue Barbiepuppe geschenkt bekommt. Ich sage:

»Hat er gerade unordentlich gesagt? Und wieso wollte er aufräumen? Hier ist es … hygienisch, um es einmal untertrieben auszudrücken.«

»In Sachen Ordnung solltest du nicht von deinen Maßstäben ausgehen«, antwortet Konstanze. Sie hat natürlich Recht. Bakteriologisch gesehen, dürfte ich schon gar nicht mehr leben – dass ich es dennoch tue, beweist nur, dass der Mensch eine widerstandsfähige Existenzform ist. Ich knurre Konstanze an und sage:

»Und hör endlich auf, so zu strahlen. Ja, seine Wohnung

ist schön. Aber ansonsten ist er ein aufgeblasener, dekadenter Kunsthändler, der hoffentlich eines Tages Susanne Biwak kennen lernt, damit sie ihm die Wohnung einrichtet! Ihre Wohnung war geradezu geschmackvoll im Vergleich zu dieser Mischung aus Galerie und Saunaclub.«

Konstanze legt sich den Finger auf die Lippen. »Psst! Nicht so laut, Gregor.«

»Ich habe keine Geheimnisse«, sage ich. »Immerhin bin ich hier das potenzielle sexuelle Opfer. Und nicht du!«

Konstanze kichert. »Weißt du, was der große Unterschied zwischen Männern und Frauen ist, wenn es um Schwule geht?«

»Ich bin gespannt.«

»Sobald Hetero-Männer das Wort schwul hören, denken sie nur noch an Sex und andere unanständige Dinge. Als wenn Schwule nichts anderes machen würden, als Orgien zu feiern.«

»Was tun sie denn anderes?«, werfe ich ein. Aber Konstanze beachtet mich gar nicht. Stattdessen fährt sie fort:

»Uns Frauen dagegen interessiert logischerweise die sexuelle Seite an Schwulen überhaupt nicht. Wir sind einfach immer wieder begeistert von der Tatsache, dass es Menschen gibt, die einen Schwanz haben und trotzdem eine geschmackvoll eingerichtete Wohnung besitzen, Ordnung halten und mit einer Frau ein kultiviertes Gespräch über die Kunst des achtzehnten Jahrhunderts führen können, ohne ihr dabei auf den Busen zu starren.«

»Amen«, sage ich. Und dann: »Ich glaube, die unglücklichsten Menschen der Welt sind Schwule, die nicht wie Dressmen gekleidet sind und nichts von Kunst verstehen. Nach Ansicht von euch Frauen dürfte es sie ja gar nicht geben – aber es gibt sie. Glaube es mir.«

Zum Glück wird unsere kleine Diskussion von Ludger Schmitz unterbrochen, der gerade mit einem Tablett das Zimmer betritt, auf dem drei Sammeltassen mit duftendem Cappuccino stehen.

»Wie süß mögen Sie es denn?«, fragt er dann. Ich zucke zusammen. Konstanze lächelt.

»Zwei Stücke für mich, bitte«, zwitschert sie gut gelaunt.

»Schwarz und bitter«, sage ich trocken.

Er stellt die Tassen mit einer galanten Bewegung vor uns auf den Glastisch. Dann setzt er sich in einen tiefen Ledersessel, mustert uns eine Weile schweigend und sagt dann:

»Nun, meine Lieben – was wollen Sie wissen?«

»Alles: Bett, Beruf, Beziehungen«, sagt Konstanze. »Und was es heißt, ein Single zu sein. Darum soll es schließlich in unserem Artikel gehen.«

»Haken wir das Thema Beruf schnell ab«, sagt Ludger Schmitz. »Ich bin Galerist, ich bin erfolgreich, ich habe es mit meiner Kunst zu … sagen wir Wohlstand gebracht. Viel mehr kann ich dazu nicht sagen. Ich wünschte mir nur, es würde bei den Themen Bett und Beziehungen ähnlich gut laufen. Aber davon bin ich leider weit entfernt.«

»Möchten Sie denn heiraten? Immerhin dürfen Sie (Konstanze machte an dieser Stelle eine vieldeutige Handbewegung) das ja seit neuestem.«

»Heiraten, meine Liebe? Ich weiß nicht. Ja, warum nicht? Wenn ich den richtigen Mann finde …«

»Sind Sie denn schon lange solo?«

»Lange? Was für ein mickriges Wort. Eine Ewigkeit! Es kommt mir vor wie mein ganzes Leben. Nur mein Kalender überzeugt mich davon, dass es erst drei Jahre sind.«

»Sie haben sich getrennt?«

»Ich bin verlassen worden«, sagt Ludger Schmitz mit todernster Miene – und es ist das erste Mal, dass er Konstanze eines intensiveren Blickes würdigt. Um nicht zu sagen: Er sieht ihr tief in die Augen, als würde er ihr gerade offenbaren, dass sein Leben in Kürze zu Ende geht. Dann wendet er sich ab und blickt eine Weile melancholisch auf den großformatigen Monet an der Wand – ich befürchte, es ist keine Kopie. Er sagt: »Aber das Allerschlimmste daran ist: John hat mich wegen einer Frau verlassen. Können Sie sich das vorstellen? Das ist so, als hätte er mich wegen einer Einladung zum Abendessen sitzen lassen. Oder wegen eines Hundes. Oder weil ihm meine Wohnungseinrichtung nicht gefällt. Natürlich stand unsere Beziehung ohnehin unter einem unglücklichen Stern. John ist Amerikaner, wissen Sie. Und wir haben uns nur alle paar Monate gesehen …«

Es wird Sie nicht wundern, dass Konstanze nicht gerade neutral auf diese Offenbarung reagiert. Um genau zu sein, landet ungefähr die Hälfte ihres Cappuccinos auf dem tibetanischen Teppich unter unseren Füßen, als sie mit zitternden Händen ihre Tasse auf den Tisch stellt.

»Ach, meine Liebe, machen Sie sich keine Gedanken. Das olle Ding geht mir sowieso auf die Nerven. Ein paar Flecken mehr schaden da gar nicht«, sagt Ludger großzügig – und sieht Konstanze dennoch an, als wäre sie ein Schleim spuckendes Monster, das nach und nach seine Wohnung ruinieren wird. Aber Konstanze ist weit davon entfernt, das zu bemerken. Sie streicht sich nervös eine Haarsträhne aus dem Gesicht, die natürlich sofort wieder an die alte Stelle fällt.

»War das eine deutsche Frau, die, wegen der John Sie verlassen hat? Wie sieht sie aus?«, fragt sie mit nervöser Stimme, während sie weiter manisch ihre Haarsträhne bearbeitet. Konstanze macht das immer, wenn ihre Nerven einer ernsten Probe unterzogen werden – so wie jetzt. Dabei ist nicht sie es, deren Gefühle gerade gefährlich auf einen Abgrund zurasen. Ludger Schmitz steht auf, macht einige Schritte ans Fenster und sieht eine Weile hinaus – ganz so, als wären wir gar nicht da. Dann dreht er sich mit einer theatralischen Bewegung um und sagt:

»Wenn ich nur daran denke, wird mir ganz schwindelig. Dieser treulose, schreckliche Mann! Wenn er mich wenigstens wegen eines gut gebauten, starken, wilden Kerls verlassen hätte. Aber ausgerechnet eine Frau! Was für eine Erniedrigung.« Er schließt die Augen, wirft den Kopf in den Nacken und legt den Handrücken an die Stirn – und verharrt eine Weile in dieser Position, die an eine antike Statue erinnert – Konstanze und ich haben das Gefühl, einer geprobten Aufführung beizuwohnen.

Plötzlich aber löst sich Ludger Schmitz aus seiner Pose, als würde er aus einer Trance erwachen. Sein Gesicht hat Farbe bekommen, und er sieht uns mit einer eigentümlichen Mischung aus Stolz und Scham an.

»Na ja, vergessen Sie das Ganze. Es ist ja auch vorbei … Was möchten Sie sonst noch wissen?«

»Aber nein«, sagt Konstanze, wie aus der Pistole geschossen. Ihre Neugier ist nun nicht mehr zu bändigen. Sie will die Wahrheit wissen – selbst wenn sie schmerzhaft wäre.

»Erzählen Sie ruhig weiter. Was ist zum Beispiel mit der Frau? Kennen Sie sie?«

»Welche FRAU?«, fragt Ludger Schmitz. Und er lässt keinen Zweifel daran, dass er das Wort nur höchst ungern ausspricht.

»Die, wegen der Ihr Liebhaber Sie verlassen hat.«

»Diese Person! Ha«, ruft der gerade noch so seriöse Galerist empört. »Was soll mit ihr sein? Ich habe keine Ahnung. Ich weigere mich, sie kennen zu lernen. Es würde ein Drama geben, ich schwöre es Ihnen. Sie würde auf der Stelle feststellen, dass ich das bessere Make-up trage, die höheren Absätze und die teurere Wäsche. Sie würde sich etwas antun! Ganz bestimmt würde sie das! Und wenn sie es nicht selbst tut, dann tue ich es! Ich kann vollkommen unberechenbar werden, wenn die Leidenschaft mich packt. Das trauen Sie mir nicht zu? Täuschen Sie sich nicht!«

Ludger Schmitz macht eine kunstvolle Pause und wischt sich eine unsichtbare Träne von der Wange. Dann stöhnt er dezent auf und sagt leise: »Aber was rede ich da nur wieder für einen Unsinn! John und ich waren ein schönes Paar. Er war ja so musikalisch … ein traumhafter Mann. Auch wenn er nicht mehr ganz jung war.«

Konstanze stößt einen spitzen Schrei aus und sinkt in die Sofakissen zurück. Das ist zu viel: Der John, um den es hier geht, ist nicht nur Amerikaner und fortgeschrittenen Alters – er ist auch noch Musiker!

Auch ich beginne mir jetzt ernsthafte Sorgen zu machen. Die absurdesten Zufälle denkt sich bekanntlich das Leben selbst aus. Sind wir gerade dabei, ihren großartigen, heiß geliebten John als ehemaligen Homosexuellen zu outen, der ein Leben hinter sich hat, von dem er Konstanze noch nie ein Wort erzählt hat?

Ludger Schmitz scheint sich alle Mühe zu geben, diesen Eindruck zu erwecken – auch wenn er keine Ahnung haben dürfte, wer Konstanze eigentlich ist – nämlich seine viel gehasste Nachfolgerin! Jedenfalls sagt er jetzt:

»Ich weiß nur, dass sie wohl eine Kollegin von Ihnen ist. Eine Schreiberin. Eine Pressetante. Mehr weiß ich nicht.«

Konstanze entfährt ein weiterer schriller Schrei. Ich hätte es nicht für möglich gehalten, dass die immer coole, immer die Haltung bewahrende Konstanze Bülow derart die Fassung verlieren kann.

»Gib mir eine Zigarette«, zischt sie mir zu.

»Aber bei mir wird nicht geraucht. Die Bilder, verstehen Sie …«, sagt Ludger Schmitz. Aber das interessiert Konstanze kein Stück. Sie zieht eine Zigarette aus der Packung, steckt sie mit zitternden Händen an. Dann zieht sie ungefähr die halbe Zigarette mit einem einzigen Zug in sich hinein – und lässt den Rauch anschließend mit einem langen Seufzer in den Raum entweichen.

»Dieses kleine Miststück«, murmelt sie. Ganz offensichtlich hat Konstanze ihren ersten Schrecken überwunden und ihren alten Kampfgeist wieder gefunden.

»Aber was habe ich denn getan? Ich verstehe nicht …«, flüstert Ludger Schmitz und starrt uns verängstigt und misstrauisch an.

»Nichts. Gar nichts«, sage ich und versuche, ihn zu beruhigen. »Ich schlage dennoch vor, dass wir der Wahrheit ganz ins Gesicht sehen! Haben Sie zufälligerweise ein Foto von Ihrem John?«

Ludger Schmitz sieht mich entgeistert an. »Aber wieso denn? Ich denke, Sie schreiben eine Geschichte über Singles? Und nicht über verflossene Liebhaber! Ich weiß nicht, ob ich es ertrage, Johns Gesicht zu sehen. Ich kann für nichts garantieren!«

»Sie müssen es nicht ansehen. Zeigen Sie es uns einfach nur«, sage ich. Konstanze wirft mir einen dankbaren Blick zu. Sie ist längst nicht mehr in der Lage, auch nur ein Wort zu sprechen. Stattdessen zündet sie sich die nächste Zigarette an.

»Haben wir noch das Material von unserer Geschichte über Waffenschmuggler?«, fragt sie nach einem weiteren tiefen Lungenzug mit Rambostimme.

»Lass mich raten – du meinst die Maschinenpistole?«

»Ich würde sie John zu gerne einmal zeigen. Und alles, was man damit machen kann.«

Ludger Schmitz ist inzwischen in einem anderen Zimmer verschwunden, wo wir ihn in einem Schrank wühlen hören. Offensichtlich hat er die Erinnerungen an seinen ehemaligen Liebhaber bereits tief vergraben. Mir bleibt nichts anderes übrig, als Konstanze zu beruhigen.

»Was wäre so schlimm daran, Lieblingskonstanze? John hat dir immer gesagt, dass er sich vor drei Jahren getrennt hat. Macht es einen so großen Unterschied, dass seine Ex-frau in Wirklichkeit ein Mann war?«

Konstanze sieht mich an, wie ein Metzger eine Schweinehälfte ansieht – sie ist bereit, mich zu zerlegen.

»Unterschied, Gregor? Wie kannst du so etwas fragen? Natürlich macht es keinen Unterschied … glaube ich jedenfalls. Schließlich bin ich eine moderne, aufgeklärte Frau und weiß, dass jeder Mann potenziell homosexuell ist. Aber er hätte es mir sagen müssen! Ich wüsste einfach sehr gerne, in welche Hälfte der Menschheit mein Freund und Lebensgefährte sein bestes Stück gesteckt hat. Ich glaube, dazu habe ich ein Recht, oder etwa nicht? Ich könnte damit leben, natürlich könnte ich das. Aber mit der Tatsache, dass er mich jahrelang belogen hat, damit kann ich nicht leben! Und er wird damit auch nicht leben können, das schwöre ich dir«, sagt sie. Und, ich traue meinen Augen nicht, sie schlägt klatschend die Faust in die offene Hand. Armer John.

»Hier. Ich habe es«, hören wir im gleichen Augenblick

Ludger Schmitz' Stimme im Nebenzimmer. »Ach, er war doch ein schöner Mann. Und dass er so klein war ... mich hat es nie gestört.«

Kurz darauf kommt er mit einem postergroßen Foto zurück, das einen asiatischen Balletttänzer bei einem Luftsprung zeigt. Darunter steht in rosa Schrift geschrieben: »The ART of JOHN HARUKAMI«.

Ich höre förmlich, wie die Steine, oder besser: Felsbrocken, Gebirgsketten, Planeten, von Konstanzes Herz fallen. Ihr John ist weder klein noch Asiate, noch heißt er Harukami – es ist nichts anderes als eine schreckliche, nervenaufreibende Verwechslung gewesen, über die sie in einigen Wochen oder Monaten einmal herzlich lachen wird. Jetzt aber ist sie davon noch sehr weit entfernt.

Ludger Schmitz setzt sich seufzend auf das Sofa. »John war ein begnadeter Tänzer. Selbst in seinem Alter noch. Und trotzdem schwöre ich es: Ich breche ihm seine kleinen Beinchen, wenn ich ihn noch einmal sehe. Ich breche sie ihm so, dass er keinen Schritt mehr gehen kann. Und dann kann er es sich überlegen, von wem er lieber gepflegt werden will. Von seinem ihn ewig liebenden Ludger. Oder von dieser ..., dieser FRAU!«

Während Ludger Schmitz eine finster entschlossene Miene aufsetzt, sinkt Konstanze neben mir auf dem Sofa zusammen, schließt die Augen und atmet eine Weile tief und gierig wie ein Taucher, dessen Sauerstoffflasche nicht voll gewesen ist und der mit letzter Not die Wasseroberfläche erreicht hat. Dann sagt sie:

»Herr Schmitz. Ich komme gerne auf Ihr Angebot mit dem Wein zurück. Und noch lieber wäre mir ein Schnaps, falls Sie so etwas haben.«

Ludger Schmitz nickt galant mit dem Kopf. Er springt

auf, geht hinaus und kommt kurz darauf mit einem Barwagen zurück. Der ist bestückt mit allem, was gut und teuer ist.

»Wer bei mir ein Gemälde für einhunderttausend Euro kauft, der hat schließlich auch das Recht auf einen guten Cognac zum Geschäftsabschluss. Daher bin ich gut ausgestattet. Wahlweise habe ich Whiskey, Weinbrand oder Sherry im Angebot«, sagt er lächelnd.

»Whiskey«, sagt Konstanze nur. Offensichtlich kämpft sie immer noch mit den Folgen ihres Schreckens – auch wenn dieser sich inzwischen in Luft aufgelöst hat.

»Genießen Sie ihn – zweihundert Jahre alt«, sagt Ludger Schmitz und reicht Konstanze ein Glas mit einer goldgelben Flüssigkeit. Konstanzes Reaktion entspricht wohl nicht ganz seinen Erwartungen: Sie kippt das Glas in einem kurzen, schmerzlosen Zug in sich hinein, schüttelt sich und sagt:

»Jetzt lebe ich wieder.«

»Und ich habe eine wunderbare Geschichte für deinen Geliebten, wenn er das nächste Mal wieder in Deutschland ist«, sage ich.

»Untersteh dich, du Schuft. Schwöre mir auf der Stelle, dass du John kein Wort davon sagen wirst!«

Mit betrübter Miene und gekreuzten Fingern hinter dem Rücken schwöre ich. Ludger Schmitz dagegen beobachtet uns mit zunehmendem Widerwillen. Ich kann es ihm nicht verdenken: Anstatt das verabredete Interview zu führen, benehmen wir uns, als wären wir vor kurzem aus einer Anstalt ausgebrochen. Wie gut, dass Fünkchen uns so nicht zu Gesicht bekommt – er würde sich wohl ernsthafte Sorgen um den guten Ruf des Magazins machen.

Offensichtlich hat sich auch Ludger Schmitz inzwischen seine Gedanken gemacht. Er sieht uns misstrauisch an und sagt dann zu Konstanze:

»Kennen Sie meinen kleinen John etwa?«

Konstanze gibt ein befreites Lachen von sich und schüttelt den Kopf.

»Zum Glück nicht. Ich habe Ihren John noch nie in meinem Leben gesehen. Und ich muss zugeben, dass ich sehr glücklich darüber bin.«

»Das kann ich zu gut verstehen, meine Liebe. Er ist ja auch ein unmöglicher Mensch, ein Herzensbrecher, ein Schwerenöter, die Treulosigkeit in Person. Aber ein begnadeter Tänzer ... und wenn ich ehrlich bin: Ich glaube, ich liebe ihn noch immer. Und vielleicht beantwortet das ja auch schon Ihre Fragen zu meinem Single-Dasein. Ich habe kein Herz mehr zu vergeben, denn meines wurde in tausend Stücke gebrochen. Und ich glaube nicht, dass sich das jemals wieder ändern wird. Ich habe daher nur eine einzige Hoffnung: dass John irgendwann feststellt, dass man mit Frauen einfach nicht zusammenleben kann. Vielleicht machen sie einen nicht einmal unglücklich. Aber sie sind einfach lästig. Und sie riechen so ekelhaft! ... Er wird das eines Tages auch merken und zu mir zurückkehren, ich bin mir ganz sicher. Wir werden ein glückliches Leben führen, ich werde ihn pflegen und umsorgen, und wir werden uns gemeinsam die Aufnahmen seiner besten Auftritte ansehen. Das ist mein Traum. Jetzt wissen Sie alles.«

Wir haben nicht vor, ihm zu widersprechen. Konstanze ist restlos mit den Nerven am Ende. Und auch ich habe keine Lust, mich weiter mit dem Thema Singles zu beschäftigen – ganz egal, ob es nun um Männer und Frauen, Männer und Männer oder Frauen und Frauen geht. Im Augenblick bin ich einfach nur heilfroh, dass ich Junggeselle bin. Denn das bedeutet, dass mich niemand zu Hause erwartet und ich einen herrlichen, ungestörten Abend vor dem Fernseher verbringen darf.

Ludger Schmitz bringt uns zu seiner Wohnungstür, nicht ohne noch einmal zu erwähnen, dass die Cappuccinoflecken auf seinem Teppich wirklich nicht schlimm wären – schließlich würde auch ein Fünfzigtausend-Euro-Teppich früher oder später einmal schmutzig. Konstanze lächelt tapfer. Wir geben Ludger Schmitz die Hand, was bei ihr ungefähr eine Sekunde dauert und bei mir fünf Minuten. Anschließend kündigen wir noch den baldigen Besuch unseres Fotografen an und stürmen dann durchs Treppenhaus in die Freiheit.

Wenige Minuten später brausen wir in Konstanzes Cabrio durch einen milden Sommerabend. Sie fährt absichtlich zu schnell, denn wir beide sind gierig nach einer kühlen Brise, die die trüben Gedanken aus unseren Köpfen wehen wird. Einmal mehr habe ich festgestellt, dass man es als Journalist permanent und ausschließlich mit Verrückten zu tun hat: Die Kollegen sind verrückt (jedenfalls die meisten), die Vorgesetzten sowieso, und ein Großteil unserer Kontaktpersonen, Informanten und Reportageopfer steht dem in nichts nach. Kein Wunder, dass fünfundsiebzig Prozent aller Reporter vor ihrem fünfundfünfzigsten Geburtstag berufsunfähig werden – und zwar keineswegs, weil sie einen Herzinfarkt oder einen Schlaganfall bekommen. Das sind im Zweifel noch die Glücklichsten von uns, weil ihr Körper die Notbremse zieht, bevor es ihr Geist tut. Nein, die allermeisten Journalisten geben wegen psychischer Defizite auf – und beim Magazin ist die Rate besonders hoch.

Wir kehren auf ein Abschiedsbier ins »Borcherts« ein. Um genau zu sein: Ich bestelle mir in proletarischer Tradition zwei Bier, von denen ich das erste in einem Zug in mich hineinschütte. Einer Frau würde ich diesen Anblick nicht zumuten. Aber bei Konstanze ist das etwas anderes – sie kennt mich zu gut, als dass ich irgendwelche meiner schlechten Angewohnheiten vor ihr verbergen müsste.

Konstanze nickt eine Weile vor sich hin. Dann sagt sie: »Eines habe ich heute gelernt – und vielleicht sollten wir es in einem kleinen Schlenker in unsere Story einarbeiten. Es ist vollkommen egal, ob man schwul ist, heterosexuell oder auf Tiere steht – man findet immer einen Weg, um unglücklich zu sein ...«

»... und trotzdem weiterzuleben«, ergänze ich ihren Satz. Sie stimmt mir zu, und darauf stoßen wir an.

»Darf ich dich etwas Persönliches fragen?«, will sie dann wissen.

»Ich dachte, du weißt schon alles Persönliche von mir.«

»Hast du schon mal ... mit einem Mann geschlafen?«

Ich schüttele den Kopf. »Nein. Und du?«

Sie sieht mich verdutzt an.

»Klar, mit einigen sogar«, sagt sie dann.

»Ich meinte eher, ob du es schon einmal mit einer Frau gemacht hast?«

Konstanze mustert mich prüfend – und sie hat allen Grund dazu. Haben wir uns nicht erst vor einigen Stunden geschworen, dass wir nicht mehr über unsere persönlichen sexuellen Angelegenheiten sprechen wollen? Nun, offensichtlich will sie bei ihrer überraschenden Offenheit bleiben. Sie nickt und sagt:

»Ja, habe ich.«

»Und? Kenne ich sie?«

»Nein.«

»War es schön?«

»Nun, ich sage mal so: Frauen wissen, wo die richtigen Knöpfe sind – was man von Männern nicht immer behaupten kann. Ich glaube, es gibt mehr Männer, die mit verbundenen Augen einen Automotor reparieren können, als solche, die die Anatomie einer Frau kennen – geschweige denn, sie richtig zu bedienen wissen.«

»Ich habe von Automotoren keine Ahnung«, sage ich.

»Das würde ich gerne einmal ausprobieren«, sagt sie. Und für eine kurze Sekunde starren wir uns in die Augen – lange genug, um irgendetwas ganz tief in mir drin in Fahrt zu bringen. Aber das muss eine Täuschung sein. Außerdem gelingt es mir, das Ganze mit einem langen Schluck aus meinem Bierglas wieder zu unterbrechen. Konstanze – natürlich sieht sie unglaublich gut aus. Und dazu ist sie auch noch ungeheuer intelligent, eine so seltene Mischung, dass sie wahrscheinlich das Ergebnis eines geheimen Klon-Versuches ist. Aber für mich ist sie einfach keine FRAU. Und wenn ich sie als Frau wahrnehmen würde, dann wäre jeder erotische Gedanke an sie eine Art Inzest. Schließlich ist sie so eine Art große – oder auch kleine – Schwester für mich.

Ich glaube, Konstanze hat ganz ähnliche Gedanken, denn sie sagt: »Ich glaube, wenn ich dich heute Abend erst kennen gelernt hätte, dann würde ich mir dich für eine Nacht angeln. Aber zu schade: Ich kenne dich halt schon seit Jahren. Also muss ich wieder eine wunderbare Sommernacht alleine verbringen.«

Sie sagt es und seufzt mir ins Ohr. Ich lege ihr einen Arm um die Hüfte und sage: »Schau dich um – das Angebot ist unbegrenzt. Guck mal, der da drüben zum Beispiel. Ist der nicht genau der Richtige für dich?!«

»Du meinst dieses gehirnlose Früchtchen mit den Plastikoberarmen? Der seiner Bekannten gerade erzählt, wie viele Liegestütze er schafft und dass Anabolika entgegen allen Gerüchten nicht auf die Potenz schlagen?«

»Genau. Ich meine den Typen mit dem beeindruckenden Bizeps und dem Waschbrettbauch. Ist der nicht ein süßes Häschen für eine Nacht?«

Konstanze lacht. Dann schüttelt sie den Kopf und sagt: »Ich würde fast so weit gehen, ihn mit nach Hause zu nehmen. Und zwar nur, um dir zu beweisen, dass Typen wie der schon gekommen sind, bevor sie sich auch nur die Unterhose ausgezogen haben. Aber bestimmt nicht, weil er die jeweilige Frau so unglaublich toll findet, sondern weil er sich selbst so unglaublich toll findet. Bodybuilding ist die öffentlichste Art von Selbstbefriedigung, die unsere Kultur hervorgebracht hat.«

»Das hast du schön gesagt. Vielleicht schreiben wir es auf einen Zettel, den wir dann unserem Arnold Schwarzenegger da vorne zustecken.«

»Glaubst du, dass er lesen kann? Ich bin mir nicht so sicher«, sagt Konstanze.

»Der arme Junge … aber jetzt bist du dran«, sage ich.

»Um dir ein Barbiegirl auszusuchen?«

Ich schüttele den Kopf. »Aber nein. Ich bin doch tabu, neuerdings. Nein – zeig du mir einen Mann, der dir gefällt.«

»Okay«, sagt sie und beginnt sich aufmerksam auf der Lokalterrasse umzusehen. Das ist gar nicht so einfach, denn es ist sehr voll. Auf den Bänken und an den Stehtischen drängeln sich die Gäste. Es sind – wie immer in dieser Gegend – erstaunlich viele schöne Menschen darunter. Schließlich nickt Konstanze zufrieden und zeigt quer durch das Lokal an einen der äußeren Stehtische. Natürlich – sie hat sich das perfekte Abbild von John herausgesucht: ein gut gekleideter Mittfünfziger mit angegrauten Schläfen und genau den richtigen Fältchen um die Augen, die Charme, Lebenserfahrung und Tatkraft verraten.

Ich muss ihr Recht geben – sie hat Geschmack. Aber das kann ich natürlich unmöglich zugeben. Also sage ich:»Jede Wette, der diskutiert nach dem Sex über Poststrukturalismus und die neue italienische Philosophie.«

Konstanze strahlt:»Das ist doch toll. Jedenfalls besser als Männer, die danach als Erstes fragen: Wie war es für dich, Baby? Sieh dir mal seine Hände an: Der ist sensibel, der Mann, bestimmt Künstler. Und weißt du, was das Schöne an Künstlern ist? Die haben auch tagsüber Zeit, mit mir ins Bett zu gehen.«

»Jaja, ich weiß«, sage ich.»Und nach dem Sex brauchst du dich nicht einmal anzuziehen, weil sie ein Aktporträt von dir machen. Stimmt's?«

»Stimmt«, sagt Konstanze zufrieden. Dann zeigt sie auf einen anderen Mann in der Menge – und wieder ist es mehr oder weniger dieselbe Sorte.

»Solche Typen fahren Volvo … ich wollte es dir nur sagen«, sage ich. Nach einer Weile ändert sich aber meine Stimmung, und ich sage kopfschüttelnd:»Du musst ihn wirklich lieben.«

»Wen?«, fragt sie verdutzt.

»Na, John. Wen sonst.«

Sie braucht eine Weile. Dann sagt sie:»Ja, natürlich. Ich liebe John.«

Trotzdem ist die Leichtigkeit des Abends auf einmal verschwunden. Das ist kein Wunder: Wir haben einen anstrengenden Tag hinter uns, und morgen und übermorgen dürfte es kaum besser werden. Wir trinken daher unser

Bier aus, bezahlen (nachdem Konstanze per Handy an der Theke angerufen und um den Besuch einer Bedienung an unserem Tisch gebeten hat) und verlassen das »Borcherts«.

Konstanze bringt mich nach Hause, und ich lasse den Abend bei einem Glas Wein auf meinem Balkon ausklingen. Dabei habe ich ein besonderes Spiel entwickelt: Es gibt Männer, die können Autotypen am Motorengeräusch erkennen. Ich mache dasselbe mit Frauen. Ich lausche auf den Klang ihrer Schritte auf der Straße unten und stelle mir dabei das jeweilige Modell vor:

– Kurzes lautes Klacken (Pfennigabsätze): hochgetunte Spitzenkarosse, kurvenreich und knappe Außenverkleidung.

– Dumpfes Schlurfen (Birkenstock-Galoschen): Ökologisches Sparmodell mit gestrickter Zusatzisolierung, bei Bedarf mit Rapsöl betankbar.

– Harter Absatz mit weichem Abrollgeräusch (Pumps): Mittelklassemodell mit Jeans und Trägertop, schwache Beschleunigung, aber ausdauernd auf der Langstrecke.

– Kaum wahrnehmbares Hopsen (China-Stoffschuhe): Importware, flache Karosserie, dafür zuverlässig und mit niedrigem Verbrauch.

Nachdem ich mir so meine jeweilige Vorstellung von der vorbeigehenden Dame gemacht habe, überzeuge ich mich mit einem kurzen Blick über die Brüstung von der Wirklichkeit. Natürlich liege ich jedes Mal voll daneben – was nichts anderes beweist, als dass Frauen ein kompliziertes Verhältnis zu Schuhen haben. Ich muss also noch ein wenig üben, bevor ich mich mit meiner Fähigkeit bei »Wetten dass …?« bewerben kann.

Es ist eine warme Nacht. Gegen Mitternacht schlurfe ich ins Schlafzimmer, streife mir die Kleider vom Leib und sinke nackt und zufrieden auf mein Bett. Warum nur habe ich mir vorgenommen zu heiraten – bin ich denn so nicht schon glücklich genug?

Malen nach Zahlen

Die folgenden Tage sind: hektisch. An sich kein ungewöhnlicher Zustand für einen Reporter. In meinem Vertrag steht ausdrücklich, dass ich damit einverstanden bin, mich tagelang nur von Kaffee zu ernähren, nicht zu schlafen, meine Augen am Computerbildschirm zu ruinieren und auf jede Form von Privatleben zu verzichten.

Diesmal jedoch stellen Konstanze und ich alle Rekorde ein. Bevor ich unsere Begegnung mit Susanne Biwak und Ludger Schmitz auch nur halbwegs verarbeitet habe, sitze ich auch schon wieder neben Konstanze im Auto – auf der Fahrt zu einem weiteren Single. Es ist ein herrlicher Sonnentag. Ich lehne mich im Beifahrersitz zurück und habe unter meiner Sonnenbrille die Augen geschlossen – eine ausgesprochen angenehme Art, mit dem Berufsstress umzugehen. Allerdings dauert es daher auch eine Weile, bis ich merke, dass wir die Stadt hinter uns gelassen haben und nun durch grüne Landschaft fahren.

»Wohin wollen wir eigentlich?«, will ich wissen.

»Nach Leer in Ostfriesland.«

»Aha«, stelle ich nüchtern fest. Ich bin durch nichts mehr zu erschüttern – schließlich hat mich mein Job auch schon früher an die entlegensten Orte dieser Welt geführt. Ladakh, Libyen, Los Angeles – und jetzt eben Leer. Offensichtlich bleibt mir bei dieser Geschichte nichts erspart.

Vielleicht darf ich dazu sagen: Leer ist die Inkarnation des Nichts. Eine wüstenhafte Einöde inmitten der norddeutschen Tiefebene. Ich kann mir nicht einmal vorstellen, dass es dort Singles geben soll.

Auf dem Programm steht eine Frau. Gisela Husch, achtundvierzig Jahre alt, verheirateter Single mit Dreizimmeretagenwohnung, Häkelgardinen und eingerahmten Puzzles an der Wand (Neuschwanstein, Hamburger Hafen, Venedig). Auf der Eichenfurniervitrine im Flur stehen Kinderbilder, denen nicht anzusehen ist, ob es Giselas Kinder oder Enkel sind. Sie kommt mit Zigarette zur Tür. Sie serviert uns den schlechtesten Kaffee, den ich seit langem getrunken habe. Sympathisch: Gisela Husch hat einfach keine Ahnung, was ein Cappuccino oder ein Caffé Latte ist, von einem Latte Macchiato ganz zu schweigen. Sie arbeitet bei einem Büroartikelhersteller in der Verwaltung. Und als Hobbys hat sie Kakteenzüchten, Kartenlegen und »Malen nach Zahlen« angegeben.

»Frau Husch – Sie sind verheiratet und trotzdem Single. Wie ist das möglich?«, fragt Konstanze gleich zu Anfang.

»Ja, genau«, sagt sie.

Wir warten eine Weile. Aber Giselas Gesprächskunst scheint bereits ausgeschöpft zu sein. Konstanze bleibt am Ball: »Sind Sie vielleicht geschieden? Ist Ihr Mann gestorben? Leben Sie getrennt?«

Sie nickt eifrig. »Wir leben getrennt.«

»Aber Sie denken nicht an Scheidung?«

»Nein. Wollen Sie einen Weinbrand?«

Wir stimmen beide zu – in der Hoffnung, dass ein Gläschen ihre Zunge lösen wird. Und tatsächlich. Nach einer halben Flasche Chantré, die Gisela weitgehend alleine bewältigt, wird sie gesprächig:

»Ich habe meinen Rainer ins Tierheim gebracht. Der fühlt sich da wohl. Das ist ganz reizend, wie die sich um den kümmern.«

»Rainer ist Ihr Hund?«, fragt Konstanze.

»Wieso mein Hund? Der liegt vorne im Körbchen. Rainer ist mein Mann. Aber groß ist der Unterschied nicht. Nachdem er arbeitslos wurde, hat er nur noch gefressen und geschlafen. Abends bin ich einmal um den Block gegangen mit ihm. Aber später wollte er das auch nicht mehr. Was brauche ich so einen Mann? Da bin ich doch lieber alleine.«

»Was haben Sie gemacht mit ihm?«

»Wie gesagt, ab ins Heim. Die haben das gar nicht gemerkt. Er hat sich ja nicht mehr rasiert und nicht die Haare geschnitten. Und wenn er getrunken hat, also eigentlich immer, war er auf allen vieren unterwegs. Er ist ja auch ein ganz Lieber. Beißt nicht, bellt nicht. Aber man hat auch nichts von ihm. Da lebt er jetzt seit drei Jahren. Ab und zu besuche ich ihn. Die vom Tierheim sagen, dass sie eine neue Familie für ihn suchen. Ich glaube nicht dran. Wer will denn so ein altes Tier noch haben?«

»Sind Sie denn gar nicht einsam?«

Gisela schüttelt den Kopf. »I wo! Vorher, als er noch auf der Arbeit war, hatte ich auch nichts von ihm. Tagsüber hat er gearbeitet, und abends war er in der Kneipe. Und ich durfte Essen kochen, putzen und das Programm umschalten, bevor wir eine Fernbedienung bekamen. Jetzt geht's mir richtig gut. Ich habe meine Ruhe, meine Wohnung, meine Arbeit. Ich bin jetzt eine unabhängige Frau. Da bin ich stolz drauf.«

»Wollen Sie sich wieder binden?«, fragt Konstanze.

Gisela Husch trinkt noch ein Gläschen.

»Wenn der Richtige kommt – warum nicht? Aber in meine Wohnung lasse ich keinen mehr. Am liebsten hätte ich einen Jungen, Knackigen. Der muss auch nicht zu schlau sein. Der könnte mir ab und zu bei was Schwerem anpacken helfen. Aber so ein alter Bock wie mein Rainer, so etwas kommt mir nicht mehr ins Haus. Ich bin zufrieden, ich will jetzt meine Ruhe haben.«

»Und wie sieht es mit Sex aus, Frau Husch?«

»Muss ich darauf antworten?«, fragt sie und sieht mich unsicher an.

»Ja«, sage ich kühl.

»Unten im Haus, da wohnt Hermann. Dessen Frau ist vor zwei Jahren gestorben. Herzschlag. Beim Wäscheaufhängen. Eigentlich mag ich ihn nicht. Riecht unangenehm, der Mann. Außerdem raucht er nicht. Dem mache ich die Wäsche. Bevor wir die Laken abziehen, einmal in der Woche, legen wir uns noch einmal drauf. Das macht er ganz ordentlich. Besser als mein Rainer seinerzeit. Ab und zu wechsel ich die Laken auch häufiger, zwei-, dreimal die Woche. Je nachdem, wie ich Lust habe.«

Wir bedanken uns bei ihr für das Gespräch und fahren zurück in die Stadt. Es ist das erste Mal seit langem, dass Konstanze und ich während der Fahrt kein einziges Wort miteinander wechseln.

Erst als wir den Wagen auf dem Parkplatz vom Magazin abstellen, sagt Konstanze:

»Tolle Frau.«

Ich nicke zustimmend.

»Sie ist der erste Single, dem ich glaube, dass er mit seinem Zustand zufrieden ist. Auf ihre Art nimmt sie sich alles vom Leben, was sie will.«

»Und was sie nicht will, entsorgt sie auf elegante Art ... zum Beispiel ihren Mann«, ergänzt Konstanze.

»Schade, dass sie nicht gerade ... fotogen ist. Sie hätte die Titelseite verdient. Ich kann es mir gut vorstellen: Super-Single Gisela oder: Wie ich lernte, ohne Mann glücklich zu werden.«

»Du hast Recht. Aber andererseits: Die will das doch gar nicht. Stell dir vor, was passiert, wenn wir jetzt etwas über sie schreiben: Die ganzen Zeitschriften kommen, die Fernsehsender. RTL-explosiv berichtet exklusiv und so weiter ... Und dann würde wahrscheinlich ›Monitor‹ einen dramatischen Hintergrundbericht über ins Tierheim abgeschobene Ehemänner machen. Nach dem Motto: Erst Pappi, dann Chappi ... Eine furchtbare Vorstellung. Manche Pflanzen soll man ungestört lassen – sie gehen ein, wenn sie zu viel Aufmerksamkeit kriegen. Und dazu gehört Gisela ganz bestimmt auch.«

»Einverstanden«, sage ich, und wir sehen uns mit Verschwörermiene an. Eigentlich ist es unser Job, Dinge an die Öffentlichkeit zu zerren. Und wir fühlen uns wie moralische Großhelden, wenn wir es einmal nicht tun. Und dies ist eine dieser Gelegenheiten. Also haben wir jetzt eine Belohnung verdient, denke ich. Und mir kommt auch sofort eine Idee, wie wir uns diese beschaffen können:

»Wenn wir schon dabei sind, unserem Arbeitgeber Gutes zu tun – was hältst du von einem gepflegten Mittagessen?«, frage ich Konstanze.

»Sehr gute Idee. Wie wäre es mit dem ›daVinci‹?«

»Ein exquisiter Vorschlag, meine Liebe«, sage ich mit begeisterter Dandystimme.

Offiziell befinden sich Konstanze und ich auf Recherchereise – und das heißt, dass der Verlag die Spesen übernimmt, inklusive teurer Restaurants und Kuba-Zigarre zum Nachtisch. Also können wir unmöglich in der Hauskantine einkehren. Das »daVinci« ist der nächstgelegene Edelitaliener: so teuer, dass wir höchstwahrscheinlich keine unserer Kollegen treffen werden und uns ungetrübt an Carpaccio, Kalbsmedaillons und frischer Maracujamousse erfreuen können. So zumindest stelle ich es mir vor.

Doch die Ernüchterung lässt nicht lange auf sich warten. Um genau zu sein, setzt sie sofort ein, als wir das »daVinci« betreten. Denn mein erster Blick fällt nicht auf das Vorspeisenbuffet mit den eingelegten Austernpilzen und den Baby-Hummern in Knoblauchöl. Er fällt auch nicht auf Josephina, die Tochter des Besitzers, die wenig mehr anhat, als für einen Besuch in einem Freibad erforderlich wäre. Und auch nicht auf Antonio Perulla, Josephinas Vater, der eilfertig und mit ausgestreckter Hand auf uns zustürmt.

Nein. Mein erster Blick fällt auf einen Tisch am offenen Fenster, an dem ich zweierlei entdecke: Das Erste ist ein tiefer, üppiger Ausschnitt, an den ich mich noch sehr gut erinnern kann, obgleich ich seinen Inhalt heldenhaft verschmäht habe. Und das Zweite ist ein angegrauter Haarkranz, der sich um einen glänzenden Männerschädel rankt – einen Schädel, den ich liebend gerne getrennt vom übrigen Körper sehen würde.

»Ich glaube es nicht«, zische ich zu Konstanze hinüber, die genauso erstarrt ist wie ich. »Dieser Mann ist wirklich wie eine ansteckende Krankheit. Ach, was sage ich: wie Läuse im Kindergarten – einfach nicht loszuwerden.«

»Fünkchen. Der hat mir noch gefehlt«, sagt Konstanze

im gleichen Augenblick – und es ist ihr deutlich anzuhören, dass sie genauso begeistert ist wie ich. Dann sagt sie: »Und das Mädchen, das ihm gegenübersitzt. Das ist doch ...«

»Lucy. Unsere Ex-Praktikantin. Du hast es erfasst.«

Ich werde von einer Welle aus Wut und Neid durchflutet, denn Lucy beugt sich genau in diesem Augenblick über den Tisch und säuselt Fünkchen entgegen:

»Ich darf doch bestimmt einmal von Ihren Oliven probieren, Sie Feinschmecker, Sie. Dann dürfen Sie auch bei mir zugreifen.«

Sie langt mit ihrem entzückenden Arm über den Tisch und stochert lächelnd und besitzergreifend in Fünkchens Teller herum. Der wiederum sagt gar nichts. Er ist kaum in der Lage dazu, denn er steht ganz offensichtlich unter einem massiven Hormonschock. Armer Kerl. Aber es ist kein Wunder: Lucy spielt auf seiner verblassenden Männlichkeit wie auf einem Klavier. Und sie trifft jede Taste genau richtig. Was natürlich bei einem Mittfünfziger, der in Scheidung lebt und sich jeden Tag Hunderte von Farbfotos mehr oder weniger bekleideter Damen (für das Titelbild) ansehen muss, nicht besonders schwer ist. Fünkchen ist, was Frauen angeht, ungefähr so harmlos wie ein Hai, dem man ein rohes Steak vor die Nase hält.

»Lass uns den Rückzug antreten«, flüstere ich Konstanze zu. Gleichzeitig muss ich Antonio loswerden, der gerade zum vierten Mal fragt, ob wir drinnen oder auf der Terrasse sitzen wollen.

»Wir überlegen es uns noch einmal. Kleinen Moment bitte«, sage ich und versuche, ihn wegzuwedeln wie einen lästigen Schwarm Fliegen.

Ich hätte es mir sparen können. Es ist zu spät. In diesem Augenblick springt nämlich Lucy von ihrem Stuhl auf, schwenkt ihre Arme wie ein Matrose in Seenot (was ihre beiden wohlgeformten Rettungsboote in entzückende Bewegung versetzt) und ruft quer durch den Raum:

»Huhu! Gregor! Ich sehe dich, und ich weiß auch, dass du mich gesehen hast.«

Ich sehe mich Hilfe suchend nach Konstanze um. Die aber hat bereits voll auf Spott umgestellt, feixt mich an und imitiert Lucys Stimme: »Huhu, Gregor. Ich sehe dich auch, und ich weiß, dass du gleich mit deinem Chefredakteur eine lustige Begegnung haben wirst.«

»Mein Engel. Du bist wirklich eine große Hilfe in schwierigen Zeiten«, sage ich enttäuscht.

»Wer ist daran schuld, dass Praktikantinnen vor Entzückung jauchzen, wenn sie ihren ehemaligen Vorgesetzten auch nur von weitem zu sehen kriegen?«, fragt Konstanze schadenfroh.

»Zwischen Lucy und mir ist nichts gewesen. Ich schwöre es.«

»Natürlich. Von weiblichen Mitarbeitern lässt du ja grundsätzlich die Finger«, zischt Konstanze gehässig.

»Neuerdings schon. Außerdem würde mich viel mehr interessieren, was die hier mit Fünkchen zu schaffen hat.«

»Seit wann so naiv, Gregor?«, fragt Konstanze und schenkt mir einen Wir-wissen-doch-beide-was-hier-gespielt-wird-Blick.

Inzwischen ist Lucy aufgestanden, auf uns zugestürmt und hat mir bereits zwei lippenstiftrote Küsse auf die Wangen geschmatzt. Konstanze gibt sie die Hand und sagt:

»Ich freue mich ja so, euch beide wieder zu sehen! Ihr wart meine liebsten Redakteure, als ich noch Praktikantin war. Ich hoffe, dass sich daran nichts ändert, wenn wir erst einmal Kollegen sind«, zwitschert sie.

»Keine weiteren Fragen«, sagt Konstanze trocken. Sie hat sofort durchschaut, welches Geschäft Lucy hier gerade einfädelt (»Tausche Arbeitsplatz gegen Blick in den Ausschnitt«). Und sie ist alles andere als begeistert.

»Wann ist es denn so weit?«, frage ich mit der Stimme, die eigentlich für werdende Mütter reserviert ist.

Lucy sieht mich verschwörerisch an. »Ich arbeite daran. Und ich glaube, meine Chancen stehen ausgesprochen gut«, sagt sie.

»Gratuliere, Schätzchen«, sagt Konstanze – sie hat keine Probleme damit, ihre Missbilligung für diese Art der Jobbeschaffung durchblicken zu lassen. Ich muss Lucy in Schutz nehmen – schließlich habe ich sie selbst dazu aufgefordert, ihr Glück bei Fünkchen und dem Magazin zu suchen.

»Ich glaube, dann wollen wir euch auch gar nicht weiter stören bei euren wichtigen Gesprächen«, sage ich und will schon den Rückzug einleiten.

»Ganz genau. Ihr habt bestimmt Wichtiges zu besprechen«, sagt auch Konstanze.

Zu spät: Die Bombe ist bereits gezündet. Fünkchen dreht sich nämlich um und wedelt teenagerhaft mit der Hand herüber.

»Frau Bülow, Herr Hamdorf. Was für ein angenehmer Zufall. Kommen Sie, setzen Sie sich zu uns«, ruft er herüber – und es berührt ihn kein Stück, dass ungefähr fünfundzwanzig andere Gäste sich von seinem Gebrüll beim Essen gestört fühlen.

»Sieh an. Wir spielen heute den beliebten Chefredakteur«, sagt Konstanze unterkühlt. »Dann müssen wir wohl jetzt in den Kampf.«

»Es war deine Idee, ins ›daVinci‹ zu gehen«, sage ich, um mich vor falschen Schuldzuweisungen zu schützen.

»Mich hätte deine kleine Lucy kaum mit Schreien und Küssen begrüßt – ganz im Gegenteil«, sagt Konstanze. Womit sie zweifellos Recht hat.

Wir gehen hinüber zum Tisch der beiden. Unser Chefredakteur, ganz Gentleman, steht auf und gibt uns die Hand – etwas, was er sonst nie tut, weil er uns für gewöhnlich deutlich machen will, dass wir zu niedere Kreaturen sind, um von ihm berührt zu werden.

»Hallo, Fünkchen. Personalgespräche beim Mittagstisch sind immer noch am fruchtbarsten, stimmt's?«, sagt Konstanze mit vollendeter Respektlosigkeit – insbesondere weil unser Chefredakteur es hasst, mit seinem Spitznamen angesprochen zu werden. Aber Fünkchen täuscht partielle Taubheit vor und bleibt weiterhin die Liebenswürdigkeit in Person:

»Kommen Sie, meine Lieben. Setzen Sie sich. Ich habe unserer jungen, hoffnungsvollen Kollegin gerade von Ihnen beiden erzählt. Also von zwei Journalisten, die eine wahre Zierde für die gesamte Zunft sind. Ein Vorbild für den Nachwuchs. Und zwei Menschen, deren Potenzial sich letztlich durch meine zielstrebige Formung erst so richtig entwickelt hat. Zum Beispiel Ihre Idee mit dieser Single-Geschichte, Herr Hamdorf: einsame Spitze. Ich bin immer noch vollkommen begeistert.«

»Sie sagten es bereits«, sage ich freundlich lächelnd. Kann ich die Bonuszahlung noch einmal erwähnen? Besser nicht – Fünkchen ist unberechenbar, und das Thema Gehälter gehört zu seinen besonderen Reizfeldern.

Fünkchen ist voll in Fahrt. Er strahlt mich an und sagt: »Habe vorhin mit der Graphik gesprochen, ob wir nicht einen Falt-Titel machen – einen Single zum Ausklappen sozusagen. Da drehen wir bestimmt etwas sagenhaft Gutes hin.«

»Sie wollen sagen, Herr Hamdorf und ich drehen einen guten Titel hin«, sagt Konstanze nonchalant. Natürlich hat sie Recht: Fünkchen ist groß im Vorschlägemachen. Nur bei der Ausführung hat er regelmäßig wichtige, unaufschiebbare Termine.

»Das ist schließlich Ihr Job«, sagt Fünkchen und lächelt kaltschnäuzig. Wenn es darum geht, Spitzen zu verteilen, macht ihm so schnell niemand etwas vor.

»Vielleicht erläutern Sie unserer jungen Kollegin auch gleich, was denn IHR Job ist. Das interessiert mich nämlich auch schon seit langem«, sagt Konstanze.

Fünkchen sieht sie für einen Moment irritiert an. Bevor er jedoch antworten kann, erscheint Antonio am Tisch – vermutlich ist es die Rettung für uns alle. Er hat zwei Speisekarten unter dem Arm und sagt:

»Wünschen die neuen Herrschaften zu speisen?«

Natürlich wünschen wir das. Aber wie schon die Rolling Stones wussten: You can't always get what you want.

Fünkchen wedelt die Speisekarten weg, die Antonio Konstanze und mir hinhält. Ohne uns auch nur eines Blickes zu würdigen, sagt er: »Bringen Sie uns viermal Tiramisu, Antonio. Aber bitte avanti. Meine Mitarbeiter haben heute noch viel zu tun.«

»Selbstverständlich, Signore«, sagt Antonio und trabt davon.

»Kein Problem«, sage ich zu Konstanze. »Menü Paradox: Wir essen die Nachspeise einfach zuerst.«

»Wunderbare Idee«, sagt Konstanze mit einer Stimme, die an Müdigkeit und Genervtheit kaum noch zu überbieten ist.

Der einzige Vorteil von Fünkchens diktatorischer Bestellung besteht darin, dass unser gemeinsames Essen nur rund zehn Minuten dauert. Und die nutzt Fünkchen, um sich von uns haarklein über den Stand der Recherchen informieren zu lassen. Wir berichten also von unseren Begegnungen mit Susanne Biwak und Ludger Schmitz, von Konstanzes Archivrecherche, unseren Konzeptüberlegungen, den ersten Fotos, die wir bereits heraussortiert haben. Nur unser Gespräch mit Gisela Husch erwähnen wir nicht.

»Ich finde das ja so toll, wie ihr das alles macht. Ich wünschte mir, dass ich so etwas auch könnte«, sagt Lucy am Ende begeistert. Fünkchen legt ihr eine Hand auf den Arm und sagt:

»Das können Sie auch, Frau Dössel. So schwer ist das nicht, glauben Sie es mir. Das Einzige, was Sie brauchen, ist die Bereitschaft, sich vollkommen hinzugeben – alles andere zeige ich Ihnen dann.«

Natürlich hat seine Bemerkung unter anderem den Zweck, unsere Arbeit herabzuwürdigen. Fünkchen hat ein einmaliges Talent dafür, anderen Leuten eins auszuwischen. Aber Konstanze ist ihm eine durchaus würdige Gegnerin. Sie nickt zustimmend und sagt zu ihm:

»Ich hoffe, Sie zeigen Frau Dössel dann auch, dass man für unseren Beruf gelegentlich sehr hart sein muss. Wie ich höre, kann man sich da bei Ihnen nicht immer drauf verlassen?«

Konstanze! Sie ist nicht zu übertreffen. Sie pokert hoch – aber erstens weiß sie, dass sie gute Karten auf der Hand hat, und zweitens ist ihr klar, dass sie für Fünkchen so etwas wie die Eigernordwand ist – er will sie seit Jahren besteigen, ist bisher aber nie über die ersten Schritte hinausgekommen.

»Frau Bülow, vielleicht sollten Sie nach Ihrer Single-Geschichte eine Story über verbiesterte Mittdreißiger schreiben, die sich vor lauter Torschlusspanik schon mit Rentnern einlassen – und seien diese auch berühmte amerikanische Dirigenten«, sagt Fünkchen hasserfüllt.

»Solange diese Rentner, wie Sie es nennen, noch hervorragend mit ihrem Taktstock umgehen können, spricht da doch auch nichts dagegen, oder?«, lächelt Konstanze selbstbewusst.

»Arbeiten Sie lieber, Frau Bülow. Tun Sie etwas Sinnvolles. Das ist allemal besser, als Ihre Kunstfertigkeiten auf dem Feld der Respektlosigkeit zu trainieren. Dafür habe ich Sie schließlich nicht eingestellt«, sagt Fünkchen schnippisch – offenbar hat Konstanze in die richtige Kerbe gehauen.

Jedenfalls hat er es plötzlich sehr eilig, zu bezahlen und zu gehen.

»Nimm es uns nicht übel. Aber Fünkchen verdient es nicht besser«, sage ich leise zu Lucy. Sie tut mir Leid. Schließlich will sie nichts als einen Job bekommen. Sie zwinkert mir zu und sagt:

»Das weiß ich doch. Mach dir um mich keine Sorgen: Ich mache nichts anderes als Fünkchen auch: Ich verspreche ihm eine Menge. Ob er es am Ende auch bekommt, ist ganz allein meine Entscheidung.«

»So ist es richtig«, sagt Konstanze zustimmend.

Fünkchen hat seine Rolle wieder gefunden. Oder er hat beschlossen, sie sich von uns nicht verderben zu lassen. Er wirft einen Blick auf die Rechnung und räumt Antonio ein fürstliches Trinkgeld ein, wobei er Lucy die ganze Zeit in die Augen sieht. Galant hilft er ihr in ihren leichten Blazer, und die beiden verlassen das Lokal – wobei uns Lucys tonnenschweres Parfüm noch eine ganze Weile an unsere Begegnung erinnert.

Erst als wir die beiden auf dem Parkplatz vor Fünkchens Mercedes-Sportcoupé sehen (ein neues Modell, das alte hat ja seine Exfrau), sagt Konstanze zu mir:

»Im Grunde ist diese Lucy eine ganz nette Frau. Ich hoffe nur, sie weiß, worauf sie sich einlässt bei Fünkchen.«

»Keine Sorge. Sie weiß es«, sage ich.

Wir kratzen den Rest unseres Tiramisu vom Teller. Dann winken wir nach Antonio, der eilfertig zum Tisch kommt und fragt:

»Sie wünschen die Rechnung, meine Herrschaften?« (natürlich hat Fünkchen unseren Nachtisch nicht bezahlt).

»Aber ganz im Gegenteil, Antonio. Wir hätten gerne die Speisekarte. Und verraten Sie uns doch, was Sie heute an Spezialitäten anzubieten haben – wir haben großen Hunger.«

Wir genießen ein vorzügliches Mittagessen und trinken dazu gekühlten Weißwein. Anschließend lassen wir uns einen starken Espresso auf der Terrasse servieren – ohne uns von Fünkchen oder irgendjemandem sonst die Laune verderben zu lassen. Schließlich ist ein solch ungetrübter Sommernachmittag viel zu schön, um ihn durch Arbeit, Hektik und unausgeglichene Vorgesetzte zu verderben. Zumal der Stress noch früh genug wiederkommen wird. Und er kommt – genau in dem Augenblick, als Konstanze sagt:

»Wenn Fünkchens Scheidung endgültig durch ist – dann ist er doch ein Single, oder? Vielleicht sollten wir einfach ein Recherchegespräch mit ihm führen?«

Ich sehe Konstanze vernichtend an – erstens, weil ich freiwillig niemals mit Fünkchen über irgendetwas reden würde. Und zweitens, weil sie uns soeben daran erinnert hat, dass es höchste Zeit ist aufzubrechen. Denn uns erwartet noch eine lange Liste mit Verabredungen – mit berühmten und weniger berühmten Singles, die an den verschiedensten Orten in Deutschland wohnen.

»Lieblingskonstanze, du hast es gerade geschafft, mich sehr unsanft aus meiner nachmittäglichen Meditation zu reißen. Und zwar auf die denkbar schlimmste Art: Du hast mich an unsere Arbeit erinnert.«

»Kollege Hamdorf, wie Ihr geliebter Vorgesetzter vorhin so schön sagte: Dafür sind Sie eingestellt worden. Also: hoch mit dem werten Hintern.«

»Lass uns lieber über deinen Hintern reden, wenn überhaupt. Der ist viel schöner …«

»Wieso können nur Chauvis schöne Komplimente machen? Kann mir das mal jemand erklären?«, sagt Konstanze mit gespielter Empörung.

»Weil nur Chauvis Frauen als Frauen betrachten. So einfach ist das.«

»Erstens: Das ist Quatsch. Zweitens: Seit wann betrachtest DU mich als Frau? Ich dachte, ich bin dein … Kumpel.«

»Du bist der einzige Mensch, bei dem sich das nicht ausschließt. Das macht dich so unersetzlich.«

»Dann pass lieber auf, dass du mich nicht doch bald ersetzen musst«, sagt Konstanze – und diesmal klingt es gar nicht nach einem ihrer üblichen Scherze.

Ich sehe sie prüfend an und frage: »Konstanze, hast du es versäumt, mir irgendwelche wesentlichen Veränderungen in deinem Leben mitzuteilen? Du weißt, dass das ein schlimmes Vergehen wäre!«

Sie lächelt. Aber es ist nicht das sonnige, alles heilende

Konstanze-Lächeln, das ich kenne. Sie schüttelt den Kopf und sagt:

»Nein.«

Ich gebe mich damit zufrieden. Was soll ich sonst machen? Und für weitere Diskussion haben wir wahrhaftig keine Zeit – die Singles dieser Republik warten auf uns. Zumindest bilden wir uns das ein.

Bloody Monday

Wie gesagt: Ich hasse Montage. Und diesen Montag, den hasse ich ganz besonders.

Ich sitze am Schreibtisch in meiner Arbeitswabe. Aber ich fühle mich wie ein RAF-Gefangener in Isolationshaft. Eigentlich ist es noch schlimmer, denn ich habe nicht einmal Anwälte, die mir insgeheim Waffen, Marihuana und Comic-Hefte in die Zelle schmuggeln.

Ich bin: allein. Eine kleine Nussschale auf dem weiten Ozean des Lebens. Mein Gott, ja, ich gebe es zu: Ich bin einsam. Gregor Hamdorf, der paarungsfreudigste Single von Hamburg, fühlt sich hundserbärmlich. Wen könnte das wundern: Vor einer Woche habe ich beschlossen, in den Hafen der Ehe einzukehren. Dann habe ich das größte Single-Besichtigungsprogramm gestartet, das man sich nur wünschen kann. Und das Ergebnis: Von einer potenziellen Frau Hamdorf ist weit und breit nichts zu sehen. Es gibt nicht einmal eine viel versprechende Kandidatin. Ganz im Gegenteil: Je mehr Singles ich kennen lerne, desto mehr komme ich zu der Überzeugung, dass ich für das Leben zu zweit einfach nicht geschaffen bin.

Der Tag ist, um es auf den Punkt zu bringen, eine Katastrophe. Und das liegt keineswegs daran, dass ein regelrechtes Marathon-Wochenende hinter mir liegt. Konstanze und mir ist es in einem beeindruckenden Kraftakt gelungen, unseren Single-Beitrag fristgerecht (na ja, nicht ganz) fertig zu stellen. Dazu haben wir nicht nur ungefähr eine Stange Zigaretten, ein Pfund Kaffee, zehn Tiefkühlpizzen und mehrere Kilo Büromaterial verbraucht. Wir haben darüber hinaus unsere Freundschaft einer wahren Nagelprobe ausgesetzt – denn wenn es ans Schreiben von Artikeln geht, kennt weder sie noch ich Pardon. Da wird um jeden Satz, um jedes Wort und sogar um jeden Punkt gekämpft. Und das haben wir dann auch gemacht. Ohne Gnade. Inklusive Schreien, Nicht-mehr-miteinander-Reden und nachts um halb drei einen Nervenzusammenbruch andeuten. Konstanze jedenfalls.

Aber all das erscheint mir nun harmlos im Vergleich zum heutigen Montag. Das klingt übertrieben? Dann warten Sie es ab. Denn es kommt wirklich dicke.

Alles hat so wunderbar angefangen an diesem strahlenden Augustmontag. Ich saß noch nicht richtig am Schreibtisch, als das Telefon klingelte.

»Ja?«, knurrte ich mürrisch in den Hörer.

»Gregor? Bist du das?«

»Ich bin es.«

»Mein Gott, warum kannst du dich nicht mit deinem Namen melden wie andere Menschen auch?«, fauchte Herbert am anderen Ende.

»Herbert. Es ist Montagmorgen, zehn Uhr. Hast du angerufen, um mir Tipps für mein Verhalten am Telefon zu geben?«

»Nein.«

»Also – was willst du?«

Langes Schweigen am anderen Ende der Leitung. Meine Gedanken begannen zu arbeiten. Was konnte passiert sein? Hatte Angelika einen anderen? War die kleine Studentin schwanger? Hatten sich die beiden Frauen gegenseitig umgebracht oder gemeinsam Herbert entmannt? Auf jeden Fall musste es eine Katastrophe sein. DACHTE ICH. Dann zwitscherte Herbert gut gelaunt los:

»Angelika wird wieder bei mir einziehen. Wir haben gestern große Versöhnung gefeiert. Alles wird gut. Die hat vielleicht geheult ... Frauen, sage ich nur. Aber es gibt ja auch andere Rätsel, die die Menschheit noch nicht gelöst hat.«

»Du bist also über deinen Schatten gesprungen«, stellte ich gut gelaunt fest. Ich freute mich für die beiden.

»Na ja«, erklärte Herbert. »Der Dank gebührt unserem Steuerberater. Er hat da ein sehr interessantes Modell vorgeschlagen. Ich selber wäre nie drauf gekommen. Aber die Argumente sind vollkommen überzeugend. Und Angelika war auch einverstanden.«

Ich kenne Herbert inzwischen lange genug, um aus dem ganzen Unsinn, den er von sich gibt, die eigentliche Botschaft herauszuhören.

»Herbert! Verstehe ich dich richtig, Angelika und du werdet HEIRATEN?«

»Du musst das gar nicht so betonen«, sagte Herbert feindselig.

»Also stimmt es. Ihr gebt euch nach all den Jahren endlich das Jawort«, stellte ich fest – und wusste nicht, ob ich lachen oder mich aufregen sollte.

»Sagen wir es so: Die Eheschließung ist Teil des Modells, das unser Steuerberater vorgeschlagen hat. Ich bleibe natürlich weiterhin Single, das ist klar. Mach dir also keine Sorgen, Gregor. Ich bleibe dir treu. Du und ich, einsame

Kämpfer im Reich der versklavten Männer. Ich lasse dich nicht allein. Ich stehe weiterhin zu dir.«

»Danke, Herbert. Vielen, vielen Dank«, sagte ich.

»Nachdem ich es ihr vorgeschlagen habe, hat Angelika angefangen zu weinen. Kannst du so etwas verstehen? Ist doch nur ein Vertrag, den man unterschreibt. Mehr ist das doch nicht«, sagte Herbert.

»Völlig unverständlich, ihre Reaktion. Aber so sind Frauen nun einmal«, sagte ich.

»Vielleicht war es auch wegen des Brillantrings. Ich hätte mir ein neues Auto davon kaufen können. Das war mein Tribut an Angelikas Ader für Romantik. Und absetzen kann ich den natürlich auch. Wir sind schon so lange befreundet, da dachte ich mir, ich tue ihr mal einen Gefallen.«

»Sehr rücksichtsvoll von dir«, sagte ich und begann nervös mit den Fingern auf meiner Schreibtischplatte herumzuhämmern. Herbert hat eine Art, die mich als Dauerbehandlung in den sicheren Wahnsinn treiben würde.

»Und hast du vielleicht auch ganz zufällig in zeitlicher Nähe eurer Vertragsunterzeichnung eine gemeinsame Kreuzfahrt gebucht?«

»Hawaii«, sagte Herbert einfach nur.

»Was, Hawaii?«

»Da fahren Angelika und ich hin. Du hast Recht, was den Termin angeht. Erst diese blöde Vertragsunterzeichnung, aber dann können wir uns auf der Reise erholen. Lohnt sich außerdem: Die Reise und der Ring und alles – das ist immer noch billig im Vergleich zu den Steuern, die ich spare. Verrückt, oder?«

»Das wollte ich gerade sagen, Herbert. Total verrückt!«

Ich sagte es und legte auf. Schließlich war der Tag noch

jungfräulich. Und ich hatte erst drei Becher Kaffee getrunken. Es war also höchste Zeit, in die Küche zu gehen und Nachschub zu holen.

Gegen halb elf bekamen wir die ersten Probedrucke unserer Story auf den Tisch, inklusive Titelentwurf.

Das Single-Universum –
Erkundungen im unbekannten Raum

Unter der Überschrift sah man ein farbiges Bild irgendwelcher Sternenhaufen und in einzelne Sterne waren die Köpfe unserer Singles einmontiert. Bevor ich mich richtig aufregen konnte, steckte Konstanze schon ihren Kopf in meine Wabe:

»Hast du es auch gesehen?«, fragte sie.

»Gerade auf den Tisch bekommen.«

»Und?«

»Grauenhaft!«

»Ganz meine Meinung«, sagte sie. Und eröffnete mir dann, was ich ohnehin schon ahnte: »Hat sich Fünkchen höchstpersönlich ausgedacht.«

Ich stöhnte auf, was mir bei der Mischung aus Kopfschmerzen, Müdigkeit, Überarbeitung und zu wenig Kaffee nicht schwer fiel. Fünkchens Überschriftenentwürfe stellen immer ein doppeltes Problem dar: Erstens sind sie in neunundneunzig Prozent aller Fälle schlecht. Und zweitens riskiert man seinen Job, wenn man sagt, dass sie schlecht sind. Ich blickte auf die Uhr und stand auf. Ich war bereit, meinen Job zu riskieren.

Die Gelegenheit dazu hatte ich um 10.45 Uhr bei der so genannten Überschriftenrunde im Konferenzraum im achten Stock. Es ist eine Veranstaltung, die wir normalen Redakteure besonders lieben – unter anderem deshalb, weil wir in aller Regel nicht dazu eingeladen werden. Bei der Überschriftenrunde sitzen Textchefs, Schlussredakteure, Fünkchen und die beiden Überschriftentexter zusammen. Genau: Man will es gar nicht glauben. Aber die gibt es wirklich: Menschen, die mehr als ein Reporter verdienen. Und deren Job in nichts anderem besteht, als Überschriften zu entwerfen, die vermeintlich entscheidender für die Auflage des Heftes sind als der gesamte restliche Artikel. Wir haben uns einmal den Spaß gemacht, auszurechnen, wie hoch ihr Verdienst PRO WORT ist. Ich gebe es hier lieber nicht wieder, da ich keine Verantwortung für die Sicherheit dieser sympathischen Berufsgruppe übernehmen kann.

Konstanze und ich betraten den Raum in gewohnter Unpünktlichkeit – welcher Frevel, zumal wir beide auch nur deshalb eingeladen waren, weil wir ganz zufällig die Autoren der Titelgeschichte waren. Konstanze jedenfalls machte ihrem Ruf als heilige Johanna des Verlagswesens alle Ehre. Ich hatte die Tür hinter uns noch gar nicht richtig geschlossen, da polterte sie schon los:

»Wer hat sich denn diesen Quatsch mit dem Single-Universum für die Titelseite ausgedacht? Machen wir neuerdings ein Science-Fiction-Magazin? Es ist ein wirklich erhabenes Gefühl, wenn ich mit meinem Kollegen Hamdorf eine Woche an einer Geschichte sitze, und dann denkt sich irgendein Hornochse eine Überschrift aus, mit der vielleicht eine Schülerzeitung aufmachen könnte!«

Betretenes Schweigen. Alle versuchten, irgendwohin zu

sehen – nur nicht auf Fünkchen, dessen Gesicht eine höchst ungesunde Färbung annahm (noch wusste ich nicht, für wen ungesund: für ihn oder für uns).

»Frau Bülow«, säuselte unser geliebter Chefredakteur, »vielleicht teilen Sie uns auch noch mit, was Sie zu dieser merkwürdigen Auffassung kommen lässt?«

»Selbstverständlich, Fünkchen. Die Überschrift ist einfach schlecht – und ich bin mir ganz sicher, dass ich nicht die Einzige bin, die dieser Meinung ist.«

»Sehen Sie. Genau da täuschen Sie sich. Die Kollegen haben den Entwurf für sehr gut befunden«, sagte er und konnte sich ein selbstherrliches Lächeln nicht verkneifen.

»Vermutlich haben Sie die Diskussion mit einem Ausblick auf die künftige Personalpolitik verbunden«, sagte Konstanze. Ohne zu lächeln.

»Nun, in Ihrem Falle lohnt sich das ja leider nicht mehr«, sagte Fünkchen – was immer er damit sagen wollte. Aber Konstanze ließ sich nicht beirren und machte stattdessen einfach einen Vorschlag:

»Warum stimmen wir nicht einfach ab? Also, wer findet die Überschrift gut?«

Sie sah sich im Raum um: Fünkchens Arm ragte einsam und schwach in die Höhe. Der Rest der Kollegen sah versteinert an die Wand.

»Wer findet sie schlecht?«

Das Bild drehte sich: Zehn Arme ragten in die Höhe. Und Fünkchen starrte versteinert an die Wand.

Für seine Verhältnisse nahm er die Niederlage erstaunlich gefasst auf. Er sah sich im Raum um und sagte:

»Meine Damen, meine Herren. Ich habe noch einen wichtigen Termin und entschuldige mich daher. Weiterhin viel Vergnügen.«

Sprach's und verschwand. Und zehn Verlagsmitarbeiter sahen Konstanze voller Dankbarkeit an.

Gernot Pfeiffer sagte:

»Frau Bülow, wenn ich es nicht mit eigenen Augen gesehen hätte, würde ich es nicht glauben. Sie sind die einzige Person in der gesamten Redaktion, die diesem Menschen Manieren beibringen kann. Ich bewundere Sie über alle Maßen. Und ich wünschte mir, Sie würden ab jetzt jede Woche in unserer Runde dabei sein.«

Konstanze winkte ab: »Würde ich gerne, Pfeiffer. Glauben Sie es mir. Aber erstens würde Fünkchen Himmel und Hölle in Bewegung setzen, um das zu verhindern. Und außerdem ist es dafür jetzt sowieso zu spät.«

Ich sah sie fragend an: Schon wieder drückte sich meine Lieblingskonstanze höchst rätselhaft aus. Normalerweise haben sie und ich telepathische Verbindung – ich muss sie nur ansehen, und wir verständigen uns ohne große Worte. In dem Moment aber ließ sie meinen Blick in der Luft verhungern. Ich setzte gerade dazu an, etwas zu sagen, als mir Robert Brett, einer der beiden Überschriftentexter, das Wort abschnitt:

»Also, Leute: an die Arbeit. Fünkchens Vorschlag war zwar eine Katastrophe – aber wir haben bisher noch keinen besseren. Ich warte auf eure Ideen!«

Wir saßen rund eine Stunde mit rauchenden Köpfen zusammen. Am Ende stand fest: Auf der nächsten Titelseite des Magazins würde einfach nur stehen:

```
Singles — wie sie leben, wie sie lieben,
          wie sie leiden
```

Es war meine Idee. Die Kollegen klopften mir auf die Schulter.

»Saubere Arbeit, Hamdorf. Ich hoffe, du bestehst nicht darauf, dass wir ein Foto von dir dazutun.«

Ich winkte ab: »Die Auflage würde zum ersten Mal ausverkauft sein. Den Triumph gönne ich Fünkchen nicht.«

Konstanze war ebenfalls zufrieden – und auf ihr Lob gebe ich etwas. Sie sagte:

»Du weißt halt, wovon du redest. Mach dir doch schon mal Gedanken über deine nächste Geschichte. Vielleicht geht es da ja um verheiratete Männer.«

Ich schüttelte den Kopf: »In dem Metier werde ich noch lange nichts als ein blutiger Anfänger sein – falls ich es überhaupt jemals so weit bringe.«

»Hast du etwa Zweifel an deinen Plänen bekommen? Willst du schon nach einer Woche aufgeben?«, fragte sie entrüstet.

»Aufgeben? Ich? Bestimmt nicht. Es fehlt mir nur an der richtigen Frau zur Verwirklichung meines Vorhabens. Vielleicht sollte ich es wie Herbert machen. Ich gebe eine Anzeige auf und suche nach einer Partnerin zum gemeinsamen Steuersparen – private Freizeitaktivitäten nicht ausgeschlossen. Andererseits: In dir habe ich ja eine hervorragende Brautberaterin. Eigentlich sollte ich mir also keine Sorgen machen.«

Konstanze warf mir einen flackernden Blick zu.

»Verlass dich nicht zu sehr darauf«, sagte sie.

»Was soll das denn heißen?«, fragte ich empört. »Kollegin Bülow – haben Sie etwa Geheimnisse vor mir?«

»Natürlich habe ich Geheimnisse vor Ihnen, Kollege Hamdorf! Schließlich ist eine Frau gut beraten, Ihnen nicht allzu sehr zu vertrauen«, entgegnete sie spitz. Dann ließ sie mich einfach sitzen und verschwand im Fahrstuhl.

Vielleicht hätte ich also gewarnt sein können. Dieser Tag hielt ein paar Überraschungen für mich parat – so viel war klar.

Dabei habe ich montags ausgesprochen schlechte Nehmerqualitäten. Aber darauf nimmt das Leben ja bekanntlich keine Rücksicht.

Die große Konferenz war an diesem Tag für 13 Uhr angesetzt. Pünktlich um 13.05 Uhr erschien ich im Konferenzsaal, bereit, mir die übliche Predigt von Fünkchen anzuhören. Tatsächlich aber empfing mich im dicht besetzten und verqualmten Konferenzsaal nichts als grinsendes Schweigen. Fünkchen wartete geduldig, bis ich meinen Platz eingenommen hatte. Dann strich er sich ein paar Mal durch den angegrauten Schnauzbart und sagte schließlich:

»Jetzt, wo auch unser Kollege Hamdorf anwesend ist, können wir vielleicht mit unserer Konferenz beginnen – wenn niemand etwas dagegen hat?«

Trotz seiner spitzen Worte schien Fünkchen gut gelaunt zu sein. Es war also höchste Aufmerksamkeit geboten. Denn gute Laune bei diesem Monstrum kann nichts Gutes bedeuten. Oder täuschte ich mich? Zumindest legten seine folgenden Worte diesen Schluss nahe:

»Ich möchte unsere Konferenz mit einem ausdrücklichen Lob beginnen – und das geht an zwei verdiente Kollegen unter Ihnen. Um genau zu sein: an Konstanze Bülow und Gregor Hamdorf. Sie haben uns einmal mehr bewiesen, dass man trotz schlechter Manieren, Unpünktlichkeit und mangelnden Respekts gegenüber Vorgesetzten sehr ordentliche journalistische Arbeit leisten kann. Meinen aufrichtigen Dank an Sie beide!«

Er sagte es und schenkte Konstanze und mir – ich wollte es zuerst gar nicht glauben – einen freundlichen Blick. Ich hoffte allerdings, dass dies nicht das einzige Präsent war. Und um die gute Gelegenheit beim Schopfe zu packen, sagte ich:

»Vielen Dank für die netten Worte, Fünkchen. Vielleicht können wir uns auch gleich über die versprochene Bonuszahlung unterhalten? Sozusagen als kleine Aufmerksamkeit für die von Ihnen erwähnte gute Arbeit?«

Natürlich war es ein Fehler. Fünkchens Lächeln erstarb. Stattdessen rüstete er seinen Blick bis zum mehrfachen Overkill auf und starrte mich an:

»Ich habe mich doch gerade verhört, Herr Hamdorf, oder?«, sagte er. Im Raum war es inzwischen still geworden wie auf einem Friedhof. Alle Augen waren auf mich gerichtet. Und mir blieb nichts anderes übrig, als ein sonniges Lächeln aufzusetzen und mich weiter in die Schusslinie zu schieben:

»Dann frage ich am besten noch einmal, Fünkchen. Ich wollte wissen, wie es mit der angekündigten Bonuszahlung aussieht?«

Ganz klar: Was ich machte, war keine Tapferkeit. Das war sinnlose Verwegenheit. Ebenso gut hätte ich Fünkchen fragen können, ob er mir seinen neuen Sportwagen leiht. Die Antwort wäre in jedem Fall ein tödliches Nein gewesen. Mehr als das: Er hat mich spätestens in dem Moment auf seine berüchtigte schwarze Liste gesetzt. Falls ich nicht ohnehin schon draufstand. Es ist eine Ehrenliste. Niemand, der da draufsteht, hat noch länger als zwei Monate beim

Magazin überlebt. Woanders nennt man so etwas Mobbing. Beim Magazin gilt es als ausgeklügeltes System der Mitarbeitermotivation.

Ich merkte schnell, dass meine Hoffnungen auf zusätzliche finanzielle Mittel vollkommen übertrieben und unrealistisch waren. Nicht weil Fünkchen es abgelehnt hätte. Es war schlimmer: Er hat einfach das Thema gewechselt und strafte mich mit Missachtung.

Aber das war keineswegs der Höhepunkt der Dramatik. Denn der sollte erst noch folgen. Fünkchen räusperte sich, setzte eine Trauermiene auf und sagte:

»Leider muss ich Ihnen heute auch eine traurige Mitteilung machen. Und die hängt mit meinen Anfangsworten zusammen ...«

Ich warf Konstanze einen fragenden Blick zu. Wusste sie, was Fünkchen jetzt aus dem Ärmel zog? Einmal mehr an diesem Tag wich meine Lieblingskollegin meinem Blick aus. Und sie war auffällig blass geworden. Fünkchen fuhr fort:

»Unsere von uns allen hoch geschätzte Kollegin Bülow wird uns mit sofortiger Wirkung – und auf eigenen Wunsch ... verlassen. Natürlich bedauern wir es sehr, eine so profilierte und engagierte Kollegin zu verlieren. Aber trotzdem haben wir vollstes Verständnis dafür, dass das Privatleben in manchen Belangen vorgeht. Wie zu hören war, wird Frau Bülow ihren Lebensmittelpunkt in die USA verlegen. Und dafür wünschen wir ihr alles Gute ...«

Es war ein Dolchstoß. Anders kann ich es nicht ausdrücken. Fünkchens Worte sind mir in die Eingeweide gefahren und richteten dort irreparablen Schaden an. So zumindest kam es mir vor. Die Kollegen spendierten Konstanze einen langen Applaus, sie klatschten in die Hände oder klopften auf die Tischplatte. Ich dagegen saß da und dachte, mir zieht jemand bei lebendigem Leib die Haut ab. Jetzt war es Konstanze, die meinen Blick suchte – aber ich dachte natürlich gar nicht daran, sie anzusehen. Sie hat jedes Recht dazu, mich zu verlassen. Was heißt hier verlassen? Davon kann gar keine Rede sein. Schließlich sind wir nichts als Freunde. Und da Männer und Frauen bekanntlich gar nicht miteinander befreundet sein können, sind wir wohl nicht einmal das.

Nein, ganz im Gegenteil. Sie ist ein freier Mensch. Und ich bin ein freier Mensch. Wir können tun und lassen, was wir wollen. Wir können gehen, wohin wir wollen. Wir können Dinge sagen oder auch nicht sagen. Ganz wie wir es wollen. Aber dass ich ausgerechnet von Fünkchen erfahren musste, dass meine Lieblingskollegin gekündigt hat und dass sie mich und das Magazin verlässt und in die USA zieht, ist ein Schlag, den ich erst einmal verdauen muss.

Konstanze war inzwischen aufgestanden, räusperte sich und schleuderte Fünkchen ein paar Blitze entgegen. Mit vollendet höflicher Stimme sagte sie: »Fünkchen. Wenn ich einen letzten Beweis gebraucht hätte, dass Sie ein vollkommener, lupenreiner, vorbildhafter, beeindruckender Riesen-KOTZBROCKEN sind, dann habe ich ihn jetzt. Schade nur, dass ich das schon vorher wusste. Trotzdem ist diese endgültige Klarstellung regelrecht wohltuend. Besonders schade ist auch, dass ich Sie ausdrücklich darum gebeten habe, meine Kollegen selber über meine berufliche und private Zukunft unterrichten zu wollen. Aber offensichtlich gehört es zur Gepflogenheit von Menschen mit Ihrem Charakter, nie das zu tun, worum andere sie bitten. Also bleibt mir wohl nichts anderes übrig, als mich herzlich bei Ihnen zu bedanken. Zu schade, dass Sie sich ohnehin gerade scheiden lassen. Sonst hätte ich jetzt mit Vergnügen bei Ihrer Frau angerufen und sie über Ihre diversen Machenschaften unterrichtet. Wirklich, zu schade.«

Natürlich war Fünkchen empört. Um nicht zu sagen: Er begann zu toben. Obwohl seine Flüche im Applaus und Gelächter der Kollegen untergingen. Das muss man Konstanze lassen. Sie verlässt uns als Heldin. Von einer regulären Themenkonferenz konnte keine Rede mehr sein. Fünkchen saß vorne und packte sein Blutdruckmessgerät aus, während er Konstanze strafende Blicke zuwarf. Sie wiederum wurde von Kollegen belagert, die Näheres über ihre Pläne wissen wollten.

Und ich? Ich bekam von all dem nicht viel mit. Ich saß da, starrte aus dem Fenster und versuchte, Klarheit über mich, mein Leben und mein Verhältnis zu Frauen zu bekommen. Keine leichte Aufgabe.

Das Problem dabei ist, dass wir Männer sowieso wenig Informationen über unser Gefühlsleben haben. In der Regel orientieren wir uns an gewissen Anhaltspunkten: Verstärkter Achselschweiß kann Stress oder Wut bedeuten, Magenschmerzen können auf Trauer wegen einer verlorenen Fußballwette oder auch auf Angst vor dem Vorgesetzten hinweisen, eine dauerhafte Erektion kann Probleme in der Ehe signalisieren oder ungebändigte sexuelle Phantasien mit der neuen Kollegin aus der anderen Abteilung.

In meinem Fall aber ist es komplizierter. Ich habe die Themenkonferenz irgendwie (meine Erinnerung funktioniert auch nicht mehr richtig) verlassen, ohne mich noch weiter um Konstanze, Fünkchen oder die anderen Kollegen zu kümmern. Seitdem sitze ich an meinem Schreibtisch, kaue auf Bleistiften herum (was ich sonst nie mache) und starre auf meine Pinnwand (an der hängen: eine kurze Liste mit dienstlichen Telefonnummern; eine lange Liste mit privaten Telefonnummern, eine Fotografie von mir mit den Spielern der Hamburg Blue Devils, eine Plastikrose, ungefähr zwanzig unbezahlte Strafzettel, ein Rezept für einen todsicheren Katerdrink, eine Fotografie von mir mit Beat Takeshi, eine Fotografie von mir mit Uschi Glas sowie diverse Andenken an verflossene Geliebte, darunter eine Todesanzeige mit meinem Namen, ein Flugticket nach Kuala Lumpur, ein Vaterschaftstest (negativ), ein weiterer Vaterschaftstest mit unleserlichem Ergebnis sowie eine lange, blonde Haarlocke, von der ich nicht mehr weiß, welchen Kopf sie einmal zierte).

Mit mir scheint jetzt wieder alles in Ordnung zu sein. Ich habe den Schock, den Konstanze mir versetzt hat, also ganz eindeutig ohne größere Nebenwirkungen überstanden. War es überhaupt ein Schock? Nein, wie sollte eine Frau mich schocken – dazu noch eine, mit der ich niemals im Bett war und mit der ich auch nicht vorhabe, dort zu landen? Ich habe also kein Problem. Weder geistig noch emotional. Das ist beruhigend.

Weniger beruhigend ist die Tatsache, dass mit meiner UMGEBUNG etwas nicht stimmt: Ich habe das Gefühl, dass mein Telefon mich irgendwie hinterhältig anstarrt. Und die Ablagefächer mit dem Briefpapier stoßen gelegentlich schluchzende Geräusche aus. Und am Schlimmsten ist meine Computertastatur: Immer wenn ich nicht so richtig hinsehe, scheint sie sich in die Schreibtischecke zu verdrücken und zu … weinen. Es ist grauenhaft. Es ist wie in einem Albtraum. Es ist wie nach einer Flasche Absinth. Die ganze Welt scheint wegen Konstanzes Weggangs zu trauern. Nur ich bin vollkommen gefasst. Irgendwie beeindruckend. Ich kann mich felsenfest auf mich verlassen. Ich bin durch nichts zu erschüttern!

Die Tatsache, dass es mir gut geht, bewirkt nicht automatisch, dass ich auch gut zu meinen Mitmenschen bin. Jedenfalls nicht heute Nachmittag.

Zum Beispiel Gernot Pfeiffer. Der klopft irgendwann an meine Wabenwand und sagt:

»Hallo, Gregor. Ich wollte dir noch mal sagen, dass ich deinen Titelentwurf echt stark finde. Schade, dass wir nicht mehr von deiner Sorte haben.«

»Schade, dass man das von dir nicht sagen kann«, sage ich. Mehr nicht. Und ich sehe ihn nicht mal an dabei. Ich höre nur seinen traurigen, schlurfenden Gang, als er an seinen Arbeitsplatz zurückkehrt.

Auch zu meiner Kollegin Ulrike Bosse bin ich an diesem Nachmittag nicht besonders nett. Erst klaue ich ihr ein Päckchen Zigaretten vom Schreibtisch. Als sie sich beschwert, sage ich: »Sei lieb und halt die Klappe, Ulli. Dann gehe ich auch mal wieder mit dir essen.«

Statt einer Antwort landet ihr Mittagessen in meinem Gesicht. Zum Glück gehört sie zu den Frauen, die sich nur von vorgeschälten Möhren und Joghurt ernähren.

Trotzdem sehe ich aus, als hätte ich im Müllschlucker gegraben, als ich zurück an meinen Tisch gehe. Es ist mir egal.

Gegen 16.30 Uhr wird Michael Postmann auf einer Bahre herausgetragen. Ressortleiter Politik und mein ehemaliger Vorgesetzter. Außerdem einer der wenigen wahrhaft aufrechten Menschen beim Magazin. Verdacht auf Herzinfarkt.

Ich stehe wie alle anderen im Eingang zu meiner Arbeitswabe, aber im Gegensatz zu meinen Kollegen lache ich und sage:

»Was heißt hier Verdacht? Der hatte doch schon zwei Infarkte. Ich beneide ihn. Bei seiner Zusatzversicherung kriegt der ein Vermögen, allein durch das Krankenhaustagegeld. Außerdem muss er diesen Haufen Verrückter nicht mehr ertragen. Besonders die weiblichen Verrückten.«

Die Antwort auf meine Tirade kommt von meiner Kollegin Bettina Paul. Sie sagt: »Gregor. Geh einfach nach Hause. Du bist heute wirklich ungenießbar. Kann ich verstehen. War für uns alle eine Überraschung, dass Konstanze geht. Und mit euch beiden ... das war ja was ganz Besonderes.«

»Wahrscheinlich bietest du mir gleich an, dass du mich mit deinem Wagen bringst. Damit ich dann vor lauter Dankbarkeit mit dir 'ne Nummer schiebe. Nötig hättest du sie wirklich mal wieder«, sage ich.

Ihre Antwort besteht aus einem Stück Apfelstrudel, das sich gleichmäßig über mein Leinensakko verteilt.

Das Ergebnis des Nachmittages: Ich sitze an meinem Schreibtisch und bin innerhalb weniger Stunden zum unbeliebtesten Kollegen der gesamten Redaktion geworden. Außerdem sehe ich aus wie ein wandelnder Komposthaufen. Ich starre gedankenlos an die Wand. Ich kaue an den Fingernägeln. Ich überlege, wann ich das letzte Mal mit einer Frau wirklich guten Sex hatte. Ich beginne meinen Schreibtisch aufzuräumen.

Genau das ist der Zeitpunkt, an dem es mir dämmert. Sehr leise erst, aber immer deutlicher.

Ich bin TRAURIG.

Traurig?

Ja, genau. Traurig.

Das kann nicht sein.

Doch, es kann sein.

Wegen einer Frau?

Ja, wegen einer Frau.

Wie gesagt, wir Männer brauchen etwas länger, wenn es um unsere Gefühle geht.

Traurig sein heißt: Es macht keinen Spaß. Traurig sein heißt: Man will, dass es aufhört. Wie beim Sport, wenn die eigene Mannschaft im Hintertreffen ist. Oder wenn bei dem Western, auf den man sich den ganzen Tag gefreut hat, das Bild gestört ist. Oder sich eine neue Kollegin, die man zuerst nur von hinten gesehen hat, umdreht und man feststellt, dass sie über VIERZIG ist. Das ist traurig.

Ich kenne dieses Gefühl also. Und auch jetzt gibt es keinen Zweifel. Ich bin traurig. Punkt. Aus. Basta.

Aber das ist noch nicht alles, denke ich grimmig. Wenn

schon negative Gefühle, dann bitte direkt die volle Ladung. Und das heißt: Ich bin nicht nur traurig. Ich bin außerdem enttäuscht. Und beleidigt. Und deprimiert.

Aber warum bloß? Nur weil eine Frau, mit der ich weder geschlafen habe (kein Problem, das Ziel wäre ohnehin erreicht) noch plane, in Zukunft zu schlafen (Katastrophe), die Stadt, das Land und mein Leben verlassen will? Sollte das tatsächlich ausreichen, um mich innerhalb von wenigen Stunden in einen derart erbarmungswürdigen Zustand zu versetzen?

Wenn ich ehrlich sein soll: Ja, es reicht aus. Und zwar deshalb, weil, wie gesagt, Konstanze gar keine Frau ist. Sie ist mehr als das: Sie ist mein Freund. Sie ist meine Beraterin. Sie ist mein bester … Kumpel. Und der verlässt mich jetzt. Und trotz dieser Tragweite unserer Beziehung hat sie es nicht einmal für nötig gehalten, es mir ins Gesicht zu sagen. Sie hat bis zuletzt geschwiegen. Sie hat mich hintergangen!

Ich musste es vor der versammelten Redaktion erfahren. Und zu allem Überfluss auch noch von Fünkchen. Ausgerechnet Fünkchen. Das ist niederträchtig. Es ist, wenn ich es mir recht überlege, eine bodenlose Gemeinheit. Es ist eben doch: typisch Frau.

Ich spüre, wie die wohltuende zweite Phase der männlichen Gefühlsverarbeitung bei mir einsetzt: die Verwandlung von Trauer, Schmerz und Enttäuschung in WUT. Es ist vielleicht das schönste Geschenk, das die Natur uns Männern gemacht hat. Es verkürzt das Leiden ungemein. Es macht sogar regelrecht Spaß. Auch wenn es ungerecht ist.

Wenn Frauen traurig sind, dann ist nichts mehr zu machen. Keine Chance auf Heilung. Es ist jedes Mal der Weltuntergang. Die schlimmste denkbare Katastrophe (auch wenn sie in Wirklichkeit nur ihren Hausschlüssel nicht finden können, ihr Ficus Benjamini eingegangen ist oder die Tochter der Schwester der Nachbarin Brustkrebs hat). Dann weinen sie. Sie rufen ihre beste Freundin an und weinen so lange, bis auch die weint. Sie essen Schokolade (wahlweise: einen zweiten Joghurt zum Mittagessen). Oder lesen ein Buch. Oder rufen ihre Mutter an. Oder legen sich ins Bett und schreiben Tagebuch.

Männer sind da einfacher gestrickt. Keine Tränen, keine Anrufe, keine Schokolade. Wenn Männer traurig sind, machen sie irgendetwas KAPUTT. So wie ich jetzt. Zum Beispiel mein Telefon. Nach einem kurzen Gespräch mit meinem Bankberater Peter Peters (»Sehen Sie noch Möglichkeiten, meinen Dispositionskredit auszuweiten? Nein? Wirklich nein? Sie meinen, richtig, absolut nein? Ja, das habe ich verstanden. Ich bin ja nicht schwerhörig. Sie passen zur Sparkasse, habe ich Ihnen das schon mal gesagt? Was ich damit meine, Herr Peters? Nein, erkläre ich Ihnen nicht. Nein! Wirklich, absolut nein!«) landet es unsanft an der Wand meiner Wabe, von wo es erst auf meine Schreibtischkante fällt und anschließend auf den Fußboden. Da bleibt es dann liegen und besteht – Wunder der Technik – aus mehr Teilen als vorher.

Aber das ist erst der Anfang. Ich durchforste mein Büro systematisch nach möglichen Opfern. Was mir in die Hände fällt, hat nicht viel zu lachen. Zum Beispiel diese Holzpuppe, die mir irgendein namenloser belgischer Popsänger geschenkt hat. Sie landet enthauptet und in Stücke gehackt im

Papierkorb. Kurz darauf folgt das alberne Thermometer, das aus einem gefüllten Wasserkolben besteht, in dem bunte Glaskugeln auf und nieder schweben. Warum habe ich es nicht schon längst weggeschmissen (ich glaube, weil Fünkchen es mir geschenkt hat)? Jetzt jedenfalls verwandelt es sich in einen Haufen Glasscherben und eine mittelgroße, farbige Wasserlache auf dem Fußboden vor meinem Schreibtisch.

Die Blätter meiner Schreibtischunterlage verarbeite ich im Laufe des Nachmittags zu gefalteten Flugbombern. Sie steigen aus meiner Arbeitswabe auf und verrichten in der gesamten Redaktion ihre vernichtenden Aufgaben. Einige kehren zu mir zurück. In Form von Papierkugeln. Doch niemand beschwert sich. Alle wissen, dass ich kurz davor bin, ein Massaker zu begehen.

Ich begehe es. Zum Beispiel an den rund dreihundert Werbekugelschreibern in meiner Schreibtischschublade. Einige werden als Luft-Boden-Raketen zusammen mit den Papierbombern auf die Reise geschickt. Andere landen direkt im Mülleimer. Und wieder andere nehme ich fein säuberlich auseinander, bevor ich sie in neuen Kombinationen wieder zusammensetze und mich dabei fühle wie ein grausamer Klon-Arzt.

Sie haben Recht. All das ist im Grunde vollkommen harmlos. All das erinnert an den Gemütszustand eines Achtjährigen. All das ist nichts im Vergleich zu dem, was andere Männer in Zeiten der Trauer tun. Andere Männer sind zu wahrhaft schlimmen Taten in der Lage.

Zum Beispiel mein Freund Wolfgang, als ihn seine damalige Freundin Renate verließ.

»Du verlässt mich?«, fragte er sie.

»Ja, ich verlasse dich«, antwortete sie.

»Das heißt, du gehst?«

»Genau. Ich gehe.«

Das lässt sich ein Mann nicht zweimal sagen. Und Wolfgang schon gar nicht. Also fing er an herumzubrüllen.

»Dann hau doch ab. Ich kann dich sowieso nicht mehr sehen.«

»Dann ist ja gut«, sagte Renate und freute sich.

»Mach, dass du wegkommst.«

»Ich bin gerade dabei. Das siehst du doch.«

Wolfgang wurde doch noch einmal nachdenklich. Er sah erst sie prüfend an, dann die Koffer, die sie immer voller packte. Schließlich fragte er:

»Sehe ich das richtig, dass du auch nicht wiederkommen willst?«

»Genau, Wolfgang. Ich komme nicht wieder.«

»Und wenn ich ab jetzt spüle? Und das Bad mache? Und einkaufe. Wenigstens am Wochenende?«

»Es ist vorbei, Wolfgang. Versteh das doch.«

»Ich bin ja nicht blöd. Natürlich verstehe ich das. Ich würde auch noch das Staubsaugen übernehmen.«

»Wolfgang! Darum geht es nicht.«

»Nein?«

»Nein.«

»Worum geht es denn dann?«, fragte er, wobei er für einen Moment vergaß, seine Verzweiflung zu verbergen.

Renate sagte es ihm. Und das war der Augenblick, in dem alles anders wurde. Sie sagte: »Es gibt da jemanden.«

Wolfgang hat nicht mehr geantwortet. Denn in manchen Augenblicken liegen die männliche Trauerphase und die darauf folgende Wutphase sehr dicht beisammen. Sie sind sozusagen ein und dasselbe. Wolfgang zum Beispiel hat als Erstes Renates heiß geliebte Zimmerpflanzen vom Balkon geworfen. Und sie musste es mit ansehen. Kurz darauf folgten die Tupperware-Dosen mit dem tiefgekühlten Essen, das Renates Mutter für die beiden gekocht hatte – eine sehr symbolische Handlung, die Renate mit den Worten kommentierte: »Lass meine Mutter aus dem Spiel.«

Etwas später warf Wolfgang die gemeinsame Katze Minna vom Balkon (drei Stockwerke, sie blieb unverletzt).

Renate blieb ruhig und sagte: »Wolfgang. Was du machst, ändert nichts. Überhaupt nichts. Ich werde dich verlassen. Und wenn du dich selbst vom Balkon schmeißt.«

Statt zu antworten, leerte Wolfgang eine Flasche Bacardi in einem Zug und setzte sich ans Steuer seines Passats. Das war der Augenblick, in dem Renate mich anrief. Dabei war ihre Sorge vollkommen überflüssig: Wolfgang hatte nur fünfhundert Meter gebraucht, um einen Totalschaden zu produzieren und drei geparkte Autos fast vollständig zu demolieren. Er selber hatte keine Schramme abbekommen. Renate sagte:

»Das ist mir egal. Aber ich wollte den Wagen haben.«

Sorgen machte ich mir erst, als Wolfgang in den folgenden Tagen begann, seine Wut gegen sich selbst zu richten. Zum Beispiel kündigte er sein »Premiere-World«-Abo. Er zerriss seine Dauerkarte für den HSV. Und er leaste einen BMW Z3, obwohl ihn die Raten ruinieren mussten. Ich führte ein ausgiebiges Männergespräch mit ihm, während wir mit hundertachtzig Stundenkilometern nach München rasten. Wir hörten Deep Purple und versicherten uns gegenseitig, dass Frauen ekelhafte Geschöpfe seien. Es hat ihm über das Schlimmste hinweggeholfen. Außerdem lernte er bei dem Wochenende in München Gudrun kennen, die Mutter seiner Zwillinge.

Irgendwann sind meine Wut und meine Zerstörungssucht verraucht. Ich sitze an meinem Schreibtisch und mache mir trübsinnige Gedanken über alles Mögliche. Dann schlurfe ich in die Küche hinüber und hole mir eine Tasse Kaffee (die achte heute), lege die Beine auf den Tisch und stärke mein Ego, indem ich meinen eigenen Artikel lese (genau: den Artikel, den Fünkchen über alle Maßen gelobt hat).

Sie sind jung, sie sind wild – und oft sind sie einsam: Singles. Man sieht sie überall: im Waschsalon, im Supermarkt, beim Italiener um die Ecke. Oft sehen sie glücklich aus. Sie sind erfolgreich, haben angesehene und interessante Jobs. Aber sind sie es auch: glücklich? Gibt es so etwas überhaupt: Glück, das mit niemandem geteilt wird?

Was bewegt Männer und Frauen dazu, nein zu einem Partner zu sagen? Und ihr Leben lieber mit einer Katze zu teilen oder mit einer Zimmerpflanze? Sind sie emotional gestört? Das Produkt einer Gesellschaft, die einfach keine Nähe mehr erträgt? Oder haben sie die einzige Lebensform gewählt, die wahrhaftige Freiheit verspricht?

Jeden Tag kochen, was man will, keinen Streit über das Fernsehprogramm, ungehemmte Selbstbefriedigung auf dem Wohnzimmerteppich. All das schätzen Singles an ihrem Leben. Und doch leiden sie auch. Wer bringt den Müll runter, wenn man selbst keine

Lust dazu hat? Wer gießt die Blumen, wenn man auf Bildungsreise in Ägypten ist? Und wer tröstet einen, wenn das Verhältnis mit dem netten Kollegen oder der netten Kollegin in die Brüche geht?

Ich merke bald, dass ich mich auf nichts Geschriebenes konzentrieren kann. Immer noch machen mir die Erlebnisse bei der Konferenz zu schaffen. Anzumerken ist mir das jedoch nicht. Ganz im Gegenteil. Ich sitze an meinem Schreibtisch, schlürfe meinen Kaffee und sehe zufrieden aus. Niemand würde darauf kommen, dass dieser Tag mich fast aus der Bahn geworfen hätte. Warum eigentlich? Ich weiß es schon selber nicht mehr.

Meine Arbeitswabe hat zwar keine Tür. Aber unter uns Kollegen ist es üblich, sich mit einem Klopfen anzumelden. Und genau ein solches Klopfen höre ich gerade.

»Ich bin nicht da«, sage ich, ohne mich umzudrehen.

»Ich möchte aber mit dir sprechen.«

Konstanze! Ich sehe verstohlen auf die Uhr. Eigentlich habe ich schon vor über einer Stunde mit ihr gerechnet.

»Keine Zeit«, sage ich.

»O ja. Ich sehe, dass du sehr beschäftigt bist«, sagt sie, spitz wie eine Nadel.

»Genau. Bin ich auch«, sage ich. Und ärgere mich im gleichen Augenblick über mich selber. Ist das etwa cool, wie ich mich benehme? Ist das etwa gelassen? Ist das etwa eine geeignete Tarnung, um zu verbergen, dass ich mich eigentlich hundeelend fühle? Ich muss dringend nachbessern. Daher sage ich:

»Was gibt es denn, Schätzchen? Soll ich dir beim Packen helfen?«

»Gregor! Bitte!«

»Kein Problem. Für dich habe ich immer Zeit, Ex-Lieblingskollegin. Du musst mir nur Bescheid sagen.«

Es ist schrecklich. Jedes meiner Worte klingt nach einem unglücklich verliebten Dreizehnjährigen. Gregor Hamdorf – was ist nur mit dir los?, frage ich mich. Und bin stinksauer auf mich selbst.

»Sei doch mal vernünftig, Gregor. Es tut mir Leid, was vorhin passiert ist. Es war wirklich nicht so geplant. Du weißt, dass ich das allein Fünkchens Gemeinheit zu verdanken habe.«

Ich lasse meinen Bürostuhl einmal um hundertachtzig Grad kreisen und sehe Konstanze überrascht an. »Wieso? Fünkchen hat deinen Abschied doch sehr einfühlsam verkündet. Die Kollegen waren ganz gerührt. Ich muss zugeben, dass es etwas überraschend kam. Aber es gibt bestimmt gute Nachfolgerinnen für dich. Wir werden dich also nicht vermissen«, sage ich und lächle Konstanze an.

Die stemmt die Hände in die Hüften und kneift die Augen zusammen. Typisch Frau. Erst Mist bauen und dann auch noch meinen, dass man sich aufregen darf. Anscheinend aber schluckt Konstanze irgendetwas herunter, was sie gerade sagen wollte. Stattdessen lächelt sie und sagt:

»Kollege Hamdorf. Glauben Sie, dass Sie in der Lage sind, ein normales Gespräch mit mir zu führen?«

»Klar, Schätzchen. Ich weiß nur nicht, was wir zu besprechen hätten.«

Das ist offenbar ein cooler Satz zu viel.

»Na gut!«, schnaubt Konstanze. Sie knurrt einmal laut wie eine wütende Tigerin und sagt: »Dann halt nicht. Wenn du es nicht nötig hast, mit mir zu sprechen – nun gut. Ich will mich ganz bestimmt nicht aufdrängen.«

Sie dreht sich um und stampft davon.

Und ich? Ich sitze auf meinem Stuhl und schüttele den Kopf. Was bildet sich diese arrogante Schnepfe überhaupt ein? Erst lässt sie vom Chefredakteur persönlich verkünden, dass sie beim Magazin aufhört, Deutschland verlässt und ihr Glück jenseits des Atlantiks sucht. Und dann meint sie auch noch, mir eine Szene machen zu müssen! Das ist schockierend. Das ist unerhört. Das ist typisch Konstanze!

Habe ich nicht allen Grund dazu, stinkwütend auf sie zu sein? Kann ich es hinnehmen, dass sie einfach nach Amerika gehen will, ohne ein Wort zu sagen? Soll ich lächelnd darüber hinweggehen, dass Konstanze mein Vertrauen schmählich missbraucht hat? Schließlich ist sie nicht irgendwer! Konstanze ist die einzige Frau, der ich je anvertraut habe, dass ich erst mit zwanzig meine Unschuld verloren habe! Sie ist der einzige Mensch, der weiß, dass ich immer, wenn es mir schlecht geht, meine Michael-Schumacher-Bettwäsche aufziehe. Sie ist die einzige weibliche Seele, die weiß, dass ich zweimal durch die Führerscheinprüfung gefallen bin und noch bis zum Abitur davon geträumt habe, Pilot zu werden. Und ausgerechnet diese Frau, die mehr über mich weiß als meine Mutter, hintergeht mich derart!

Also habe ich jeden Grund, sauer zu sein. Und wenn sie keinen Wert auf eine Versöhnung legt, dann kann ich ihr auch nicht helfen. Ich werde bestimmt nicht bei ihr ankommen. Zumal ich ohnehin weiß, was das bedeuten würde: erst Versöhnung, dann ein paar Tränen, und am Ende darf ich sie zum Flughafen fahren und ihre Koffer tragen!

Nein danke.

Es gibt nichts, was so leicht zu verletzen ist wie männlicher Stolz. Und ist es erst einmal passiert, dann muss schon einiges geschehen, um die Wunden wieder zu heilen. Ich sitze kochend vor Wut an meinem Schreibtisch und überlege, was Konstanze tun müsste, um mich zu versöhnen. Und ich habe nicht vor, die Latte allzu niedrig zu hängen.

Wie wäre es zum Beispiel mit: einmal meine Wohnung putzen? Nein, das hat zu wenig mit dem Anlass unseres Streites zu tun. Vielleicht müsste sie mich am letzten Abend vor ihrem Abflug zum Essen einladen und mir gestehen, dass ich im Grunde der einzige Mann bin, für den sie sich wirklich interessiert. Nur, dass sie ja leider viel zu schlecht für mich sei und ich sie ohnehin nicht liebe (solche Bekundungen füllen die seelischen Schwellkörper eines Mannes augenblicklich bis zum Anschlag, das ist mentales Viagra). Andererseits: Warum sollte Konstanze mir so etwas sagen? Nein, dazu ist unsere Beziehung viel zu platonisch!

Vielleicht geht es auch einfacher: Vielleicht sollte sie sich einfach bei mir entschuldigen? Ja, das wäre genau das Richtige. Sie sollte hier zu meinem Schreibtisch kommen, mich schuldbewusst ansehen und sich entschuldigen. Das ist die Lösung! Eine wunderbare Vorstellung, die ich mir in den folgenden zwanzig Minuten in den herrlichsten Farben ausmale. Ich sehe Konstanze vor meinem inneren Auge, wie sie auf Knien zu meinem Schreibtisch gerutscht kommt und mich demütig um Verzeihung bittet. Ich stelle mir vor, wie sie sich selbst beschimpft, weil sie so ungerecht zu mir war, und mir dann schwört, so etwas nie wieder zu tun. Ich sehe sie vor mir, wie sie sich selbst kasteit und wie sie zugibt, dass sie selbstsüchtig und hinterhältig ist.

All das stelle ich mir vor. Aber besser geht es mir dadurch nicht. Um genau zu sein: überhaupt nicht. Weder verraucht meine Wut, noch lindert es meinen Ärger. Irgendetwas ist also immer noch falsch! Aber was?

Sie brauchen es nicht zu sagen. Ich habe es gerade selber bemerkt. Was ich von Konstanze verlange – nämlich sich zu entschuldigen –, ist genau das, was sie vor einer halben Stunde getan hat. Schließlich ist sie todesmutig angekommen, obwohl sie alle vor meiner schlechten Laune gewarnt haben, und sie hat nichts anderes getan, als zu sagen, dass es ihr LEID TUT.

Und ich? Ich habe sie einfach abblitzen lassen. Aber was hätte ich auch sonst tun sollen. Ich bin ein Mann, ich bin traurig. Und zu allem Überfluss ist auch noch mein Stolz verletzt. Ich habe also gar keine andere Wahl gehabt. Ich musste gemein und ungerecht zu ihr sein. So verlangt es die Natur!

Moment, Gregor!, sagt irgendeine Stimme in mir. Ich vermute, dass es mein Gewissen ist, das da mit letzter Kraft zu mir spricht. Es sagt: Niemand verlangt irgendetwas von dir, Gregor! Du bist frei. Du bestimmst ganz alleine darüber, ob du dich wie ein Mensch verhältst. Oder wie ein SCHWEIN. Nun entscheide selbst, was du sein willst und wie du dich ab sofort benehmen willst!

Ja, Gewissen. Ist ja gut. Du hast ja Recht. Natürlich will ich kein Schwein sein. Zumindest nicht immer. Und im Moment schon gar nicht. Und nicht gegenüber Konstanze.

Manche Männer tun in gewissen Situationen genau das Richtige, auch wenn sie es gar nicht wollen. Ich zum Beispiel. Ich stehe auf und schlurfe den langen Weg zu Konstanzes Arbeitswabe hinüber – es sind ungefähr fünfzehn Meter. Aber ich habe das Gefühl, dass ich für diese Strecke ungefähr eine halbe Stunde brauche.

Schließlich stehe ich am Eingang zu ihrer zweiten Wohnung, wie ich ihren Arbeitsbereich spöttisch nenne, und sehe sie an ihrem Schreibtisch sitzen. Leise klopfe ich gegen die Trennwand neben ihrem Bücherregal.

Bevor ich noch etwas sagen kann, sagt sie:

»Ich bin nicht da.«

»Ich möchte aber mit dir sprechen«, sage ich.

»Keine Zeit«, sagt sie.

Aber es sind gar nicht die Worte, die mich irgendwo ganz tief in meinem Innersten berühren. Es ist ihre Stimme. Denn Konstanzes Stimme klingt, als halte sie ihren Kopf unter Wasser.

»Was ist denn mit deiner Stimme los?«, frage ich – naiv und dumm und ungehobelt, wie ich bin (was ich im gleichen Augenblick merke, in dem ich meine Frage gestellt habe).

Konstanze dreht sich um, und ihr Anblick reißt mir förmlich das Herz aus der Brust. Meine wunderschöne Konstanze: Sie hört sich nicht nur an, als stecke ihr Kopf unter Wasser – sie sieht auch so aus. Ihre Schminke zieht sich in bunten Bahnen von den Augen bis zum Kinn, unter ihrer Nase tropft der Rotz, und ihre Haare kleben in nassen, wilden Strähnen am Gesicht: Konstanze ist verheult wie eine Achtjährige, deren älterer Bruder ihre Barbiepuppe mit seinem Big Jim vergewaltigt.

Und ich? Verletzt und traurig und wütend, wie ich bin, frage ich sie mit Unschuldsmiene: »Mein Gott, was ist denn los, Konstanze? Ist irgendetwas passiert?«

Keine Antwort. Stattdessen heult sie auf wie ein Porsche, dessen Gaspedal im Leerlauf durchgetreten wird, sie schmeißt den Kopf in die Hände und weint bittere Tränen von der Größe mittlerer Kristallmurmeln. Natürlich! Es ist ja auch so ziemlich das Dämlichste, was ich fragen kann!

Ich versuche eine augenblickliche Rettungsaktion und sage:

»Nein, Konstanze, warte. Das war jetzt nicht so gemeint. Wirklich nicht. Ich weiß doch, dass ich mich vorhin blöd verhalten habe. Ich habe mich gefreut, dass du zu mir gekommen bist. Und ich weiß auch, dass Fünkchen dich in die Pfanne gehauen hat ...«

Konstanzes Weinen versiegt jäh und plötzlich – wie ein Fernseher, dessen Ton ausgeschaltet wird. Immer noch hat sie die Hände vor das Gesicht geschlagen. Doch jetzt spreizt sie die Finger der einen Hand und lugt mich an wie ein Höhlenkobold.

»Das heißt, du glaubst mir? Du glaubst, dass ich mit dir reden wollte? Dass ich es dir sagen wollte und dass Fünkchen mir hoch und heilig versprochen hatte, nichts zu verraten?«

»Ja, ich glaube dir. Natürlich glaube ich dir. Haben wir uns jemals angelogen?«

Sie schüttelt den Kopf. Und ich fahre fort:

»Natürlich glaube ich dir das. Aber verstehen kann ich es trotzdem nicht. Wenn Fünkchen sagt, dass du uns mit sofortiger Wirkung verlässt – heißt sofort denn wirklich sofort?«

Konstanze nickt. Sie hat inzwischen ein Papiertaschentuch hervorgekramt, das aber eher aussieht wie ein aufgequollener Tampon. Ich ziehe mein Stofftaschentuch aus der Hemdtasche – ja, ich gehöre zu den Männern, die so etwas besitzen und immer bei sich tragen – und reiche es ihr. Konstanze verwandelt es binnen einer Sekunde in einen durchtränkten, schminkeverschmierten Lappen. Aber darauf kommt es jetzt nicht an. Sie schnieft noch ein paar Mal und sagt dann:

»Sofort heißt sofort. Ich räume später meinen Schreibtisch auf und sage dem Magazin und dem Verlag auf Wiedersehen … Und dir, mein Lieblingsgregor, sage ich auch auf Wiedersehen. Wenn du das denn überhaupt noch willst.«

Ich spüre, wie sich in mir wieder die Wut regt. Wen könnte das wundern? Mit nicht gerade sanfter Stimme sage ich: »Und das Ganze weißt du erst seit heute? Was ist mit der ganzen vergangenen Woche? Mit dem Wochenende? Mit den letzten Nächten, die wir zusammen durchgearbeitet haben? Hast du es da schon gewusst? Und mir nichts gesagt?«

Konstanze nickt. Konstanze schüttelt den Kopf. Konstanze sagt: »Ja. Nein. Ich hab's gewusst. Ich hab's nicht gewusst.«

»Ach so. Ich verstehe«, sage ich – meine Stimme hat ungefähr minus zehn Grad. Ich bin kurz davor, mich auf dem Absatz umzudrehen und sie einfach allein mit ihren Tränen sitzen zu lassen!

»Ich kann es dir erklären«, sagt sie. »Bitte, sei nicht sauer, Gregor. Es ist mir sehr wichtig, dass du nicht sauer bist. Ich erkläre es dir.«

»Ich bin gespannt«, sage ich.

Dann ziehe ich mir einen Stuhl heran, setze mich neben sie und sehe sie gespannt an.

»Ich sehe bestimmt schrecklich aus«, sagt Konstanze und putzt sich die Nase. Ich nicke.

»Grauenhaft.«

Zum ersten Mal an diesem Nachmittag sehe ich sie lachen.

»Du bist sehr charmant«, sagt sie – aber es ist schon wieder ihre Schauspielstimme, die ich so gut an ihr leiden kann.

»Das ist meine Spezialität«, sage ich.

»Ich weiß.«

Konstanze atmet tief durch. Sie schnäuzt sich noch einmal ausgiebig. Sie wischt sich die letzten Tränen ab. Um mir anschließend etwas zu erklären, was man meiner Meinung nach nicht erklären kann.

Ich habe mich getäuscht. Denn was Konstanze mir in der nächsten halben Stunde erzählt, überzeugt mich. Davon, dass es durchaus Gründe dafür gibt, warum sie sich heute wie eine richtige Furie benommen hat:

John, ihr amerikanischer Lebensgefährte, verspricht ihr schon seit einer Ewigkeit, dass er sich scheiden lassen will. Um genau zu sein, seit drei Jahren – ungefähr genauso lange, wie die beiden miteinander befreundet sind. Konstanze weiß, dass die Beziehung und die Ehe von John und seiner Exfrau Delila seit langem vorbei und auch nicht mehr zu retten ist. Zur Eifersucht bestand bisher also überhaupt kein Grund.

Aber warum zieht es sich mit der Scheidung so lange hin? Johns Erklärungen wurden immer merkwürdiger, findet Konstanze. Und irgendwann, wie hätte es anders sein sollen, beschlich Konstanze ein leiser Zweifel: Verbarg John irgendetwas vor ihr? Traf er sich doch noch mit Delila? War sie, Konstanze, für John vielleicht doch nur der kleine Seitensprung, den sich alle Männer um die fünfzig gönnten?

Dann war da ein Erlebnis vor rund einem Jahr. John nahm sie zum ersten Mal mit zu seinen Eltern. Sie freute sich sehr darüber. Bisher hatte sie immer das Gefühl gehabt, dass John sie vor seinen Eltern verstecken wollte. Was albern war – alle Welt wusste von ihr und John. Immerhin verkehrten sie mit der höchsten New Yorker Gesellschaft. Selbst die Klatschpresse hatte schon über sie geschrieben. Nur seine Eltern sollten nichts davon erfahren? Sie hatte es immer albern gefunden – und sie war sehr froh, dass das Versteckspiel endlich ein Ende haben sollte.

Johns Eltern, Toni und Elvira Calieri, wohnen in einem kleinen Häuschen in Hoboken, New Jersey (»der schwitzenden Achselhöhle New Yorks«, wie Johns Vater ungefähr dreimal an dem Abend zum Besten gab). Konstanze ist begeistert von dem alten italienischen Ehepaar, das sich in New York eine Existenz aufgebaut hat. Toni hat als Kistenschlepper auf dem Großmarkt angefangen und es bis zum eigenen Gemüse-Großhandel gebracht. Elvira hat sich eine eigene Schneiderei aufgebaut. Und ihr Sohn ist ein leibhaftiger Dirigent geworden. Die Eltern sind so stolz auf ihn, dass sie John für den größten Musiker seit Leonard Bernstein halten.

Sie fuhren in Johns Wagen durch den dichten Feierabendverkehr. Kurz bevor sie das Haus seiner Eltern erreichten, sagte John:

»Ich möchte dich um einen Gefallen bitten, Schatz.«

»Natürlich, John. Alles, was du willst.«

»Du wirst mir nicht böse sein?«

Konstanze sah ihn an. Sie dachte, dass irgendein Witz folgen würde, und sagte:

»Erst möchte ich wissen, was es ist. Dann überlege ich mir, ob ich dir das versprechen kann.«

»Ich möchte, dass du meinen Eltern nichts von unserer Beziehung sagst. Sag ihnen, dass wir befreundet sind. Dass du eine Violinistin aus meinem Orchester bist.«

Damit hatte Konstanze nicht gerechnet. Ganz im Gegenteil: Es war wie eine Ohrfeige. Sie starrte aus dem Wagenfenster auf die lange Reihe der roten Bremslichter vor ihnen.

»Was soll das, John? Warum soll ich das sagen? Wir sind seit über zwei Jahren ein Paar.«

»Tu es einfach, Conny. Ich kann es dir nicht erklären. Ich bitte dich darum, das ist alles.«

Konstanze wollte nicht lockerlassen.

»Ist es wegen Delila?«, fragte sie.

John, der sonst immer ruhig und gefasst war, fauchte sie plötzlich an: »Quatsch. Es hat überhaupt nichts mit ihr zu tun. Gar nichts … Warum fragst du das? Warum kannst du mir nicht einfach einen Gefallen tun, wenn ich dich darum bitte?«

»Also gut. Wenn du es mir nicht erklären willst – ich kann dich nicht dazu zwingen.«

»Wirst du es tun?«, fragte er unsicher.

»Ja. Ich werde es tun. Ich tue alles, was du willst. Ich werde ihnen sagen, dass ich Geige spiele und dich anhimmle – nicht als Mann, sondern als Dirigenten.«

»Danke.«

Sie tat ihm den Gefallen. Und sie tat ihn ihm jedes Mal, wenn sie bei seinen Eltern zum Essen waren. Also eigentlich immer, wenn sie in den USA war – im Schnitt alle zwei bis drei Monate. Alles war gut. Ihre Beziehung, ihre Karriere, Johns Karriere. Sie machten Pläne für ein gemeinsames Haus auf Long Island. Doch vorher die Scheidung, über die John nicht mit ihr sprechen wollte. Mit ihr nicht und mit niemand anderem. Sie konnte es nicht verstehen. Und sie merkte, dass ihre Beziehung anfing zu leiden.

Konstanze erzählt mir von einem Abend, den sie wieder gemeinsam bei Johns Eltern in New York verbracht haben. Das war vor vier Wochen, als sie das letzte Mal drüben gewesen ist. Es gab selbst gemachte Spaghetti. Johns Schwestern waren mit ihren Kindern da. Ein schöner Abend, mit viel Gelächter und fröhlichem Kindergeschrei. Dann erhielt John einen Anruf, dass er dringend in die MET kommen müsse. Im Instrumentenraum sei eingebrochen worden. Er bestand darauf, dass Konstanze im Haus der Eltern blieb, und versprach hoch und heilig, in spätestens einer Stunde wiederzukommen.

Natürlich kam er nicht wieder. Er rief an und sagte, dass der Schaden gewaltig sei und die Polizei viele Fragen an ihn habe. Aber das war ganz egal. Johns Eltern bemühten sich, es ihr so schön wie möglich zu machen. Sie waren freundlich und behandelten sie wie ein Mitglied der Familie. Irgendwann ging der Vater in den ersten Stock und kam mit einer Geige zurück.

»Spielen Sie uns etwas vor«, sagte er.

Konstanze lächelte schüchtern. »Aber nein. John würde es bestimmt nicht wollen. Er ist doch der große Musiker. Nicht ich. Ich möchte Sie nicht langweilen.«

»Bitte, spielen Sie für uns«, beharrte der Vater.

Konstanze spürte, wie ihr Kopf heiß wurde. Was sollte sie nur tun? Schließlich kam sie zu der Überzeugung, dass sie es nur mit der Wahrheit probieren könnte.

»Ich kann nicht spielen«, sagte sie.

Im Wohnzimmer der Calieris war es inzwischen

mucksmäuschenstill geworden. Die ganze Familie starrte sie an. Selbst die Kinder waren ruhig geworden. Konstanze wäre am liebsten im Erdboden versunken. Doch Johns Vater erlöste sie. Er sagte:

»Ich weiß. Ich weiß es schon lange. Es gibt keine deutsche Violinistin an der MET. Und ich muss nur einmal auf ihre Hände sehen, um zu wissen, dass Sie keine Musikerin sind – ich hoffe, Sie verzeihen mir die Unhöflichkeit.«

»Ich Ihnen verzeihen?«, fragte Konstanze ungläubig. Mit leiser Stimme fuhr sie fort: »Ganz im Gegenteil. Ich hoffe, dass Sie mir verzeihen! Es tut mir so Leid. Ich habe Sie angelogen. All die Monate schon …«

Der Vater schüttelte den Kopf und schenkte ihr ein mildes Lächeln.

»Es war Johns Idee, nicht wahr?«

Konstanze nickte. Die Mutter schaltete sich in das Gespräch ein und sagte:

»Der dumme Junge. Warum macht er so etwas?«

»Ich weiß es auch nicht«, erklärte Konstanze.

»Aber ich«, sagte Johns Vater. »Ich weiß es. Der Junge hat Angst. Und ich kann es ihm nicht einmal verdenken. Ich bin Italiener. Ich bin katholisch. Wir sind alle katholisch. Ich habe ihm gesagt, dass eine Scheidung das Schlimmste ist. Kein Calieri hat sich bisher scheiden lassen. Kein einziger. Es ist gegen unsere Ehre, habe ich gesagt. Damals schon, als Delila zu uns kam. Ich habe es ihm gesagt, weil ich die Ehe für einen Fehler gehalten habe. Von Anfang an. Ich habe ihm gesagt: Wenn es passiert, wenn du das Mädchen in ein paar Jahren verstößt, will ich auch nichts mehr mit dir zu tun haben. Das habe ich ihm gesagt. Vor vielen Jahren. Weil ich so gedacht habe.«

»Und heute? Wie denken Sie heute?«

Er hob die Hände in einer hilflosen Geste zum Himmel.

»Heute weiß ich, dass es vollkommen egal ist, was ich denke. Die Zeiten sind andere geworden. Und Gott hat bessere Gründe, auf uns Menschen sauer zu sein. Eine Scheidung mehr oder weniger, darauf kommt es nicht an.«

»Und außerdem«, ergänzte Johns Mutter. »Vielleicht haben wir ja auch bald eine neue Schwiegertochter im Haus … Wir freuen uns auf Sie.«

Konstanze lächelte die beiden dankbar an.

»Aber wie geht es weiter? Ich habe John versprochen, nichts zu sagen. Ich habe Angst, dass er sehr wütend wird«, sagte Konstanze.

Das Gesicht des Vaters wurde hart.

»John muss selber die Kraft haben, mit uns zu reden. Wir werden ihm nicht helfen. Wir werden seine Entscheidung respektieren. Aber wir werden sie ihm nicht abnehmen.«

Natürlich hat Konstanze John von diesem Abend erzählt. Zuerst war er sehr sauer. Es war eines der wenigen Male, dass sie sich gestritten haben.

»Du hast wunderbare Eltern, John«, hat sie gesagt.

»Du kennst sie nicht«, beharrte er.

»Vielleicht kennst DU sie nicht.«

Konstanze machte sich in den Tagen danach große Sorgen. John war nachdenklich. Er zog sich zurück und hatte schlechte Laune. Sie spürte, wie es in ihm kämpfte. Vielleicht ging es gar nicht nur um die Scheidung. Vielleicht war es mehr. Vielleicht war es eine alte Angst, die John vor seinem Vater empfand. Alle Männer bleiben in ihrem Herzen kleine Jungs, sagt Konstanze zu mir.

Ich kann nichts anderes tun, als ihr Recht zu geben.

Konstanze schüttelt die Erinnerung ab. Sie ist wieder in der Gegenwart angekommen, in Hamburg, in der Redaktion, auf ihrem Stuhl, der direkt neben meinem steht. Sie sagt:

»Dieser Abend vor vier Wochen und unsere Gespräche seitdem haben viel verändert. Obwohl John nicht wirklich darüber reden konnte. Es war, wie wenn er an einer Partitur arbeitet. Er kann nicht darüber reden, weil er Angst hat, dann seine Ideen zu verlieren. Und trotzdem spüre ich in jedem Augenblick, wie sehr es ihn beschäftigt. Genauso war es in den zurückliegenden Wochen.«

Konstanze sieht mir tief in die Augen und sagt:

»Kannst du es jetzt verstehen? Ich habe nicht gelogen, als ich gesagt habe: Ich wusste es, und ich wusste es auch nicht.«

Ich nicke.

»Natürlich. Ich habe nie geglaubt, dass du mich anlügst ... Wie genau ist es weitergegangen?«

»John hat mich am Samstag angerufen. Vorgestern. Er hat mit seinem Vater gesprochen. Er hat sich seine Absolution erteilen lassen ... Und auch Delila war einverstanden, seine Frau. Natürlich war sie das.«

»Sie lassen sich scheiden?«, frage ich.

»Bald schon. In den nächsten Wochen. Es ist nur noch eine Formalie. Es gibt schon einen Vertrag. Es fehlen nur noch die Unterschriften.«

»Und du?«

»John hat mich gefragt, ob ich kommen möchte. Er startet nächste Woche auf eine große Tournee durch die gesamten Vereinigten Staaten. Er will, dass ich ihn begleite. Und er will, dass wir heiraten.«

Es ist eine merkwürdige Situation. Wir sitzen eng beieinander in Konstanzes Arbeitswabe. Um uns herum tobt das Redaktionsleben. Doch hier ist es ruhig, als würden wir fernab von allem Trubel in einer einsamen Hütte im Wald sitzen. All die Bewegungen, die ich aus dem Augenwinkel beobachten kann, erscheinen mir wie Szenen aus einem Stummfilm. Es gibt in diesem Augenblick nur Konstanze und mich, und die verrückten Geschichten, die wir irgendwann einmal »unser Leben« nennen werden.

John ist also endlich über seinen Schatten gesprungen. Natürlich, eines Tages musste es so weit sein. Wie oft hat Konstanze mir davon erzählt? Von ihrer Hoffnung, von ihren Ängsten, von dem ungesunden Essen in den USA? Und davon, dass sie die Pendelei zwischen den Kontinenten leid sei.

Ich habe mich oft gefragt, was in Konstanzes tiefstem Inneren eigentlich vor sich geht. Im Grund habe ich keine Ahnung davon. Sie ist meine beste Freundin, ich habe unendlich viel mit ihr erlebt. Wir verbringen unser halbes Leben oder sogar mehr miteinander und gehen seit Jahren fast jeden Tag miteinander Mittag essen. Und doch weiß ich nichts über sie. Wie oft habe ich mich gefragt, was das für eine Geschichte mit John ist. Er ist fast zwanzig Jahre älter als sie, er lebt über sechstausend Kilometer von ihr entfernt auf einem anderen Kontinent, er ist oft wochenlang auf Tourneen oder verkriecht sich irgendwohin, um seine Symphonien zu komponieren. Sie hat nie viel von ihm erzählt. Und dabei erzählen wir uns alles (und das heißt ALLES: Sex, Verdauungsprobleme, sogar geheimste Marotten wie meine Vorliebe für farbige Schnürsenkel und ihre regelmäßigen Nutella-Exzesse). Doch über John hat sie nie besonders viel geredet. Für mich ist er immer so etwas wie eine Säule in ihrem Leben gewesen: unverrückbar, stabil, tragend – und gerade deshalb nicht vieler Worte wert.

Offenbar hat sie ihr Glück mit John gefunden. Und ich habe es immer akzeptiert. Auch jetzt.

»Ich freue mich für euch. Ich freue mich sehr«, sage ich. Aber mein Kopf fühlt sich leer an wie ein ausgepustetes Osterei. Vielleicht haben mich der Streit der letzten Stunde und der Stress der letzten Tage doch ein wenig mitgenommen? So muss es wohl sein.

»Hilfst du mir, meine Sachen zu packen? Ich weiß gar nicht, wo ich anfangen soll«, sagt sie.

»Natürlich helfe ich dir. Ich mache alles, worum du mich bittest. Na ja – fast alles.«

Gemeinsam stopfen wir ihre Bücher und Ordner, ihre Stifte und Fotos in die Pappkartons, die sie bereitgestellt hat. Es tauchen diverse Erinnerungen an die letzten Jahre auf: ein Foto von uns mit Michael Jackson. Ein Papphefter, den uns jemand als geheimes Stasi-Material verkaufen wollte und der angeblich den Mordanschlag auf Rex Gildo beweist. Ein goldener Füllhalter, den ihr ein Scheich aus Abu Dhabi geschenkt hat – nachdem Konstanze die Villa mit lebenslanger Residenzpflicht am arabischen Golf abgelehnt hat. Wir lachen, als wir ihre Notizen von unserem Rudolph-Moshammer-Interview finden, in dem er uns erklärt hat, dass er seinen Schnauzbart mit derselben Koloration tönt wie unser Bundeskanzler sein Haupthaar.

Keine Ahnung, wie es weitergehen soll: Vieles von dem, was wir erlebt haben, wäre nicht dasselbe gewesen, wenn wir es nicht GEMEINSAM erlebt hätten. Aber so ist das im Leben: Melancholie leistet sich ein Mann höchstens bei seinen Freunden. Und niemals bei einer Frau. Schon gar nicht, wenn die kurz davor ist, einen anderen zu heiraten. Ich stopfe die Sachen eher unsanft in den letzten Pappkarton und blicke mich in ihrer nunmehr leeren Arbeitswabe um:

»Das war's. Keine Spuren mehr von Konstanze Bülow beim Magazin.«

Sie nickt.

»So soll es wohl sein.«

Wir fahren hinunter zum Parkplatz, beide bepackt wie die Maulesel.

Wir gehen über den Asphalt zu ihrem BMW. Der Parkplatz ist bereits leer, die meisten Kollegen haben das schöne Wetter für einen frühen Feierabend genutzt.

»Wann wirst du fliegen?«

»Dienstag«, sagt sie.

»Das ist morgen«, stelle ich überflüssigerweise fest.

Sie nickt: »Der erste Flug, den ich kriegen konnte. Kannst du mich zum Flughafen bringen?«

»Wenn es sein muss.«

»Ich rufe dich an. Vielleicht hast du Lust, mit mir meinen letzten Abend zu verbringen?«

»Ich weiß nicht, was Fünkchen alles für mich auf Lager hat. Du reißt eine Lücke in die Redaktion. Bevor wir Ersatz für dich haben, werde ich den Karren allein aus dem Dreck ziehen müssen. Du findest dein privates Glück, und ich werde erst einmal auf jedes Privatleben verzichten müssen.«

»Du wirst es schon schaffen.«

»Ganz bestimmt. Was ist mit deiner Wohnung? Was ist mit deinem Wagen?«

»Meine Schwester kümmert sich drum. Erst einmal. Ich denke, ich komme in zwei oder drei Monaten noch einmal wieder. Dann werde ich hoffentlich alles verkaufen.«

»Wie muss ich dich dann nennen? Misses Calieri?«

Sie schüttelt den Kopf und schenkt mir ein wunderschönes, trauriges Lächeln.

»Du sollst mich Lieblingskonstanze nennen. So wie du es immer getan hast. Versprichst du es mir?«

Ich hebe mit einer salbungsvollen Geste die Hand.

»Großes Indianerehrenwort, Lieblingskonstanze.«

»Dann ist es gut.«

Sie gibt mir einen Kuss auf die Wange – vorsichtig nur, und doch habe ich das Gefühl, dass ihre Berührung sich in meine Wange frisst wie ein Brandzeichen in einen Kuhrücken: einmal berührt und nie wieder loszuwerden. Mein Gott, John – du bist der beneidenswerteste Mensch auf dieser Welt. Hoffentlich weißt du das auch, denke ich verzweifelt.

»Weißt du, was ich schade finde?«, fragt sie.

»Dass du bald nur noch Spaghetti und Pizza zu essen bekommst?«

»Quatsch. Idiot! Nein, ich finde es schade, dass ich jetzt nicht mehr dafür sorgen kann, dass du unter die Haube kommst. Ich hatte es dir versprochen – und jetzt muss ich mein Versprechen brechen.«

»Keine Sorge, Frau Bülow. Ich werde es auch ohne Sie schaffen. Außerdem: Welche Frau hätte schon eine Chance gehabt, solange du in meiner Nähe warst. Geh also lieber weg! Verlasse mich! Je weiter, desto besser!«

»Ach, Gregor. Du alter Charmeur. Wie lange habe ich mir gewünscht, dass du das ernst meinst, was du mir immer an Nettigkeiten sagst.«

»So ist das mit den Männern, Konstanze. Entweder sie sind langweilig. Oder sie lügen.«

»Dann gibst du es wenigstens zu?«, sagt sie und bohrt mir ihren Zeigefinger in die Brust.

»Aua!«, sage ich.

»Also?«

»Ich bekenne mich auf nicht schuldig, Euer Ehren. Du bist die einzige Frau, der ich nie etwas vorgemacht habe.«

»Schade eigentlich.«

Ich stöhne auf.

»Wie mans macht, man macht es falsch. Soll heißen: MANN macht es falsch. Mit zwei N.«

»Wer weiß: Vielleicht merkst du eines Tages, dass du das wirklich getan hast.«

»Lieblingskonstanze – wir wollen doch jetzt nicht streiten, oder? Dafür ist die wenige Zeit, die mir mit dir bleibt, viel zu kostbar!«

»Gregor Hamdorf. Du bist unverbesserlich. Tu mir den Gefallen … und bleib so.«

»Jetzt, wo du nicht mehr auf mich aufpasst, wird das entschieden schwieriger«, sage ich zum Abschluss.

Sie schenkt mir ein letztes Lächeln, steigt dann in ihren BMW und knallt die Tür zu.

»Ich rufe dich an.«

»Ich warte drauf«, sage ich.

Dann drückt sie auf ihre typische Konstanzeart das Gaspedal bis zum Anschlag durch und braust davon.

Bumm Bumm

Montagabend, 23.30 Uhr

Reinhold Beckmann unterhält sich mit Reinhold Messner über Bergsteigen und anschließend mit Dolly Buster über deren Kindheit (»Isch war ein schüschterne Mädschen«). Ich schalte um und sehe mir auf ProSieben Werbung an.

00.23 Uhr

Ich spüre ein leichtes Grummeln in der Magengegend. Seit rund zehn Minuten leide ich unter der Zwangsvorstellung, ein offenes Magengeschwür zu haben. Dann die Beruhigung: Es könnte auch Darmkrebs im Endstadium sein.

Single-Männer haben, statistisch betrachtet, dreimal so häufig psychosomatische Krankheiten wie ihre verheirateten Artgenossen. Beschäftigte in der Medienindustrie haben ein viermal so hohes Herzinfarktrisiko wie der Durchschnitt der Bevölkerung. Krankheiten wie Bechterew, Angina Pectoris und Parkinson brechen am häufigsten bei Männern zwischen dreißig und vierzig aus.

    Warum mache ich mir also Sorgen? Es ist ohnehin zu spät.

00.59 Uhr

Vor meinem Bett türmt sich ein Haufen aus leeren Chips-Tüten, Bierdosen, Salzstangen-Packungen und – Hommage an meine Kindheit – eine leere Zehnerpackung »Leckerschmecker«.

Kein Wunder, dass mir schlecht ist.

01.45 Uhr

Ich versuche es mit einem Krimi. Viermal lese ich die Szene, wie Kommissar Bienzle den Türklinken-Mörder überführt, und zum vierten Mal denke ich, dass ich diese Szene bereits kenne.

Lesen: negativ. Zu unkonzentriert.

Also doch fernsehen. Ich habe Glück. Auf DSF läuft die Wiederholung der Strongest-Man-of-the-World-Championship in Österreich.

01.48 Uhr

Ich muss mehr Sport treiben. Merkwürdig, dass mir dieser Gedanke immer dann kommt, wenn ich abgefüllt mit Salzgebäck, Dosenbier und Cola schlaflos im Bett liege. Zu meiner Beruhigung erinnere ich mich daran, dass ich in den letzten zwei Wochen eine Jogging-Einheit absolviert habe – eine bemerkenswerte Steigerung zu den Monaten davor.

Was bringt Joggen für die Oberarme? Nichts. Ich überlege kurz, den Computer anzuschalten und bei Bizeps.de eine Komplettausrüstung für das Heimtraining zu ordern. Negativ: zu anstrengend.

02.35 Uhr

Was macht eine Frau schön? Ihre Brüste? Ihre Anmut? Oder vielleicht sogar ihr Charakter?

Frauen sind zweifellos eine Art Gesamtkunstwerk. Die einzelnen Teile müssen zueinander passen. Was nützt beispielsweise ein interessanter Charakter, wenn sie zu breite Hüften hat? Oder nehmen wir an: Sie ist intelligent, sie ist belesen, sie sammelt seltene Erstausgaben – aber sie hat einen Damenbart.

Andererseits: Männer können ausgesprochen tolerant sein. Beispiel: Sie hat die neunte Klasse nicht geschafft. Aber dafür hat sie Möpse von der Größe zweier Handbälle. Da sieht man schon einmal großzügig über andere Schwächen hinweg. Beispielsweise über die Tatsache, dass ihre Brüste über dreitausend Euro gekostet haben – pro Stück. Und dass man die Dinger auch nicht zu stark kneten darf, weil sie sonst aufschreit und sagt: »Hey. Nicht so doll. Die sollen noch 'ne Weile halten.«

02.50 Uhr

Ich versuche es mit Selbstbefriedigung. Therapeutisches Onanieren, sozusagen. Um endlich schlafen zu können.

Meine erste Phantasie widme ich der neuen Redaktionssekretärin: Sie liegt gefesselt, geknebelt und mit verbundenen Augen auf meinem Bett und fleht mich an, ihr endlich zu einem ordentlichen Orgasmus zu verhelfen.

»Besorg's mir richtig, Gregor«, wimmert sie. (Es klingt etwas genuschelt, weil sie ja geknebelt ist.)

»Kein Problem, Schätzchen. Mach dich bereit für das Schärfste, was du je erlebt hast«, sage ich.

»Komm, steck ihn mir rein. Los, mach es mir.«

»Halt dich lieber irgendwo fest, Schätzchen. Jetzt geht's richtig los«, verspreche ich ihr.

»Du bist der Beste, Gregor«, wimmert sie. »Morgen erzähle ich Konstanze, wie du es mir besorgt hast.«

Ich erstarre. Habe ich mich etwa verhört? Wie kommt sie ausgerechnet jetzt auf Konstanze?

»Was hast du gesagt?«, frage ich verdutzt.

Aber es ist zu spät. Die Phantasie ist zusammengeschmolzen wie ein Eisbecher in der Sonne: gerade noch appetitlich, süß und verführerisch, und jetzt schon voller Salmonellen, Wespen und verdorbener Sahne.

Selbst Phantasie ist eine Frage der Disziplin. Als Nächstes versuche ich es mit einer Gruppe Studentinnen, die von mir wissen will, wie man Journalist wird. Ich stehe vor ihnen und mache meine Ausführungen, während sie mich anschmachten – und sich nach und nach ausziehen und mir ihre Körper entgegenrecken wie ein vietnamesischer Straßenhändler seine Plastikfeuerzeuge.

»Erkläre es uns ganz genau, Gregor. Komm zu uns und zeig uns, wie man es macht«, jammern die Studentinnen.

»Wenn ihr unbedingt darauf besteht«, sage ich großzügig, ziehe mich aus und beginne, sie gleich paarweise und in Dreiergruppen in die Geheimnisse der Medienwelt einzuführen. Was für ein Gekreische! Die Studentinnen haben schon ihre ersten Höhepunkte, während ich noch gelangweilt vor mich hin stochere und gerade einmal das erste Kribbeln spüre.

»Morgen wird uns Ihre Kollegin Konstanze Bülow unterrichten. Wir freuen uns schon drauf«, sagt eine der Studentinnen, die sich gerade dazu bereitmacht, mich freundlich aufzunehmen. Ich sehe sie feindselig an und sage:

»Musst du ausgerechnet jetzt von der reden?«

Sie sieht mich schuldbewusst an, löst sich dann aber plötzlich – puff! – in Luft auf wie ein orientalischer Flaschengeist. Zurück bleibe ich, in meinem Bett liegend und mit nichts in der Hand als dem, was mich zum Mann macht.

03.20 Uhr

Was macht guten Sex aus? Eine Frage, die ich mir oft und immer wieder stelle. Was macht aus einem einfachen Orgasmus eine Erfahrung, die man so schnell nicht vergisst? Ist es eine Frage des Hormonspiegels? Kommt es auf die Umgebung an? Ist die Partnerin entscheidend oder vielleicht einfach nur der Druck, den man auf seinem Ventil hat?

Ich erinnere mich an einen Abend im »Nobu«, einem japanischen Restaurant im Londoner »Metropolitan Hotel«. Genau, das ist das Restaurant, in dem Boris Becker seine uneheliche Tochter Anna gezeugt hat. Und dass ich auch dort war, wenige Wochen nach Bumm Bumm, war alles andere als Zufall. Fünkchen hatte mich mit Bettina Paul, einer Kollegin aus dem Gastro-Ressort, nach London geschickt, um die ganze Affäre endgültig aufzuklären. Die deutschen Gazetten hatten eine Menge über Boris und Angela Ermakova geschrieben. Und wir sollten nun nicht weniger tun, als die Wahrheit herauszufinden.

Wir hatten daher einen Tisch im »Nobu« reserviert und fragten uns, wieso die Japaner die höchste Lebenserwartung der Welt haben. An ihrem Essen konnte es jedenfalls nicht liegen: Denn das hatte entweder Saugnäpfe, glibberige Tentakel oder es roch wie ein Tanghaufen am Strand von Sylt im Hochsommer. Und es sah auch genauso aus. Der Unterschied war höchstens, dass man von dem japanischen Tanghaufen nicht einmal satt wurde und er trotzdem den Durchschnittsverdienst eines englischen Bauarbeiters kostete.

Es war uns egal. Wir waren hier wegen Bumm Bumm. Und das Essen war lediglich Tarnung. Eine Kellnerin hatte uns versprochen, uns nach Geschäftsschluss die Wäschekammer zu zeigen, in der »Bonking Boris« sein erfolgreiches Match gegeben hatte.

Um keine Missverständnisse aufkommen zu lassen. Boris Becker ist einer der wenigen Helden in meinem Leben. Nicht weil er dreifacher Wimbledonsieger ist. Auch nicht, weil er Blondinen nicht mit dem Hintern anguckt und dafür gesorgt hat, dass Sabrina Setlur reich genug wurde, um nicht mehr zu singen. Nein. Boris Becker ist ein Held, weil er in aller Öffentlichkeit seine Hilflosigkeit, seine Beschränktheit und seine verletzten Gefühle zeigt und trotzdem niemals seine Würde als Mann verliert.

Wir warteten, bis die letzten Gäste das »Nobu« verlassen hatten. Der Sushi-Koch hatte schon seinen rohen Fisch in der Tiefkühltruhe verstaut und war nach Hause gegangen.

Nach und nach verabschiedeten sich die anderen Angestellten. Als Letzter ging der Küchenjunge, der auf seinem Weg nach draußen zwei riesige Mülltonnen balancierte.

Bettina gähnte und sagte:

»Hätte Boris Becker es nicht im Bett tun können? Dann könnten wir uns da nämlich reinlegen und schlafen!«

Ich feixte sie an:

»Du meinst, so wie Angela und Boris es getan haben?«

»Nein. Ich meinte Schlafen-Schlafen. Jeder für sich und mit geschlossenen Augen.«

»Schade«, sagte ich. Diesmal feixte Bettina mich an:

»Gregor Hamdorf. Ich warte auf den Tag, an dem du mit einem weiblichen Wesen an einem Tisch sitzt und nicht an Sex denkst.«

»Ich denke nicht an Sex. Ich will ihn einfach«, sagte ich. Und das war nicht einmal gelogen.

Kurz darauf kam Kazuko, die Kellnerin, die von uns eine großzügige Spende erhalten hatte, an unseren Tisch. Sie zwinkerte uns mit Verschwörermiene zu und sagte:

»Follow me. And be quiet. Because there is a guard who can call the police.«

Wir nickten und folgten ihr. Im Restaurant herrschte inzwischen ein gedämpftes Zwielicht. Die hoch gestellten Stühle warfen unwirkliche Schatten. Wir schlichen lautlos in den hinteren Raum. Von dort ging es in den Gang, der zu den Toiletten führte.

Kurz vor dem Herrenklo befand sich eine weitere Tür. Kazuko hantierte mit einem überdimensionalen Schlüsselbund und öffnete die Tür.

»Here it happened. You have fifteen minutes«, sagte sie schlicht und war eine Sekunde später verschwunden. Uns eröffnete sich der Blick auf eine ungefähr einen Quadratmeter große Abstellkammer, die voll gestopft war mit Besen, Wischmopps, Plastikeimern, Putzmitteln, Papierhandtüchern, Servietten, Fensterledern und durchsichtigen Vinyltischdecken.

Ich sah Bettina ratlos an.

»Hier soll Boris Angela verführt haben? Kann ich mir nicht vorstellen«, sagte ich. Der Abstellraum bot höchstens Platz für einen Menschen – und wenn Boris Becker sich in jener Nacht nicht gerade selbst befriedigt hatte, hatte er definitiv keinen Sex gehabt. Jedenfalls nicht hier.

Bettina begann leise zu kichern.

»Wollen wir wetten?«, fragte sie.

»Warum nicht?«

»Dann schau mal her.«

Sie hätte es mir nicht sagen müssen. Denn ich hätte ohnehin zugesehen. Bettina zog den Reißverschluss ihres Kleides auf und ließ es in einer einzigen fließenden Bewegung zu Boden gleiten. Was sie darunter trug, war nicht gerade viel: ein seidenes Unterhemd, das ihre Konturen höchst viel versprechend erahnen ließ, und ein denkbar knappes Höschen, ebenfalls aus Seide. Dann stieg sie in die Abstellkammer, rückte die Besen und Eimer ein wenig zur Seite und beugte sich über den Stapel mit den Tischdecken.

»Du kannst jetzt kommen«, sagte sie.

»Was?«, fragte ich nach.

»Dein Aufschlag. Genau wie Boris Becker.«

Es gibt Dinge, die lässt ein Mann sich nicht zweimal sagen. Dazu gehört eine solche Aufforderung von einer Frau wie Bettina. Also entkleidete ich mich ebenfalls – vielleicht nicht ganz so elegant und lasziv wie sie, aber mindestens ebenso schnell.

Ich erspare Ihnen Einzelheiten von dem, was dann geschah. Nur so viel: Es gehörte eindeutig in die Kategorie guter Sex. Und ich kann Ihnen versichern, dass man dazu nicht viel Platz braucht. Im Zweifel reicht eine einfache Abstellkammer in einem japanischen Restaurant in London.

03.50 Uhr

Wieso will ich auf solche wunderbaren Erfahrungen verzichten? Wieso habe ich mir geschworen, zu heiraten und den süßen Freuden des Junggesellendaseins abzuschwören? Und wieso liege ich nachts um kurz vor vier hellwach im Bett und kann nicht schlafen?

Ich weiß es nicht. Aber ich weiß, dass es so ist und dass es keinen Sinn hat, weiter liegen zu bleiben und mich unruhig von einer Seite auf die andere zu drehen. Also stehe ich auf und ziehe meinen Morgenmantel an. Ich reibe mir über mein unrasiertes Kinn und schüttele mich wie ein gebadeter Hund. Dann schlurfe ich in die Küche, setze einen Kaffee auf und erkläre die Nacht für beendet.

Es ist nicht einmal ein schlechter Moment: Ich bin jung, gesund und unausgeschlafen, die Kaffeemaschine gibt ihre romantisch-röchelnden Laute von sich, und über den Dächern von Hamburg geht eine glutrote Augustsonne auf. Es ist geradezu perfekt. Es ist einer der Momente, die man in sein inneres Tagebuch gravieren möchte, um sie niemals zu vergessen. Es ist harmonisch. Es ist cool. Es ist … viel zu früh am Morgen.

Ich spüre in diesem Moment eine glasklare Gewissheit in mir: Ich kann sehr gut alleine glücklich sein. Ich genüge mir vollkommen. Ich habe meine Wohnung, meine spannende Arbeit, meinen Stammitaliener und gelegentlich ein Abenteuer. Was will ich mehr? Vielleicht sollte ich meinen albernen Hochzeitsschwur noch einmal überdenken?

04.05 Uhr

Nichts ist perfekt. Nichts ist cool. Und ich bin alles andere als glücklich.

Im Gegenteil: Ich bin ein Idiot. Ein Weichling. Oder wie es neuerdings heißt: ein Warmduscher, ein Vorwärtseinparker, ein Blumengießer, ein Vorspieler, ein Foliengriller. Ein G-Punkt-Sucher.

Und warum das alles? Warum diese plötzliche Depression, die diesen wunderbaren Morgen soeben hat abstürzen lassen?

Ich weiß es genau. Viel zu genau. Es ist das Ende aller Lügen. Es ist der Moment der großen, schmerzhaften Wahrheit: Ich bin schlecht gelaunt, unausgeschlafen, mürrisch, unansprechbar. Weil ich hier stehe und mich seit Stunden weigere, an die eine Frau zu denken, wegen der ich kein Auge zumachen kann.

Weil ich an alles Mögliche denke: an Affären, die seit Jahren hinter mir liegen, an meine Arbeit, an Autos, an meine Karriere. Und warum das Ganze? Genau. Um nicht an Konstanze Bülow zu denken.

Schlimmer noch: Ich weigere mich zuzugeben, dass ich diese Welt verfluche, weil Konstanze in ungefähr vier Stunden in ein Flugzeug nach Amerika steigt. Weil sie mich verlässt.

Weil sie John heiraten wird. Weil ich sie vielleicht nie wieder sehe. Und wenn doch, dann wird es trotzdem nie wieder so sein wie bisher.

Was liegt mir nur an dieser Frau, dass ich hier stehe und pausenlos den Kopf schüttele und mich fühle wie damals in der vierten Klasse, als ich mich unsterblich in unsere neue Mitschülerin Susi verliebt habe?

Ich weiß es nicht. Es ist fünf Minuten nach vier an einem Dienstagmorgen im August, und ich habe KEINE AHNUNG.

Obwohl: Ein paar Gründe gibt es durchaus.

Konstanze ist beispielsweise die einzige Frau in der Redaktion, die weiß, wie ich meinen Kaffee am liebsten trinke. Es wird schwer werden, eine Nachfolgerin zu finden.

Sie ist auch das einzige weibliche Wesen auf diesem Planeten, das weiß, ab wie viel Uhr man mich sonntags anrufen darf. Und bei welchen Fernsehserien man mich auf keinen Fall stören darf. Und die mir bei einer Einladung zum Essen niemals Rotwein mitbringt, weil sie weiß, dass ich lieber weißen trinke.

Sie ist die Einzige, die mich dezent darauf aufmerksam macht, wenn ich unrasiert oder mit offener Hose in die Redaktion komme. Die mich sogar an meine Steuererklärung erinnert und daran, dass man gelegentlich Vitamine zu sich nehmen muss.

Sie ist die Einzige, mit der ich ins Kino gehen kann und die nach jedem Film genau das Richtige sagt. Und wenn sie es nicht tut, ist sie die Einzige, mit der ich wunderbar über Filme STREITEN kann.

Sie ist die Einzige, die an den richtigen Stellen lacht –

und deren Lachen charmant und dezent und herzlich ist und kein hysterisches Kreischen wie bei den meisten Frauen.

Sie ist die Einzige, die mich, Gregor Hamdorf, aushält und mir notfalls eins auf den Deckel gibt, wenn ich es mal wieder völlig übertreibe.

Kurz gesagt: Sie ist überhaupt DIE EINZIGE.

04.20 Uhr

Was tun? Vom Balkon springen? Mich sinnlos betrinken, bis ich nichts mehr weiß? Wolfgang, Sven und meine anderen Kumpels zu einem Männerwochenende in Dänemark zusammentrommeln (Dänemark = Strand, Haus, Bier)? Vielleicht meine Joggingschuhe anziehen und einfach loslaufen, wie es damals Forrest Gump getan hat – und erst stehen bleiben, wenn ich erleuchtet, vollbärtig und frei von allen sündigen Gedanken bin?

Keine Ahnung. Ich bin vollkommen ratlos. Und das wegen einer Frau. Grauenhaft.

Das Schlimmste ist: Normalerweise würde ich jetzt zum Telefon greifen und sie anrufen. Konstanze. Sie würde nicht einmal böse sein. Wir sind nun einmal füreinander da. Und zwar immer und zu jeder Zeit. Auch wenn es meistens sie ist, die diesen Service in Anspruch nimmt.

Sie ruft mich eigentlich regelmäßig nachts um drei an. Weil sie verzweifelt ist:

»Gregor, ich weiß nicht, was ich anziehen soll.«

»Wie wäre es mit einem Schlafanzug?«

»Doch nicht jetzt. Ich bin zu einem Ball eingeladen.«

»Wann?«

»In zwei Wochen.«

Aber das sind nur die besonderen Anlässe. Außerdem ruft sie mich regelmäßig spätabends oder nachts an wegen dem, was ich als ihre Normal-Katastrophen bezeichne. Beispielsweise weil sie ihren Hausschlüssel verloren hat. Wenn ich gerade im Auto sitze, im Morgenmantel natürlich, um zu ihr zu fahren, klingelt mein Handy das zweite Mal. Sie hat ihren Schlüssel wieder gefunden.

»Schlimm?«, fragt sie regelmäßig.

»Ich rede nie wieder mit dir«, antworte ich regelmäßig.

»Das würdest du für mich tun?«, fragt sie dankbar zurück.

Weil sie es natürlich weiß. Dass ich niemals wirklich sauer auf sie bin. Stattdessen beschimpfe ich sie und nenne sie die unmöglichste, verrückteste, eitelste, verwöhnteste Frau, die ich kenne, und sie bedankt sich für das Kompliment und fragt:

»Und du lügst auch nicht, wenn du so nette Sachen sagst?«

»Frag lieber nicht.«

»Ich frage aber«, sagt sie immer.

»Natürlich lüge ich nicht. Das ist die reinste Wahrheit.«

»Eigentlich ist es mir auch ganz egal. Lieber eine schöne Lüge als eine schnöde Wahrheit.«

»Siehst du«, sage ich dann – was natürlich ein Fehler ist.

»Was soll das denn heißen? Hast du also doch gelogen«, fragt sie empört.

Und was regelmäßig folgt, ist ein langer, überflüssiger, wunderbarer Streit.

So ist es all die anderen Male gewesen.

Und jetzt? Jetzt kann ich sie nicht anrufen. Unmöglich. Weil ich nicht vorhabe, mich lächerlich zu machen. AUF KEINEN FALL. Schließlich soll sie mich in guter Erinnerung behalten. Da drüben, in Amerika.

04.45 Uhr

Kennen Sie »Legal Eagles«, diesen Film mit Robert Redford und Debra Winger? Robert Redford kann auch nicht schlafen. Darum fährt er in seiner Küche Fahrrad, übt im Wohnzimmer Seilhüpfen und steppt in seiner Duschwanne. Warum nicht? Es ist einen Versuch wert.

Ich vermute, Robert Redford hat kein älteres Ehepaar unter sich wohnen. Es dauert ungefähr zwei Minuten, bis sie mit dem Besen gegen die Decke klopfen. Und ich kann es ihnen nicht einmal übel nehmen: Meine Künste als Stepptänzer sind äußerst beschränkt.

05.30 Uhr

Ich stehe auf meinem Balkon, atme die kühle Dämmerungsluft ein und vollführe dabei merkwürdige Armbewegungen wie ein Shaolin-Mönch. Meditation kann nicht schaden, denke ich mir.

Tatsächlich: Ein paar Minuten Hyperventilieren, und ich bin erst hellwach und anschließend unerträglich müde. Das ist gut. Das ist ein Zeichen, dass ich über sie hinwegkomme. Ich werde keine bleibenden Schäden davontragen. Ich werde sie vergessen. Wie ich bisher jede Frau vergessen habe. Also werde ich es auch bei Konstanze schaffen. Schließlich bin ich nicht irgendwer. Ich bin Gregor Hamdorf: Ich bin schon als Single zur Welt gekommen. Und daran wird sich vermutlich nie irgendetwas ändern.

06.30 Uhr

Ein paar Spätfolgen scheinen doch zu bleiben. Erstens habe ich Bauchweh – was natürlich an den Chips, der Schokolade, den Salzstangen und dem Kaffee liegt. Außerdem habe ich ein merkwürdiges Pfeifen im Ohr. Keine Frage: Das ist psychosomatisch. Ich bekomme einen Tinnitus. Und das nur wegen Konstanze.

Tinnitus – das ist diese lästige Krankheit, bei der man ein ständiges, unangenehmes Pfeifgeräusch im Ohr hat. Eine schlimme Sache. Gewöhnliche Menschen leiden darunter. Beamte und Lehrer werden sogar berufsunfähig und frühpensioniert. Und auch ich fühle mich ernsthaft beeinträchtigt.

Dann merke ich zweierlei: Ich bin kerngesund. Und das laute Pfeifen im Ohr ist mein Wecker. Ich muss eingeschlafen sein!

KATASTROPHE.

Plötzlich geht alles ganz schnell: ein Blick zur Uhr. VERDAMMT. Kurz nach halb sieben. Habe ich Konstanze versprochen, sie um Viertel nach sechs abzuholen? JA, habe ich. Wie ist das jetzt wieder passiert? Wieso um Himmels willen mache ich die ganze Nacht kein Auge zu und schlafe pünktlich dann ein, wenn ich eigentlich aufstehen muss? Keine Ahnung, egal, runter von der Matratze, anziehen, nicht rasieren, nicht frühstücken, Schuhe, Autoschlüssel, Jacke, ins Treppenhaus, Zähne putzen, Zahnbürste im Briefkasten deponieren, Zeitung vom Nachbarn klauen, raus auf die Straße, Sonnenbrille aufsetzen, erste Rentnerin aus Versehen anrempeln, nicht in Hundescheiße treten, Kioskbesitzer mit lautem Rufen begrüßen, wo steht mein Wagen? Über Schnürsenkel stolpern. Fluchen. Mit Schlüssel im Schloss herumstochern, Vollgas. Kratzer in den Nebenwagen machen. Egal. Rote Ampel, auch egal. Kopf einschalten. Wo muss ich langfahren? Einbahnstraße. Hat mich noch nie gestört. Fahrradfahrer entschuldigend anlächeln. Dann laut anpöbeln. Weiterfahren. Hundert Stundenkilometer in der Stadt. Ach ja: Atmen nicht vergessen.

06.45 Uhr

Das Taxi biegt vor mir in die Straße ein. Ich ahne bereits Schlimmes. Dann sehe ich sie: Konstanze steht mit ihren Koffern und Taschen an der Straße und winkt dem Taxifahrer.

Selbst wenn ich jetzt eine Gruppe Schulkinder überfahre – es ist mir egal. Ich setze zu einem todesmutigen Überholmanöver an, kurve links um das Taxi herum und komme mit quietschenden Bremsen genau vor Konstanze zum Stehen.

»Sie haben ein Taxi gerufen?«, frage ich unschuldig und versuche dabei, nicht atemlos zu wirken.

»Ja. Und da kommt es auch schon«, sagt sie kühl. Und winkt noch einmal nach dem Wagen, der nun direkt hinter mir stoppt. Der Fahrer steigt aus, nicht ohne mir durch Blicke zu verstehen zu geben, dass ich eine Gefahr für die Öffentlichkeit sei.

Es gibt nur eine Möglichkeit, ihn zu besänftigen. Und ihn gleichzeitig loszuwerden. Ich springe aus dem Wagen, renne drei Schritte (genau! Männer rennen eigentlich nie, und ich tue es jetzt doch) und drücke dem guten Mann zehn Euro in die Hand.

»Fürs Kommen. Und dafür, dass ich das Fräulein fahren darf.«

Der Chauffeur lächelt.

»Bekloppt biste ja, Junge. Aber Stil haste auch.«

Mit dem Kompliment kann ich leben. Er steigt in seinen Wagen, winkt uns zu und verschwindet.

Und das heißt: Konstanze und ich sind alleine. Sie mustert mich – nicht gerade freundlich. Vor allem aber besorgt.

»Wenn ich es nicht eilig hätte, würde ich dich jetzt ins Krankenhaus bringen. Du siehst furchtbar aus«, sagt sie.

Ich nicke. »Du übrigens auch. Wenn ich das sagen darf.«

Das ist keine Übertreibung: Konstanze hat tiefe Ringe unter den Augen, ist blass wie eine Leiche und sieht so unfrisiert aus, als habe sie sich die ganze Nacht im Bett herumgewälzt und sei dann ohne einen Blick in den Spiegel aus dem Haus gerannt.

Jetzt aber bekommt sie unter meinen Blicken rote Wangen – und Konstanze wird eigentlich nie rot.

»Hab ganz schlecht geschlafen«, sagt sie.

»Das Problem hatte ich zum Glück nicht«, sage ich. »Aber vielleicht kriege ich eine Sommergrippe. Ich fühl mich nicht so gut.«

»Soll Frau Doktor mal fühlen?«, fragt sie mit ihrer übertriebenen Was-ist-denn-los-mein-Kleiner-Stimme. Sie wartet meine Antwort nicht ab, sondern legt mir eine Hand auf die Stirn.

»Kein Fieber ... Dann kannst du mich ja auch zum Flughafen fahren.«

»Wird erledigt, gnädige Frau«, sage ich diensteifrig. Und beginne, ihr Gepäck in den Kofferraum zu legen. Und das heißt: zwei große Koffer von der Größe einer japanischen Einzimmerwohnung, zwei Taschen und ein Beautycase.

»Ich hoffe, du hast für das Gepäck eine eigene Frachtmaschine gebucht. Ein normaler Jumbo kann nur sechzig Tonnen aufnehmen.«

Konstanze reißt erstaunt die Augen auf.

»Meinst du, ich habe Übergepäck?«

Ich sehe sie prüfend an. Tatsächlich, ihre Frage ist ernst gemeint.

»Wenn man nicht neuerdings pro Passagier zwei Zentner mitnehmen darf, dann würde ich sagen: Ja, du hast Übergepäck.«

»Schicksal. Ich kann es nicht mehr ändern. Wir müssen losfahren. Sonst fliegt mir die Maschine noch vor der Nase davon.«

»Ich bitte darum einzusteigen, meine Teuerste«, sage ich.

Glauben Sie, dass es romantisch ist? Diese Fahrt zum Flughafen? Mit der Frau, wegen der ich eine ganze Nacht nicht geschlafen habe? Und die in einer Stunde in die USA fliegen wird, um einen anderen zu heiraten? Glauben Sie es?

Genau. Es ist alles andere als romantisch. Im Gegenteil.

Wir kurven mit überhöhter Geschwindigkeit durch den morgendlichen Berufsverkehr und schweigen uns an. Wir sagen einfach überhaupt nichts. Weder sie noch ich. Schweigen, Stille, Silentium.

So etwas haben wir noch nie erlebt. Konstanze und ich haben immer ein Thema, über das wir sprechen. Oder wir albern herum. Oder streiten uns. Oder ärgern uns. Oder lästern über unseren Chef. Oder unterhalten uns über die neuesten Affären im Büro. Immer. Nur nicht jetzt. Während unserer letzten Stunde.

Die gelegentlichen Streitigkeiten, auf die wir auch jetzt nicht verzichten, sind eine geradezu wohltuende Ausnahme. Zum Beispiel, als ich an einer verstopften Kreuzung kurz entschlossen über den Bürgersteig rausche und dann mit Vollgas auf den Flughafenzubringer einbiege.

»Jetzt fahr nicht so schnell!«, ruft Konstanze empört und sieht mich an, als sei ich nicht ganz bei Trost.

»Ich fahre nicht schnell«, verteidige ich mich.

»Hundertzwanzig ist schnell.«

»Wer will hier nach Amerika – du oder ich?«

»Ich – nur dass ich gerne lebendig ankommen möchte.«

»Du heiratest doch sowieso! Dann kommt es darauf doch gar nicht an«, sage ich gehässig.

Konstanze sieht mich überrascht an. Um nicht zu sagen, dass ihr für einige Sekunden der Mund offen steht. Dann sagt sie: »Und du meinst, nur weil ich heirate, kann ich auch gleich bei einem Verkehrsunfall ums Leben kommen? Mein Gott, Gregor. Für das, was du hast, gibt es bestimmt ein tolles Fremdwort. Heiratsphobie oder so.«

Ich knurre sie an: »Du lenkst mich vom Fahren ab. Das ist gefährlich.«

»Ich sage schon nichts mehr«, flüstert sie – und macht demonstrativ die Augen zu.

Dann schweigen wir wieder. Wie schon zuvor. Und wohl auch den ganzen Rest der Fahrt.

Wenigstens wird der Abschied dadurch einfacher, sage ich mir. Es ist ohnehin vorbei. Ich bin tatsächlich davon überzeugt: Ob nun verheiratet oder tot oder im Koma – wo ist der Unterschied? Wir haben uns in jedem Fall nichts mehr zu sagen. Es ist vorbei mit dem Dream-Team Konstanze und Gregor. Ein für alle Mal. Ich hätte mir meine schlaflose Nacht sparen können.

Ich freue mich regelrecht darauf, sie bald durch den Zoll gehen zu sehen. Ihr vielleicht noch einmal zuzuwinken. Oder auch nicht. Und sie dann nie wieder zu sehen. Ihr endgültig Lebewohl zu sagen. Was für eine Erleichterung!

Konstanze ist übrigens noch radikaler als ich. Sie will mich nicht einmal mehr ansehen. Während ich am Steuer sitze und fahre, dreht sie die meiste Zeit den Kopf weg und starrt aus dem Seitenfenster.

»Soll ich die Heizung anmachen?«, frage ich sie irgendwann.

»Du spinnst. Warum das denn?«, sagt sie, ohne mich anzusehen.

»Du zitterst.«

»Na und? Stört's dich?«

»Ich meine ja nur«, sage ich.

»Es interessiert mich nicht, was du meinst«, giftet sie.

»Dann sind wir ja einer Meinung«, erwidere ich.

»Du bist widerlich. Und kaltherzig. Und kapierst überhaupt nichts.«

»Dann sei froh, dass du mich bald los bist.«

Da dreht sie sich zu mir um. Sagt nichts. Und ich starre in ihre Augen, die aussehen wie zwei Stauseen bei der Flutung. Es ist nur eine Frage von Sekunden, dass die Dämme brechen. Und sie mir das Auto voll heulen wird.

»Ich mache das Radio an«, sage ich. Um irgendetwas zu sagen.

»Tu, was du nicht lassen kannst«, schnieft sie mit verheulter Stimme.

Habe ich gesagt, dass weibliche Tränen ein wunderbares Elixier sind? Dass sie Männer weich machen und verständnisvoll und gesprächsbereit? Das ist natürlich kompletter Unsinn. Frauentränen sind die giftigste, bedrohlichste, ätzendste Substanz, die die Menschheit kennt. Männer müssen sie nur von weitem sehen, und ihnen schnürt sich der Hals zu. Weibliche Tränen sind die Steigerung der Atombombe. Das äußerste Mittel der Abschreckung. Der ultimative weibliche Letztschlag in jeder Auseinandersetzung. Sie entwaffnen einen Mann. Und im allerschlimmsten Falle muss er anfangen zu reden. Und Verständnis zeigen. Und auf die Frau an seiner Seite eingehen. Auch wenn er alles andere in dem Augenblick lieber tun würde.

Aber so ist es nun einmal. Ich füge mich in mein Schicksal.

»Also: Was ist los?«, frage ich sie mit nicht gerade einfühlsamer Stimme.

Ich spüre im selben Augenblick, dass es falsch ist. Alles ist falsch. Meine Frage, mein Tonfall, mein Gesichtsausdruck, sofern er hinter meiner Sonnenbrille überhaupt zu sehen ist. Ich bin schlecht in Form. Ich verstehe die Welt nicht mehr. Ich bin unausgeschlafen. Und ich habe doch keine Lust, mich mit Konstanze zu streiten, bevor sie nach Amerika fliegt. Wie gesagt: Sie soll mich in guter Erinnerung behalten.

Zum Glück antwortet sie gar nicht. Stattdessen dreht sie ihren Kopf wieder weg und starrt aus dem Fenster.

Soll ich noch einen Versuch machen? Vielleicht wäre es besser. Immerhin kennen wir uns schon Jahre. Wir sind befreundet. Wir vertrauen uns.

»Konstanze. Das sind nur die Nerven. Mach dir keine Sorgen. Immerhin heiratest du. Da ist man immer nervös. Das gehört dazu. Wirst schon sehen, dass alles gut geht. Denk einfach an die Leute in Amerika, die auf den elektrischen Stuhl müssen. Die fühlen sich auch nicht besser. Bei dir wird's einfach nur ein wenig länger dauern.«

Sie dreht sich zu mir um und lacht und weint gleichzeitig. Dann berührt sie meine Hand, mit der ich gerade vom vierten in den zweiten Gang herunterschalte, um mit heulendem Motor an einem LKW vorbeizuziehen und eine gerade auf Rot gesprungene Ampel hinter uns zu lassen.

»Gregor Hamdorf. Habe ich dir schon einmal gesagt, dass du der größte Idiot bist, den ich jemals in meinem Leben kennen gelernt habe?«

»Nur weil ich einmal über eine rote Ampel fahre?«, frage ich empört zurück.

Wieder dieses Kopfschütteln von Konstanze. Dann sagt sie.

»Nein, nicht wegen der roten Ampel. Auch nicht, weil du einfach über den Bürgersteig bretterst. Und falsch herum durch Einbahnstraßen fährst. Das ist alles ganz egal.« Sie macht eine Pause und wischt sich mit ihrem Handrücken über die Nase. Sie sagt leise, fast als würde sie zu sich selbst sprechen: »Es gibt gar keine roten Ampeln. Alle Ampeln sind grün. Alle Straßen sind Vorfahrtstraßen. Es gibt kein anderes Auto. Du hast freie Fahrt. Du könntest einfach Gas geben. Du könntest direkt zum Ziel gelangen. Niemand würde dich aufhalten. Und ich am allerwenigsten. Aber du siehst es nicht. Du bist blind wie ein Fisch in der Tiefsee … Ich kann mich ja nicht beklagen. Ich weiß es ja. Ich weiß es schon lange. Dass du so bist. Und dass ich so bin.«

Natürlich ärgere ich mich. Fisch-Vergleiche passen ausschließlich bei Frauen. Außerdem sind Tiefseefische gar nicht blind. Das ist nur ein Vorurteil. Es gibt Tiefseefische mit ganz hervorragenden Sehorganen, groß wie Tennisbälle. Sogar welche, die ihre eigenen Lampen haben, die an Tentakeln über ihren Köpfen hängen. Faszinierend ist das. Dennoch verzichte ich darauf, Konstanze aufzuklären. Am Ende fängt sie wieder an zu heulen. Und sie hat schon jetzt alle Papiertaschentücher verbraucht, die in Reichweite sind.

Ich konzentriere mich auf den Verkehr. Ich sage gar nichts. Wir fahren schweigend weiter. Und ich grübele ein wenig darüber nach, was sie mir eigentlich sagen wollte. Aber, wie gesagt: Ich bin übermüdet. Ich bin schlecht gelaunt. Mein Kopf funktioniert nicht richtig. Ich habe genug mit Schalten und Gasgeben zu tun. Ich kann mich nicht auch noch mit den ewigen Problemen zwischen Männern, Frauen und Fischen beschäftigen.

Hamburg gehört zu den sympathischen Städten, in denen der Flughafen sozusagen im Stadtzentrum liegt. Das ist bequem, wenn man es eilig hat. Und es ist eine Katastrophe, wenn man ein Haus besitzt, das mehr oder weniger an der Startbahn liegt. Aber das soll mich jetzt nicht stören. Ganz im Gegenteil: Wir haben es eilig. Um nicht zu sagen: wir sind viel zu spät, und Konstanzes Flieger wird in ungefähr zwanzig Minuten abheben. Also mache ich mir keine Gedanken über Terminalzufahrten, Parkzonen und Halteverbotsschilder. Ich komme mit quietschenden Bremsen genau vor dem Eingang der Abflughalle zum Stehen – und ignoriere meisterhaft die Flüche, Schreie und erhobenen Fäuste der Taxi- und Busfahrer und der anderen Reisenden.

Ich habe nämlich andere Sorgen. Große Sorgen sogar. Im wörtlichen Sinne.

Haben Sie schon einmal versucht, mit zwei voll beladenen Schrankkoffern und zwei Reisetaschen von der Größe eines Standardcontainers, aus denen zu allem Überfluss auch noch Teddybären und Frauenzeitschriften quellen, zu RENNEN? Ich auch nicht. Aber jetzt ist es so weit. Dabei kann ich mich nicht einmal über Konstanze beschweren. Immerhin hat sie rücksichtsvoll ihren Beautycase selbst in die Hand genommen. Und unsportlich ist sie auch nicht. Das merke ich, als wir schon in der Halle sind und in Richtung Eincheck-Schalter spurten. Sie hat innerhalb von Sekunden einen Vorsprung von mindestens zwanzig Metern, der sich auch noch ständig vergrößert. Und dann meint sie auch noch, mich anfeuern zu müssen.

»Gregor, beeil dich, meine Maschine«, ruft sie verzweifelt. Und findet trotzdem noch Zeit, sich die Tränen aus den Augen zu wischen, die gar nicht mehr versiegen wollen.

»Ich komme«, röchele ich. Und werfe mich todesmutig weiter nach vorne, auch wenn mir bereits jetzt die Lungen brennen, mein Herz in einem überdrehten Techno-Rhythmus schlägt und meine Muskeln sich anfühlen, als würden sie mit Vorschlaghämmern bearbeitet.

Habe ich mir in der letzten Nacht vorgenommen, mehr Sport zu machen? Bitte sehr, hier habe ich ihn. Mit nahtlosem Übergang in die Extrembelastung. Ich könnte morgen an einem Triathlon teilnehmen. Es wäre der reinste Spaziergang gegen das hier.

»Gregor!«

»Sofort!«

»Du sollst nicht stehen bleiben«, ruft sie.

»Ich bleibe nicht stehen«, rufe ich.

Ich habe einen Stand mit Rollwagen erspäht und steuere ihn unverzüglich an. Es ist wohl der Augenblick, in dem mir meine tägliche Portion Glück zugeteilt wird. Man muss eine Ein-Euro-Münze in einen Schlitz am Griff des Wagens stecken. UND ICH HABE EINE EIN-EURO-MÜNZE. Meine Laune hebt sich beträchtlich.

Außerdem ist es noch nicht lange her, dass ich Michael Schumachers Sieg auf der Rennbahn von Suzuka beobachtet habe. Und das dabei erworbene Wissen kann ich nun Gewinn bringend einsetzen.

Mit Kennermiene erspähe ich die Ideallinie zwischen den Gruppen der Reisenden, die vor den Eincheck-Schaltern, den Eiscafés und den Zeitungsständen herumlungern. Ich spurte los und fahre Bestzeit – und hole Konstanze ein, kurz bevor sie den Lufthansa-Schalter erreicht.

Und so kommen wir beide gleichzeitig vor dem hölzernen Tresen mit dem großen eingelegten Kranich-Symbol an – Konstanze etwas außer Atem und ich kurz vor dem physischen Kollaps. Aber darauf kommt es jetzt nicht an – was offenbar auch die gut aussehende Dame in der blauen Uniform findet, die uns freundlich zulächelt. Und die mit einem perfekten Lächeln sagt:

»Guten Morgen, meine Herrschaften. Darf ich bitte

Ihre Tickets und Ihre Pässe sehen. Und wenn Sie Ihr Gepäck hier auf die Waage stellen würden.«

Sie legt den Kopf zur Seite und sieht uns an wie ein gut dressierter Papagei. Und nicht nur das. Sie wirkt regelrecht zufrieden. Um nicht zu sagen: glücklich. Sie ist ausgeschlafen, dezent geschminkt und riecht nach Jil Sander. Sie sieht aus, als könne sie sich nicht einmal vorstellen, dass andere Menschen PROBLEME haben.

Ich muss dazu sagen, dass ich noch nie das beste Verhältnis zu Stewardessen hatte. Erst recht nicht, wenn sie später erfolgreiche Fernsehmoderatorinnen werden. Aber das ist ein anderes Thema. Jetzt geht es ausschließlich um die entzückende Dame in Uniform, die vor uns steht und die in erster Linie dafür zuständig ist, Plastikbenzel um Gepäckstücke zu wickeln. Sie schiebt gekonnt die Augenbrauen zusammen – eine Mimik, die mich unter normalen Umständen begeistern würde. Ihre Augen huschen zwischen Konstanzes Ticket und der elektronischen Anzeige der Gepäckwaage hin und her. Daraufhin sieht sie erst mich an, dann Konstanze. Und schließlich sagt sie lächelnd:

»Es tut mir Leid.«

Mehr nicht. Einfach nur: »Es tut mir Leid.«

Aber das sagt sie mit dem perfekten Tonfall absoluter Neutralität. Keine Gefühlsregung ist sichtbar. Was es kein Stück besser macht.

Konstanze sieht sie an mit dem nichts ahnenden Gesichtsausdruck einer Grundschülerin, der ein böser Onkel Bonbons verspricht. Sie ahnt nicht, was dahinter lauern kann.

Ich dagegen reagiere sofort: »Sollten Sie vorhaben, jemals Karriere beim Fernsehen zu machen, zum Beispiel als

Sprecherin bei den Tagesthemen, dann sollten Sie sich angewöhnen, sich etwas deutlicher auszudrücken. Abgesehen davon: Wir haben es eilig. Sehr eilig.«

»Dessen bin ich mir sehr bewusst«, sagt sie mit kühler Stimme. Dann kichert sie: »Woher wissen Sie das eigentlich? Dass ich zum Fernsehen möchte? Glauben Sie, dass ich Talent habe?«

»Reine Intuition«, sage ich großzügig. Ich habe natürlich auf alles mehr Lust, als mit der Dame ein Casting-Gespräch zu führen. Auch wenn sich das in einer anderen Situation als hervorragender Einstieg für ein näheres Kennenlernen herausgestellt hat.

»Sind Sie denn vom Fach?«, will sie wissen.

»Das kann man so sagen. Kein Fernsehen allerdings. Ich bin Gregor Hamdorf vom Magazin. Vielleicht haben Sie schon einmal von mir gehört?«

Die Stewardess errötet und sagt: »Haben Sie nicht diese Geschichte über Singles geschrieben? Ich war ganz begeistert. Wissen Sie, ich bin selber allein stehend und fand Ihren Artikel ja soooo einfühlsam.«

Ich blicke sie scharf an: »Dann wissen Sie vielleicht auch, dass ich gelegentlich bitterböse Artikel über ganz normale Bürger schreibe. Zum Beispiel über Stewardessen, die dummes Zeug reden, anstatt sich um ihre Fluggäste zu kümmern ...«

Es beeindruckt sie kein Stück. Stattdessen säuselt sie:

»Aber Herr Hamdorf, seien Sie doch nicht so böse. Ich bewundere Sie. Ehrenwort.«

Das ist der Augenblick, in dem Konstanze anfängt zu kochen.

Sie sagt mit einer Stimme, die jede Flugzeugturbine

übertönen würde: »Wenn ich eure Flirtstunde vielleicht einmal kurz unterbrechen dürfte! Könnten Sie bitte die freundliche Güte haben, mir eine Bordkarte auszuhändigen und mein Gepäck einzuchecken. Und zwar unverzüglich!«

Die Stewardess reißt ihre Augen von mir los und sagt mit trauriger Stimme:

»Wie gesagt: Es tut mir Leid. Erstens ist die Einbuchung für die New-York-Maschine bereits abgeschlossen. Und zweitens haben Sie vierundsiebzig Kilo Übergepäck, meine Dame. Wenn Sie damit wirklich reisen wollen, können Sie sich auf Gebühren in Höhe von ungefähr tausendfünfhundert Euro gefasst machen.«

Das ist alles. Mehr sagt sie nicht.

Konstanze und ich werfen uns einen kurzen Blick zu. Der Ärger, der in uns beiden hochkocht, hat einen positiven Effekt: Wir sind jetzt hellwach. Immerhin etwas.

Außerdem sind wir Journalisten. Wir sind es gewöhnt, mit Menschen umzugehen, die nicht das tun wollen, was wir wollen. Und wir sind es auch gewöhnt, sie dazu zu bringen, es dann doch zu tun.

In diesem Fall dürfte das nicht einmal schwer werden, denke ich. Ich stütze meinen Arm lässig auf den Tresen, lege den Kopf in die Hand und schenke ihr einen langen, gelangweilten Blick. Das ist der erste Schritt. Ich signalisiere ihr, dass mich ihre Offenbarung keineswegs aus der Fassung bringt. Ganz im Gegenteil. Ich bin schon mit ganz anderen Katastrophen fertig geworden. Mit Hunger, Tod, Wüstendurchquerung und einer ausgelaufenen Spülmaschine. So eine wie sie wird mich daher nicht aus der Bahn werfen. Das soll sie sich gar nicht erst einbilden.

Dann erst stelle ich die entscheidende Frage:

»Wissen Sie zufällig, wer Jürgen Weber ist?«

Sie errötet.

»Mein Chef?«, sagt sie fragend. Denn Weber ist nicht direkt ihr Chef – er ist der Vorstandsvorsitzende der Lufthansa und so etwas wie ein Gott. Und kein sehr gnädiger.

Ich nicke.

»Und wissen Sie auch, mit wem Herr Weber am nächsten Dienstag zu Abend isst? Und mit wem er bei Feldsalat mit Schollenbäckchen und anschließenden Wachteln in Weißweinsoße ein ausführliches Interview führen wird? Und von wem er bei der Gelegenheit sicherlich gerne hört, dass es Personen in seinem Unternehmen gibt, die alles andere als kundenfreundlich sind?«

Die Stewardess sieht mich grübelnd an. Sie streicht sich nervös über ihr Dekolleté. Dann beginnt sie zu strahlen und sagt:

»Ich glaube, ich weiß es. Darf ich es sagen?«

Sie fragt es mit einer Stimme, als würde Jörg Pilawa vor ihr stehen. Es fehlt nur noch, dass sie anfängt, auf dem Tresen nach einem Buzzer zu suchen.

Ich nicke großzügig und sage:

»Schießen Sie los.«

»Mit Ihnen? Jürgen Weber wird mit Ihnen zu Abend essen?«

Sie strahlt. Ich strahle ebenfalls. Sie ist nicht nur eine gute Kandidatin. Sie ist zweifellos auch in der Lage, eine Talksendung zur besten Sendezeit zu moderieren. Helle genug ist sie. Sabine Christiansen wird sich warm anziehen müssen.

»Genau. Mit mir«, bestätige ich noch einmal mit einem freundlichen Lächeln. »Und über wen könnte ich mich dabei denn vielleicht beschweren?«, frage ich dann noch einmal mit einer Stimme wie Michael Schanze in »Eins, zwei oder drei?«.

Wieder grübelt sie. Ich warte darauf, dass sie jetzt um den Fifty-fifty-Joker bitten wird – oder vielleicht darum, ihre Schwester anrufen und um Unterstützung bitten zu dürfen. Aber ich täusche mich. Es dauert keine zwanzig Sekunden, und wir erleben einen regelrechten Sonnenuntergang auf ihrem Gesicht: Erst erstirbt das Lächeln, dann sinken die Augenbrauen nach unten, und schließlich macht sie auch noch hohle Wangen.

»Über mich etwa? Sie würden sich bei ihm über mich beschweren?«, fragt sie dann voller Entsetzen in der Stimme.

Ich nicke. Und mein Blick drückt aus, dass es kein Witz ist. Im Gegenteil. Ich werde sie rücksichtslos über die Klinge springen lassen. Und das meine ich in diesem Augenblick vollkommen ernst.

»Genau darum wäre es äußerst klug von Ihnen, wenn Sie erstens das Gepäck einchecken würden und zweitens am Gate anrufen und sagen, dass die Passagierin Konstanze Bülow dort augenblicklich erscheinen wird.«

Sie tut es. Und nachdem sie den Hörer ihres Telefons wieder aufgelegt hat, strahlt sie uns an und sagt: »Sie können sich beruhigen. Das mit Ihrem Gepäck ist gar kein Problem. Außerdem wurde mir gerade mitgeteilt, dass die Maschine mit einer halben Stunde Verspätung starten wird. Es gibt Probleme mit dem Catering-Service. Der Lachs für das Frühstück war genmanipuliert oder so ähnlich. Ich habe es nicht genau verstanden. Aber fest steht, dass Sie alle Zeit der Welt haben.«

Ich drehe mich blitzschnell um – ich ahne, was geschehen wird. Und tatsächlich kann ich Konstanze auffangen, bevor sie fällt. Das war wohl zu viel für sie. Ihr Blut hat vermutlich augenblicklich den Kopf verlassen und es sich in ihren Beinen gemütlich gemacht. Also ist ihr schwarz vor Augen geworden. Ein klitzekleiner Ohnmachtsanfall. Wie Frauen halt so reagieren.

Aber jetzt liegt sie sicher in meinen Armen und lächelt schon wieder.

»Es geht schon. Mach dir keine Sorgen. Das war nur mein Kreislauf.«

Sie schüttelt sich wie eine Katze, die ins Wasser gefallen ist. Reibt sich über das Gesicht. Streicht ihre Frisur glatt. Und sagt:

»Es ist alles wieder in bester Ordnung.«

Sehr überzeugt klingt das nicht. Was will sie denn noch mehr?

Die Stewardess telefoniert noch einmal, während sie uns fortwährend anlächelt. Dann legt sie den Hörer auf und beugt sich mit Verschwörermiene über den Tresen. Mit dem Zeigefinger bedeutet sie mir, ein wenig näher zu rücken.

»Wissen Sie … wegen des Interviews. Ich habe gerade mit der VIP-Lounge telefoniert. Man hat da ganz zufällig noch zwei Plätze für ein Champagnerfrühstück frei, zu dem man Sie beide gerne begrüßen würde. Natürlich auf Kosten des Hauses. Glauben Sie, dass das genügt, damit Sie nichts Böses über mich sagen? Zu Herrn Weber, meine ich?«

Ich nicke: »Es genügt vollkommen. Ich werde den Service des heutigen Tages sogar ausdrücklich erwähnen, meine Liebe.«

Sie bedankt sich und sagt:

»Dann darf ich Sie dort vorne durch die Eichentür bitten. Sie kommen dann direkt in unsere Lounge.«

Konstanze und ich gehen in die Richtung, in die ihr ausgestreckter Zeigefinger weist. Und während wir durch die Tür treten, funkelt Konstanze mich an und fragt:

»Was für ein Interview eigentlich? Wusste ich gar nichts von!«

Ich sehe sie erstaunt an.

»Ich auch nicht. Aber irgendwer wird nächste Woche bestimmt ein Interview mit Jürgen Weber führen. Und dass nicht wir das sind, muss unsere treue Freundin ja nicht wissen.«

Unsere kleine Lüge hat nicht nur Konstanzes Sitz in der Maschine nach New York gerettet. Sie beschert uns außerdem ein Frühstück, das das Prädikat »fürstlich« verdient. Wir sitzen in bequemen Designer-Sesseln, schlürfen Champagner aus Kristallschalen und sättigen uns an diversen Häppchen, von Lachs (echt Natur) über Kaviar bis hin zu Nutella. Alles, was das Herz begehrt. Zudem haben wir freien Blick auf die anderen Promis in der Lounge, darunter Howard Carpendale mit Frauke Ludowig, Bernhard Langer mit Golfschlägern und Bibel sowie Benjamin von Stuckrad-Barre, der vermutlich gerade für seine neue Kolumne im Magazin recherchiert. Als er uns sieht, kommt er direkt herüber und fragt, ob wir eine Idee hätten, was er schreiben könne, er selber habe nämlich keine. Wir schütteln den Kopf – woraufhin er sich bedankt und sein Glück bei Howard Carpendale probiert.

Der Einzige, der uns Leid tut, ist Gerhard Schröder. Der Bundeskanzler. Er sitzt draußen in der zweitklassigen Business-Lounge und späht neidisch durch die Scheibe auf unser Frühstück. Wir überlegen, ob wir ein paar Häppchen hinausbringen sollen. Konstanze schüttelt den Kopf. »Es war ja seine eigene Entscheidung, Politiker zu werden.«

»Und darum kann er sich keine Premium-Lounge leisten?«, wende ich ein.

»Er ist Sozialdemokrat.«

»Stimmt. Und außerdem gibt es hier keine Bockwurst. Und das dürfte der wahre Grund sein, warum er lieber draußen bleibt.«

»Also sind wir alle zufrieden mit unserem Schicksal«, sagt Konstanze – und wieder klingt es zynisch und so, als ob sie eigentlich etwas ganz anderes sagen wollte.

Das Schönste an unserem Aufenthalt in der Lounge ist keineswegs das Essen oder die Promis. Mit denen haben wir beruflich ohnehin genug zu tun. Es ist vielmehr die Tatsache, dass der Champagner und der Kaffee eine wunderbare Wirkung entfalten. Und dass so unsere Laune steil nach oben steigt. Das ist gut.

Es ist die beste Voraussetzung, damit wir uns friedlich voneinander verabschieden und uns in guter Erinnerung behalten. Und darum geht es ja schließlich.

Über den Wolken

Es ist so weit. Eine Lautsprecherstimme ruft den Flug nach London mit anschließender Verbindung nach New York auf. Die Promis beginnen, ihr Handgepäck, ihre Hunde (in der ersten Klasse erlaubt) und ihre jeweiligen Ehegatten einzusammeln. Nervöses Schnattern in der Lounge. Dann begibt man sich an den Ausgang.

Nur Konstanze nicht. Die sitzt vor mir und rührt sich keinen Zentimeter. Sie sitzt da mit geschlossenen Augen, vollkommen erstarrt. Als wenn sie träumt. Oder schläft. Oder plötzlich schwerhörig geworden ist. Ich stehe auf und sage:
»Lieblingskonstanze. Es wird Zeit für den Abschied.«
»Schön, dass Sie mich daran erinnern, Kollege Hamdorf. Ich dachte, ich könnte es noch ein paar Minuten vergessen.«
Sie sagt es mit einer Stimme, als hätte ich ihr gerade verkündet, dass ihre Eltern ermordet worden sind. Oder ihre Wohnung abgebrannt ist. Oder ihr Auto zerkratzt.
Aber was soll ich machen? Die Dinge lassen sich nicht mehr ändern.
»Bringen wir es einfach hinter uns. Das ist am besten.«
»Du hast bestimmt Recht«, seufzt sie.
Ich merke, dass es Zeit ist, sie zu trösten. Also sage ich:
»Nicht traurig sein. In spätestens einem Jahr habt ihr die erste Ehekrise. Dann rufst du mich an, wir treffen uns

und fangen ein leidenschaftliches Verhältnis an. Ist das ein Vorschlag?«

Sie lächelt – was ich als großen Erfolg für mich verbuche. Dann blitzt sie mich mit einem frechen Blick an und sagt:

»Das setzt voraus, dass du dann auch eine Ehekrise hast. Oder hast du es etwa schon wieder vergessen? Spätestens Ende dieses Jahres wirst du ein verheirateter Mann sein, Gregor Hamdorf.«

Ich knurre wie ein Hund, der geärgert wird. »Musst du mich daran erinnern? Wie soll ich mein Versprechen einlösen, jetzt, wo ich dich nicht mehr habe? Wer sagt mir, welche die Richtige für mich ist? Wer warnt mich, damit ich am Ende nicht zu der Falschen ja sage?«

»Wie wäre es mit deinem Gefühl, Gregor? Vielleicht vertraust du zur Abwechslung einfach einmal darauf?«

»Ach, Konstanze. Es gibt Dinge, bei denen habe ich gelernt, misstrauisch zu sein. Dazu gehört mein Gefühl an allererster Stelle. Sonst würde ich ja nur noch Hamburger essen, Männermagazine lesen und hinter irgendwelchen Röcken herschauen.«

»Ich weiß. Und das ist sehr schade«, sagt sie.

Während wir reden, schlendern wir zum Seitenausgang der Lounge, die direkt zu einer eigenen Passkontrolle für die VIPs führt. Eine Zollbeamtin, die vermutlich ihr ganzes Leben damit verbracht hat, zwischen Passbildern und den Gesichtern von Fluggästen hin und her zu blicken, sieht uns mit professioneller Unfreundlichkeit an.

»Zur Maschine nach London und New York?«, fragt sie.

Ich nicke.

»Beeilung bitte, meine Herrschaften. Die Maschine hat ohnehin Verspätung«, sagt sie.

»Sofort. Eine Minute noch«, sagt Konstanze.

Sie hält ihre kleine Tasche in der einen Hand, ihren Reisepass in der anderen. Dann sieht sie mich mit ihren grünen Augen an, den Mund zu einem feinen Strich zusammengepresst. Ihre Wangen zittern leicht.

»Das war's dann wohl, Gregor Hamdorf«, sagt sie.

Und ich, Gregor Hamdorf, der sonst immer ein lockeres Sprüchlein auf Lager hatte? Ich bringe plötzlich kein Wort heraus. Was ist geschehen? Ich habe offenbar meine Stimme in der VIP-Lounge vergessen. Außerdem legt mir gerade ein Unsichtbarer eine Schlinge um den Hals und zieht sie kräftig zu. Das fühlt sich nicht gut an. Das fühlt sich nach Ersticken an. Und dann wieder diese trockene Flughafenluft: Meine Augen beginnen zu tränen. Ausgerechnet jetzt. Verdammter Mist.

Konstanze sieht mir zu allem Überfluss auch noch direkt in die Augen. Sie nickt wie eine weise Schamanin, so als wisse sie über alles Bescheid und müsse gar nichts mehr sagen. Sie sieht mich an, durchschaut mich geradezu und nickt wortlos.

Zum Glück finde ich genau in diesem Augenblick meine Stimme wieder. Und ich beginne auch zu sprechen – obwohl ich das Gefühl habe, dass nicht ich es bin, der diese Worte sagt. Es ist ETWAS in mir, das spricht. Und dieses ETWAS sieht diese wunderbare Frau, die mir gegenübersteht, an und sagt:

»Lieblingskonstanze. Ich glaube, ich muss dich jetzt küssen.«

»Ach, Kollege Hamdorf«, seufzt sie. »Warum reden Sie noch darüber? Tun Sie es doch einfach.«

Das lasse ich mir nicht zweimal sagen. Ich küsse sie. Und zwar richtig.

Wissen Sie: Frauen gibt es in unterschiedlichen Geschmacksrichtungen. Sprudelnd und als stilles Wasser. Süß, herb oder scharf. Als große Portion oder als Piccolo. Heiß oder gekühlt. Perfekt serviert in schillernden Farben oder schlicht und einfach. Mit künstlichen Zusatzstoffen oder natürlich wie eine Quelle. Alles das gibt es und für jede Vorliebe das Passende.

Und dann gibt es diese Erfahrung: dass diese eine, die man gerade vor sich hat, genau die Richtige ist. Wie bei einem guten Essen. Man weiß es beim ersten Bissen: dass man nie wieder etwas anderes will. Und dass man gar nicht genug bekommen kann.

Genau so ist es. Und nicht nur bei mir. Ihre Tasche und ihr Pass liegen längst auf dem Boden, und ihre Arme umschlingen mich wie Urwaldlianen, und nichts anderes will ich. Im Gegenteil: Ich mache es genauso, und meine Hände sind Handschellen und meine Arme sind Seile und ich umschlinge sie und will sie nie wieder gehen lassen. Wir holen Luft und sehen uns in die Augen. Wir lachen. Dann ein kurzer Kuss wie ein scheuer Vogel. Konstanze kichert. Ich streiche ihr eine Haarsträhne aus dem Gesicht. Und dann schnappen sich unsere Lippen wieder gegenseitig und verbeißen sich ineinander wie junge Hunde beim Spielen.

»Entschuldigen Sie. Ich möchte Sie ja nur ungern stören. Aber Sie sind der letzte Passagier, auf den die Maschine noch wartet.«

Es ist die Zöllnerin, die die Erde wieder auf ihre normale Geschwindigkeit und auf ihre gewohnte Umlaufbahn bringt. Konstanze und ich rücken voneinander ab wie ein Ozeandampfer vom Ufer, langsam, aber unaufhaltsam.

Wir sehen uns an, lächelnd, aber auch schuldbewusst. Wir fühlen uns wie zwei Teenager, die herausgefunden haben, dass es Aufregenderes als die Foto-Lovestory in der »Bravo« gibt.

»Das war nicht schlecht, Gregor Hamdorf«, sagt Konstanze dann mit gespielt cooler Stimme.

»Sagen wir: Wir können uns gegenseitig das Wasser reichen«, gebe ich ebenso lässig zurück.

Sie nickt.

»Schade, dass ich Ihre Qualitäten nicht früher entdeckt habe.«

»Ich habe Sie nie vor dir verborgen«, gebe ich zurück.

Wir sehen uns an und lachen. Und fühlen uns hundeelend.

Dabei sind wir keine Hunde. Und erst recht keine Schiffe. Vielleicht sind wir so etwas wie Züge, die auf ihren Gleisen fahren und die nicht einfach nach rechts oder links können. Wir sind zu alt, um unser Leben mit einem Fingerschnippen zu ändern. Oder zu feige.

Konstanze hebt ihre Sachen auf, ich helfe ihr. Ich drücke ihr ihren Pass in die Hand, und sie macht drei Schritte auf den Zollschalter zu und legt den Pass auf den Tresen.

»Lieblingskonstanze«, sage ich.

Sie dreht sich um, sieht mich fragend an.

»Darf ich das -skonstanze weglassen?«

»Und was bleibt dann noch?«, will sie wissen.

»Ein kleines Wort, das ich nur für einen einzigen Menschen benutzen würde. Für den, der mir am allermeisten bedeutet.«

Sie überlegt kurz.

»Ja«, sagt sie, »darfst du.«

Doch was sie dann macht, ist nicht »Ja«. Es ist »Nein«. Denn anstatt auf mich zuzustürmen und mich zu umarmen und mich nie wieder loszulassen, geht sie an dem Holzkasten, in dem die Zöllnerin sitzt, vorbei, ohne mich noch einmal anzusehen. Dann macht sie ein paar Schritte den Korridor hinunter. Erst als sie genügend Abstand zwischen uns gebracht hat, dreht sie sich noch einmal um. Ich habe Angst vor diesem Blick, weil er bestimmt wieder voller Tränen ist, und ich habe keine Taschentücher mehr, und ich weiß nicht, ob ich nicht am Schluss auch anfangen werde zu heulen. Was unmöglich wäre. Schließlich bin ich ein Mann. Und der einzige Mann, der je weinen durfte, war Diego Maradona, als er die Weltmeisterschaft verloren hatte.

Aber ich habe mich getäuscht. Konstanze weint nicht. Im Gegenteil. Ihr Gesicht ist grau und starr und trocken wie eine Wüste. Sie hebt die Hand und winkt mir zu. Sie schenkt mir ein letztes Lächeln. Es ist kein glückliches Lächeln. Es ist ein Lächeln, das ich von Frauen kenne, die tapfer sind und unendliche Qualen oder Schmerzen leiden. Zum Beispiel, wenn ihre Haartönung anders ausfällt als auf dem Foto auf der Packung. Oder wenn sie merken, dass auf ihrem Lieblingskleid ein Fleck ist. Oder wenn ein Mann sich mitten in einem intimen Gespräch nach einer anderen umdreht.

So lächelt sie jetzt. Dreht sich um und geht den Gang hinunter zu ihrem Gate, und irgendwelche Geschäftsleute mit Aktenkoffer hasten vor ihr und hinter ihr her, ein paar

Mallorcareisende in kurzen Hosen, ein paar Rollstuhlfah-
rer mit fünfzig Stundenkilometern. Sie wird zum Teil der
Masse und verschwindet aus meinem Blickfeld.

Was soll ich machen? Es ist vorbei. Ende. Aus. Fini. Over.
Gespielt, gesetzt – und alles verloren. In meinem Kopf ist
Sendeschluss. Testbild, ein Piepen, sonst nichts.

Ich stehe da, wie Rick am Ende von »Casablanca«,
nachdem Elsa und Victor mit dem Flugzeug davongeflo-
gen sind: Bitter, ohne Illusionen und mit hängenden Schultern. Bereit, alle Whiskeyvorräte der Stadt zu vernichten.

Im Unterschied zu Rick habe ich nicht einmal einen
korrupten Polizisten als Freund. Ich habe niemanden. Ich
bin allein. Ich habe nicht einmal mein Telefonbuch dabei,
um eine meiner Nebengeliebten anzurufen.

»Ihre Frau?«, fragt die Zöllnerin und reißt mich aus meinen trüben Gedanken. »Sie sind bestimmt erst seit kurzem
verheiratet.«

Ich starre sie an und fühle mich wie jemand, der aus einer langen Ohnmacht erwacht. Hallo, Wirklichkeit, bist du
das? Sie sieht mich mit einer milden Altersweisheit an, wie
eine Frau, der nichts Menschliches fremd ist.

Ich schüttele den Kopf und sage:

»Ganz im Gegenteil. Sie fliegt gerade zu einem anderen. Und den wird sie heiraten.«

»Meinen Sie das ernst?«, fragt die Zöllnerin streng.

»Ja. Vollkommen ernst.«

»Komisch. Ich täusche mich sonst selten bei so etwas.
Bei Ihnen beiden war ich mir ganz sicher. Sie hatten so etwas … Vielversprechendes.«

»Finden Sie?«, frage ich.

»O ja. Ich mache keine Witze. Nicht bei so ernsten Dingen wie der Liebe.«

»Die Liebe ist ein Witz«, sage ich mit bitterer Stimme.

»Sagen Sie das nicht. Es könnte Ihnen eines Tages Leid tun. Glauben Sie mir.«

»Ich glaube Ihnen«, sage ich versöhnlich.

»Wissen Sie«, sagt die alte Zöllnerin mit ihrer tiefen Stimme. »Wenn man wie ich auf dem Flughafen arbeitet, dann wird man zu einer Art Abschiedsexperte. Weil ich es jeden Tag hundert Mal oder auch tausend Mal sehe. Ich kenne mich da aus. Ich kenne alle Varianten: den Routineabschied. Den Erleichterungsabschied. Den endgültigen Abschied. Den verzweifelten Abschied ... Was habe ich nicht schon alles gesehen an solchen letzten Szenen: mit Handschlag oder ohne, mit Umarmung, mit Tränen, mit Blumen, mit Glückwünschen, mit Geschenken. Es gibt nichts, was ich nicht gesehen hätte.«

Sie macht eine Pause, holt Luft, fixiert mich mit ihrem Zöllnerinnen-Blick und sagt: »Aber das, was ich bei Ihnen gesehen habe, das gibt es nur ganz selten ...«

Ich sehe sie fragend an. »In welche Kategorie gehören denn wir? Tragischer Abschied? Oder vielleicht: idiotischer Abschied?«

»Das auch. Wenn es stimmt, was Sie mir gerade gesagt haben. Dass die Dame vorhat, einen anderen zu heiraten. Dann ist es sogar der idiotischste Abschied, den ich während meiner ganzen Zeit hier jemals gesehen habe. Und das sind inzwischen fast vierzig Jahre. Aber idiotisch ist nicht das Einzige. Ich glaube, das wissen Sie auch ganz genau. Oder etwa nicht?«

Sie sieht mich prüfend an wie eine erfahrene Grundschullehrerin, der kein Kind mehr etwas vormachen kann.

Natürlich hat sie Recht. Ich weiß es. Mit einer schmerzhaften, gnadenlosen Klarheit. So klar wie die Sonne am Nordpol oder das Wasser in der Karibik oder der Wodka bei Nino.

»Liebesabschied«, sage ich.

Sie nickt. Weil ich Recht habe.

Dann sieht sie mich erwartungsvoll an. Und auch das verstehe ich und sage:

»Sie meinen also …?«

»Genau, mein Junge. Worauf wartest du eigentlich noch?«

Sie macht mit dem Kopf eine zackige Bewegung in Richtung des Gates, in dem Konstanze verschwunden ist.

»Los, beeil dich. Du hast nicht mehr viel Zeit«, ruft sie noch zum Abschied.

Ich lasse es mir nicht zweimal sagen. Weil ich es endlich kapiert habe. Und jetzt nur noch hoffe, dass es nicht zu spät ist.

Ich renne los. Ich renne, wie noch nie in meinem Leben zuvor. Ich pflüge förmlich durch die Menge. Doch statt Ärger ernte ich nur verwunderte Blicke: Als würden sie alle spüren, dass ich aus dem einzigen Grund renne, den es für einen Mann überhaupt gibt: um einer Frau zu sagen, dass er sie liebt.

Aber das ist leichter gesagt als getan. Ich komme mit qualmenden Füßen vor dem ersten Gate zum Stehen. Die Anzeige für die New-York-Maschine ist natürlich längst verloschen. In welchem Ausgang ist Konstanze nun eigentlich verschwunden? Aus der Entfernung habe ich es nicht sehen können. Ist es hier – oder noch eines weiter? Ich sehe mich ratlos um. Hier ist nicht einmal jemand, den ich fragen kann. Also weiter!

Ich renne, und es fehlt nicht viel, und ich hätte die Schallmauer durchbrochen. Es ist mir auch vollkommen egal, dass ich unterwegs einen Schuh verliere, dass mein Hemd aus der Hose hängt und mich die Leute nun anstarren wie einen wahnsinnigen Attentäter. Ich merke es nicht einmal.

Da! Gate zweiundzwanzig. Eine Stewardess hakt gerade eine schwere, rote Kordel in einen Metallhaken und versperrt so den Weg in die Gangway.

»Die Maschine nach New York?«, frage ich atemlos.

»Tut mir Leid«, sagt sie lächelnd und schüttelt den Kopf.

Das kenne ich schon. Bodenpersonal, das »Tut mir Leid« sagt, muss ich gar nicht erst beachten. Und die Zeit, ihr noch einmal die Geschichte mit Jürgen Weber zu erzählen, habe ich nicht.

Habe ich bereits erwähnt, dass ich früher Leichtathletik betrieben habe? Meine ganze Schulzeit hindurch. Bis zu einem verunglückten Start bei einer deutschen Jugendmeisterschaft im Hürdenlauf. Ich sage verunglückt, weil ich mich drei Sekunden nach dem Startschuss mit dem Schnürsenkel in der ersten Hürde verfangen habe, der Länge nach auf der Tartanbahn hinschlug und mit einer Platzwunde an der Stirn vom Sportplatz getragen werden musste. Die Verletzung war schlimm und musste mit drei Stichen genäht werden. Aber das tat nicht so weh wie das Gelächter der Mädchenmannschaft meiner Schule, die genau zehn Meter vom Ort meiner Tragödie entfernt auf einer Bank saß und alles mit angesehen hatte.

Ich erzähle Ihnen das, damit Sie sich vorstellen können, mit welch leichtfüßiger Eleganz ich die rote Kordel vor der Gangway überwinde. Es ist ein perfekter Sprung. Hoch und weit und formvollendet.

Dann aber höre ich einen Schrei: »Hey, Sie da. Da können Sie nicht rein. Hallo! Das ist gefährlich! Kommen Sie sofort zurück! Sicherheitsdienst!«

Es ist die Stewardess, deren Aufschrei kaum an meine Ohren dringt, weil ich, wie gesagt, fast mit Überschallgeschwindigkeit renne. Außerdem ist es mir vollkommen egal, was sie sagt. Sollen sie mich doch verhaften. Und einsperren. Und foltern. Und verhungern lassen. Und mir eine Zelle ohne Fernseher geben. Es interessiert mich nicht im Geringsten. Ich will nur eines: Ich will zu Konstanze.

Die Gangway macht nach ungefähr dreißig Metern einen scharfen Knick nach links. Ich bremse ab, doch nicht genug. Und das hat zweierlei zur Folge. Erstens pralle ich schwungvoll gegen die äußere Wand und breche mir dadurch mindestens zwei meiner Arme und noch einmal so viele Schultern. Ein Schmerz durchzuckt mich. Aber ich nehme ihn kaum wahr. Schlimmer ist nämlich das Bild, das sich mir bietet. Ich kann nun das Ende der Gangway sehen. Und da ist keineswegs eine offene Flugzeugtür und eine freundlich lächelnde Stewardess mit einem Stapel Tageszeitungen auf dem Arm.

Nein. Da ist eine geschlossene Flugzeugtür. Und die entfernt sich auch noch. Weil sich die Gangway genau in diesem Augenblick in Bewegung setzt und sich von dem startbereiten Jet zurückzieht. Flug 9944 der Lufthansa mit dem Ziel New York ist ready for take-off.

Aber es gibt noch Hoffnung. Denn mit einem Blick habe ich den Schuldigen an der Tragödie ausgemacht. Es ist ein Mechaniker im grauen Overall, der am Ende der Gangway steht und mit scheintotem Gesichtsausdruck auf einen Knopf drückt. Damit bedient er offensichtlich den Motor des Gangway-Fahrwerks, um diese vor und zurück zu bewegen.

»Halt, stop! Andere Richtung. Docken Sie wieder an der Maschine an. Das ist ein Befehl«, brülle ich.

Er guckt hoch, ungefähr in der Geschwindigkeit, die eine Porno-Internetseite braucht, um sich auf dem Bildschirm aufzubauen: Ewigkeiten.

»Was wollen Sie denn?«

Seine Stimme passt zu ihm. Egal, was er sagt, die Botschaft ist immer die gleiche: »Ich habe noch acht Jahre bis zur Pensionierung, und die lasse ich mir von Ihnen nicht verderben.«

Doch, mein Lieber. Ich werde sie dir verderben, denke ich grimmig.

»Hören Sie, guter Mann. Da drüben ist ein Flugzeug. Und in diesem Flugzeug sitzt jemand, mit dem ich reden möchte. Ich flehe Sie an, diesen Apparat wieder in die andere Richtung zu bewegen. Geht das?«

Er starrt mich an. Und zwar so, wie ein Eingeborener auf Papua-Neuguinea vermutlich vor hundert Jahren den ersten Weißen angestarrt hat. Als er seine Fassung wiedererlangt hat, sagt er:

»Nein. Geht nicht.«

»Warum nicht?«

»Weil geht nicht.«

»Hundert?«, frage ich.

»Geht nicht.«

Ich verstehe: Es ist nicht der Zeitpunkt, um geizig zu sein.

»Tausend?«, frage ich.

Der Mechaniker lächelt.

»Geht.«

»Also los.«

Seine Hand wandert in Zeitlupentempo von dem roten Knopf zu dem grünen Knopf. Die Gangway kommt ruckelnd zum Stehen. Und bewegt sich dann ganz langsam in die entgegengesetzte Richtung.

Meine Gefühle: Triumph. Freude. Glück. Erleichterung.

Und eine Sekunde später: Enttäuschung, Panik, Entsetzen.

Der Jet lässt seine Triebwerke aufheulen und rollt los. Das darf nicht wahr sein! Alle Widerstände habe ich überwunden, eine Stewardess und zuletzt auch noch einen apathischen, alzheimerkranken, André-Rieu-CDs sammelnden Mechaniker kampfunfähig gemacht. Und jetzt das!

Ich fühle mich wie gelähmt.

Ganz anders dagegen der Mechaniker. Er schiebt die Hand in einer erstaunlich schnellen Bewegung wieder auf den roten Knopf. Die Gangway steht still. Er starrt mich an und sagt:

»Bei den tausend bleibt es aber, Chef!«

Rund sechs Meter unter uns sehe ich den nackten Beton des Rollfeldes. Hoch genug, um ihn niemals sein Rentenalter erreichen zu lassen. Und offensichtlich deutet er meinen Blick richtig. Ohne dass ich auch nur ein Wort verliere, sagt er:

»Schon gut, schon gut. Fünfhundert vielleicht?«

»Kann man dieses Flugzeug noch stoppen?«, frage ich ihn, ohne auf seine Frage einzugehen.

»Unmöglich. Der hat jetzt seine Starterlaubnis. Den kann nichts mehr stoppen. Auch Sie nicht.«

Ich habe verloren. Kein Zweifel. Es ist vorbei. Ich fühle mich wie ein Roulettespieler, der sich bis zuletzt nicht getraut hat zu setzen. Und der dann mit ansehen muss, wie genau seine Zahl ausgerufen wird. Er könnte jetzt reich sein. Aber er ist es nicht. Im Gegenteil. Es ist alles zum Untergang verurteilt. Es ist meine eigene Schuld. Sechs Meter auf Beton? Das würde reichen, um meinem Schmerz ein schnelles Ende zu machen. Ich bin bereit dazu.

»Hey, Sie. Ich glaube, da winkt Ihnen jemand zu.«

Ich sehe hoch. Habe keine Ahnung, was der Mechaniker meint.

»Da!«, insistiert er und zeigt auf den Jet, der langsam, wie ein altersschwacher Elefant, an uns vorbeirollt. Tatsächlich! Dort, ich traue meinen Augen nicht. Konstanze! Ihr Gesicht hinter dem winzigen Bullauge einer 747, und sie winkt und lächelt mich an und heult und drückt ihre Lippen an die Scheibe.

Ich sterbe auf der Stelle. Und außerdem brülle ich wie ein Irrer:

»Konstanze. Ich liebe dich, hörst du? Ich liebe dich mehr als alles andere! Mehr als mit Sven und Wolfgang Fußball gucken! Und mehr, als eine Bonuszahlung von Fünkchen. Und mehr als meine Unabhängigkeit. Und mehr als ich wusste. Ich liebe dich. Und ich will, dass du John nicht heiratest. Ich will, dass du mich heiratest. Ich liebe dich!«

»Die hört Sie nicht«, sagt der Mechaniker mit sachkundiger, leidenschaftsloser Stimme. »So ein Fenster von einer 747, das ist aus gehärtetem Plexiglas, sieben Komma fünf Zentimeter dick. Hitzebeständig bis achthundert Grad und kälteresistent bis minus hundertzwanzig Grad. Und doppelt schall- und schwingungsisoliert. Allein wegen des Düsenlärms. Was glauben Sie denn? So ein Royce-Triebwerk, das bringt bei vollem Schub locker seine hundertzwanzig Dezibel. Und da glauben Sie, die Kleine hört Ihren Gesang hier draußen? Vergessen Sie es.«

Ich bringe ihn zum Schweigen. Kurz und schmerzvoll. Und ohne mich beirren zu lassen, rufe ich weiter. Ich beginne, eine Pantomime zu veranstalten, während der Jet sich immer weiter entfernt und Konstanzes Gesicht hinter dem Fenster immer kleiner und undeutlicher wird. Ich lege mir die Hände aufs Herz und zeige ihr, dass es nur für sie schlägt. Ich reiße es mir aus der Brust und halte es ihr hin. Ich knie mich hin und flehe sie an. Ich forme die Lippen überdeutlich zu den berühmten drei Worten und spreche sie lautlos:

»Ich liebe dich.«

Ich forme meine Finger zu einem Ring und stecke ihn mir und auch ihr an – um ihr zu zeigen, dass ich bereit bin, mich zu binden und den Rest meines Lebens oder wenigstens die nächsten zwei Jahre treu und exklusiv mit ihr zu verbringen.

Es ist vergeblich. Niemand hört auf mich. Die Zeit

friert nicht ein. Das Flugzeug stoppt nicht auf der Fahrbahn, und Konstanze steigt nicht aus, um in meinen Armen zu landen. Nichts davon geschieht. Ich kann einzig und allein dabei zusehen, wie die Maschine Anlauf nimmt. Immer schneller wird. Und sich kraftvoll in die Luft erhebt und immer höher in den Himmel von Hamburg aufsteigt.

Tja, Gregor Hamdorf, du bist selber schuld, sage ich mir. Du bist deines Glückes Programmierer. Und diesen Job hast du nicht gerade gut erledigt.

Ich kann nichts anderes tun, als zu hoffen. Dass sie mich gehört hat. Dass sie mich gesehen hat. Dass sie mich verstanden hat. Und dass sie John nicht heiraten wird, sondern mit der nächsten Maschine zu mir zurückkommt. Aber wird sie das? Nach allem, was ich ihr zugemutet habe? Ich weiß es nicht.

Laute, trampelnde Schritte reißen mich aus meinen Gedanken. Es ist das Spezialkommando der Hamburger Polizei, das auf mich zustürmt. Die maskierten und mit voller Kampfmontur ausgestatteten Beamten stoßen merkwürdige Schreilaute aus, wie man sie aus dem Zoo und aus Hollywood-Action-Filmen kennt. Einige von ihnen gehen in die Hocke und zielen mit ihren Gewehren auf mich, andere seilen sich von der Gangway auf die Rollbahn hinab, wieder andere klettern auf dem Dach herum und beobachten den Himmel, als rechneten sie mit der Ankunft eines Ufos.

Schließlich macht die uniformierte Meute ungefähr einen halben Meter vor mir Halt. Nicht gerade ein gemütlicher Moment für mich. Der Kommandant – ein breitschultriger Kerl, als Einziger ohne Maske, dafür mit blauen

Augen und einem angegrauten Schnauzer in einem beeindruckend vernarbten Gesicht – bohrt mir den Lauf seiner Maschinenpistole in den Hals.

»Hände hoch und keine Bewegung, Mann!«, schreit er aus vollem Hals.

»Hey. Ich stehe direkt vor Ihnen. Sie müssen nicht schreien«, röchele ich. Und gebe mir Mühe, dabei nicht unfreundlich zu klingen.

»Hoch!«, insistiert er.

Im gleichen Augenblick kommt der Mechaniker wieder auf die Beine (ich habe ihn mit einer Hand voll Münzen beschäftigt, die ich schwungvoll in der Gangway ausgestreut habe). Er sieht mich missmutig an. Dann sagt er zu dem Spezialisten-Anführer, den er zu kennen scheint:

»Ruhig, Dieter. Pfeif deine Leute zurück. Der Spinner hier ist kein Terrorist. Der ist nur verliebt.«

Ungefähr dreißig Polizisten lassen mit einem erleichterten Seufzer ihre automatischen Waffen sinken.

Der Schnauzer-Kommandant sieht mich feindselig an.

»Du Waschlappen. Der ganze Aufstand wegen einer Frau? Bist du denn nicht mehr bei Trost? Lohnt sich das denn?«

Ich nicke.

»Das lohnt sich«, sage ich. Meine Stimme hat offensichtlich genau so viel Durchschlagskraft wie seine Maschinenpistole. Jedenfalls zeigt er sich beeindruckt. Er pfeift durch die Zähne und sagt:

»Dann, Kollege: meinen Respekt. Wenn es wirklich die Richtige ist, hast du auch richtig gehandelt.«

Er salutiert, und die anderen Polizisten applaudieren und grölen wie eine Horde Paviane. Es ist rührend. Es ist Linderung für meine wunde Seele.

Der Kommandant legt mir eine Hand auf die Schulter und lässt die Mundwinkel hängen.

»Freuen Sie sich nicht zu früh. Mitnehmen muss ich Sie trotzdem. Und auf ein paar Jahre Gefängnis müssen Sie sich auch einstellen. In Sachen Flugsicherheit verstehen die Gerichte keinen Spaß.«

Ich will gerade antworten, als ich ein mir wohl bekanntes Piepen höre: mein Handy! Meine Adrenalindrüsen schalten von null auf hundert in weniger als einer Sekunde! Ist sie es? Hat sie es gewagt, trotz aller Verbote, ihr Telefon in der Fluggastkabine zu benutzen? Ich bin wahrscheinlich nicht weniger nervös, als es die Wissenschaftler wären, die seit fünfzig Jahren irgendwo in der Wüste von Nevada auf ein Signal von Außerirdischen warten – wenn dann eines Tages ihr Empfangsgerät piepst.

Mein Herz schlägt wie ein Porsche-Boxstermotor auf der Überholspur. Meine Hände zittern – und die dreißig Polizisten sehen mich mit bangen Blicken an. Sie fiebern förmlich mit.

»Darf ich?«, frage ich den obersten Terrorbekämpfer.

Er nickt großzügig. Ich greife in die Jackentasche, ziehe mein Handy hervor und drücke auf Anrufannahme.

»Gregor? Bist du das?«, sagt eine Stimme am anderen Ende.

Ich bin enttäuscht. Keine Außerirdischen. Keine Konstanze. Es ist eine Männerstimme. Nicht irgendeine. Es ist Herbert. Der hat mir gerade noch gefehlt.

»Herbert«, belle ich in den Hörer. »Ich habe wirklich keine Zeit für dich.«

»Wieso nicht? Ich bin dein Freund, Gregor!«

»Lieber Herbert, ich werde zufällig gerade verhaftet. Das erfordert meine ganze Aufmerksamkeit.«

»Ich habe aber gute Nachrichten, Gregor«, sagt er, ohne auch nur im Geringsten auf das einzugehen, was ich ihm gerade gesagt habe.

»Interessiert mich nicht«, sage ich.

»Weißt du, Angelika und ich. Wir werfen jetzt unseren Kram zusammen. Möbel, Bücher, sogar ein gemeinsames Schlafzimmer. Samenzelle, Eizelle – haben wir auch zusammengeworfen. Das ist nicht schlecht, oder?«

Ich habe Kopfschmerzen. Ganz plötzlich. Und ganz stark. Und ich fühle eine tiefe Müdigkeit, die meiner Stimme zweifellos anzuhören ist. Ich sage: »Herbert – willst du mir gerade mitteilen, dass Angelika und du ein Kind bekommt?«

Herbert schluckt.

»Na ja. So kann man es wohl ausdrücken. Muss man aber nicht. Und außerdem: Ich bleibe natürlich trotzdem Single, Gregor. Genau wie du. Wir beide, wir bleiben uns treu. Wir halten zusammen. Wir lassen uns von den Frauen nicht vereinnahmen. Ob nun mit Kindern oder ohne. Oder?«

Es ist so weit! Mit meinem nächsten Satz werde ich Herbert endlich einmal zum Schweigen bringen. Ich jubiliere innerlich und sage genussvoll: »Tut mir Leid, Herbert. Ich befürchte, du bist jetzt ganz allein da draußen in der Welt der Singles. Vielleicht erinnerst du dich daran, dass ich erwähnte, dass ich gerade verhaftet werde. Weißt du auch, warum?«

»Nein.«

»Weil ich einer Frau einen Heiratsantrag gemacht habe.«

»Ist das denn verboten?«, fragt er verwundert.

»Nein. Ist es nicht. Aber das habe ich leider erst viel zu spät gemerkt.«

Ich lege auf und stecke mein Mobiltelefon weg. Erwartungsvoll sehe ich auf die Polizisten. Der Kommandeur blickt mich mitleidsvoll an.

»Nehmen Sie es bitte nicht persönlich«, sagt er. »Aber Vorschrift ist Vorschrift. Wenn Sie also bitte die Hände auf den Rücken drehen würden.«

»Kein Problem. Ein paar Tage Erholung in der Zelle – ich habe nichts dagegen.«

Ich halte ihm bereitwillig meine Hände für die Handschellen hin. Ich höre das typische Klicken und fühle den kalten Stahl um die Handgelenke. Aber selbst das kann meine gute Laune nicht mehr zerstören.

»Wissen Sie«, sage ich, »ich bin sowieso nicht mehr frei. Ich habe mich schon selbst gebunden. So ein paar Handschellen, die machen gar keinen Unterschied mehr. Und das Schöne ist: Ich weiß jetzt, dass es gar nicht so schlimm ist. Im Gegenteil. Ich habe mich noch nie so gut gefühlt.«

Er sieht mich verständnislos an.

»Wieso gebunden?«

»Ihretwegen«, erläutere ich und mache eine Kopfbewegung in den Himmel. Jetzt versteht er es.

»Aber wenn sie gar nicht wiederkommt?«, will er wissen.

»Dann nehme ich die nächste Maschine nach New York und hole sie. Und wenn ich sie dafür entführen muss!«

»Die Maschine? Sie wissen, dass das strafbar ist«, sagt er ernst.

»Keine Sorge. Nicht das Flugzeug. Die Frau.«

»Dann ist ja gut«, sagt er erleichtert. »Das ist nämlich nicht mein Einsatzgebiet.«

»Sehen Sie. Meines bisher auch nicht«, sage ich und lasse mich bereitwillig abführen.

Wir haben noch nicht das Ende der Gangway erreicht, als es in meiner Tasche schon wieder piepst.

»Mann! Bei Ihnen ist ja ganz schön was los«, sagt der Kommandant anerkennend.

»Ich bin Journalist. Da ist das normal. Vielleicht können Sie für mich abnehmen? Ich habe gerade keine Hand frei.«

Er greift in meine Tasche und zieht das Handy hervor, drückt die Empfangstaste.

»Wenn es mein Chef ist, sagen Sie ihm, dass ich verhindert bin«, raunze ich.

Der Kommandeur schüttelt den Kopf.

»Das Display zeigt eine Konstanze Bülow an. Ist aber kein Anruf. Ist eine SMS.«

»Lesen Sie sie mir vor«, bitte ich.

Noch einmal schüttelt er den Kopf. »Geht nicht.«

Stattdessen dreht er das Handy so, dass ich es sehen kann. Es ist eine Botschaft. Nur dass sie nicht aus Worten besteht. Eine Bildmitteilung. Eine, die keine Erklärung braucht:

❤

Kristín Marja Baldursdóttir
Kühl graut der Morgen
Roman
Aus dem Isländischen von Dr. Coletta Bürling
Band 15586

Thórsteina Thórsdóttir ist eine äußerst attraktive Lehrerin
an einer isländischen Schule. Bei ihren Schülern ist sie
wegen ihrer Strenge und Scharfzüngigkeit gefürchtet. Ihre
Kolleginnen schwanken zwischen Faszination und Neid –
Thorstéina hat einen rassigen Liebhaber in Frankreich,
glänzt in ausgefallener Garderobe und man munkelt, sie sei
unglaublich reich. Doch als ein junger Mathematiklehrer an
ihre Schule versetzt wird, ist sie gezwungen, noch einmal
ganz andere Saiten aufzuziehen ...

Fischer Taschenbuch Verlag

fi 15586 / 1

Steffi von Wolff
Fremd küssen
Roman
Band 15832

Teilkörperbräunung am Barzahlertag oder warum bei einer
Frau eigentlich nur die inneren Werte zählen.

»Carolin hatte Sex«, brüllt mein lieber Kollege ins Mikro,
»und der Typ hat so laut gestöhnt, dass die Pfandflaschen
von der Spüle gefallen sind!« Im Studio klingelt das Telefon. Yvonne aus Ettrichshausen wünscht sich für ihren ver-
storbenen Wellensittich das Lied ›Time to say good-bye‹.
Und übrigens, was ich gern noch mal wissen wollte: Fragt
mich jemand, ob ich ihn heiraten möchte, wenn ich verspreche, nein zu sagen? Hallo? Hallo ...?

»Lesen Sie dieses Buch nicht im Bett.
Sie werden vor Lachen rausfallen.«
Susanne Fröhlich

Fischer Taschenbuch Verlag

Carter Coleman
Im tiefen Herzen Afrikas
Roman
Band 14776

Ein moderner Abenteuerroman inmitten der atemberaubenden Schönheit Afrikas, ein großer Erlebnisroman vom Zusammenprall der Kulturen und eine klassische Geschichte von Liebe und Verrat. Die junge Tansanierin Zanifa soll gemäß afrikanischer Tradition durch ein barbarisches Ritual verstümmelt werden. Rutledge Jordan, ein amerikanischer Entwicklungshelfer, versucht, das Mädchen davor zu bewahren. Daraus entsteht ein Kampf auf Leben und Tod.

Fischer Taschenbuch Verlag

fi 14776 / 1

Susanne Fröhlich
Frisch gemacht!
Roman
Band 15734

Kind frisch, Job frisch, alles frisch? Schlagfertig, witzig und
großherzig wie immer erzählt Susanne Fröhlich in ihrem
neuen Roman vom Wahnsinn des Alltags – frisch gemacht!

»In dieser hochtourigen Allroundsatire fährt
Susanne Fröhlich den gängigen Superweib-Klischees
rasant an den Karren. Pädagogisch garantiert wertlos.
Aber superlustig.«
shape

»Susanne Fröhlich schreibt, wie sie spricht:
schnell, geradeaus, plakativ, zugespitzt und unterhaltsam.«
FAZ

Fischer Taschenbuch Verlag

fi 15734 / 1

Louis de Bernières
Corellis Mandoline
Roman
Aus dem Englischen von Klaus Pemsel
Band 13657

Kephallonia ist eine griechische Insel im Ionischen Meer,
berühmt für ihre Anmut und den Zauber ihres Lichts, als
Knotenpunkt vieler Schifffahrtsrouten seit jeher ein bevor-
zugtes Ziel von Invasoren jeglicher Herkunft. Im Zweiten
Weltkrieg landeten hier die Italiener, dann die Deutschen.
Im Mittelpunkt dieses magischen, ergreifenden Romans
steht Pelagia, die schöne, stolze, eigenwillige Tochter des
Arztes, die sich zwischen zwei Männern entscheiden muss:
Mandras, dem jungen Fischer, der die Delphine aus den
Tiefen des Meeres hervorzulocken vermag und sich den
Partisanen anschließt, und Antonio Corelli, dem Offizier
der italienischen Besatzungstruppen, der die Frauen und
die Musik mehr liebt als den militärischen Drill. Aber auch
in Kephallonia gerät die Landschaft der Götter und der
Phantasie in die Klauen der erbarmungslosen Zeitläufte.

»Die gelungene Mischung aus Gesellschafts- und
historischem Roman zieht einen tagelang in Bann,
die Liebesgeschichte darin ist mindestens so schön
wie in Márquez' ›Liebe in den Zeiten der Cholera‹.«
Ellen Pomikalko, Buchmarkt

Fischer Taschenbuch Verlag

fi 13657 / 2

Percy Kemp
Musk
Roman
Band 15591

»Nie werde ich den Duft deiner Haut vergessen«, sagten
ihm die Frauen. Monsieur Emes Welt gerät aus den Fugen,
als die Rezeptur seines Eau de Toilettes verändert wird.
Weil der Duft von Musk seit jeher sein Leben bestimmt hat,
sind die Auswirkungen für ihn, dem Kontinuität über alles
geht und der so gerne alles im Voraus plant, folgenschwer.

»Elegant.«
Welt am Sonntag

»Ein ebenso raffiniert komponierter wie
klug geschriebener Roman.«
Madame

»Percy Kemp erzählt wunderschön von einem Mann,
der die Frauen liebt.«
Maxi

Fischer Taschenbuch Verlag